引きこもり令嬢は話のわかる聖獣番６

山田桐子

TOHKO YAMADA

一迅社文庫アイリス

CONTENTS

サイラス・エイカー

聖獣騎士団の団長。
ワーズワース王国の王弟で、
公爵位を得ている。
どんな仕草でも色気が
溢れるという特殊体質で、
世の女性たちを虜にしている
という噂がある。

ミュリエル・ノルト

人づきあいが苦手で屋敷に
引きこもっていた伯爵令嬢。
天然気質で、自分の世界にはまると
抜け出せないという、悪癖がある。
現在、聖獣たちの言葉がわかる
ことから「聖獣番」として
活躍し、サイラスとは
婚約中。

WORDS

聖獣

今はなき神獣である竜が、
種の断絶の前に、
己の証を残そうと異種と
交わった結果、生まれた存在。
竜の血が色濃く出ると、
身体が大きくなったり、
能力が高くなったりする
傾向がある。

パートナー

聖獣が自分の
名前をつけ、
背に乗ることを許した
相手のこと。

聖獣騎士団の特務部隊

聖獣騎士団の本隊に
身を置くことができない
ほど、問題を抱えた聖獣
たちが所属する場所。

引きこもり令嬢は話のわかる聖獣番

レインティーナ・メールロー

聖獣騎士団の団員。
白薔薇が似合う男装の麗人で、
大変見目がよい。
しかし、見た目を裏切る
脳筋タイプの女性。

リーン・クーン

聖獣を研究している学者。
聖獣騎士団の団員としても
席を置いている。
聖獣愛が強すぎる人として
知られる青年。

リュカエル・ノルト

聖獣騎士団の新団員。
ミュリエルの弟だが、
姉とは違って冷静沈着。
サイラスの執務の
手助けもしている。

CHARACTER

アトラ

真っ白いウサギの聖獣。
パートナーである
サイラスとの関係は良好。
鋭い目つきと恐ろしい
歯ぎしりが印象的だが、
根は優しい。

レグゾディック・デ・グレーフィンベルク

巨大なイノシシの聖獣。
愛称はレグ。パートナーで
あるレインティーナの
センスのなさに、悩まされ
続けている。

クロキリ

気ぐらいが高い、
タカの聖獣。
自分に見合った
パートナーが現れる日を
待っている。

ロロ

モグラの聖獣。
学者であるリーンが
パートナーであるため、
日がな一日まったりと
過ごしている。

スヴェラータ・ジ・オルグレン

気弱なオオカミの聖獣。
愛称はスジオ。
パートナーとなった
リュカエルが大好き。
彼からは「スヴェン」と
呼ばれている。

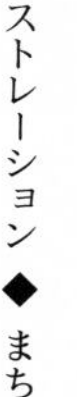
イラストレーション◆まち

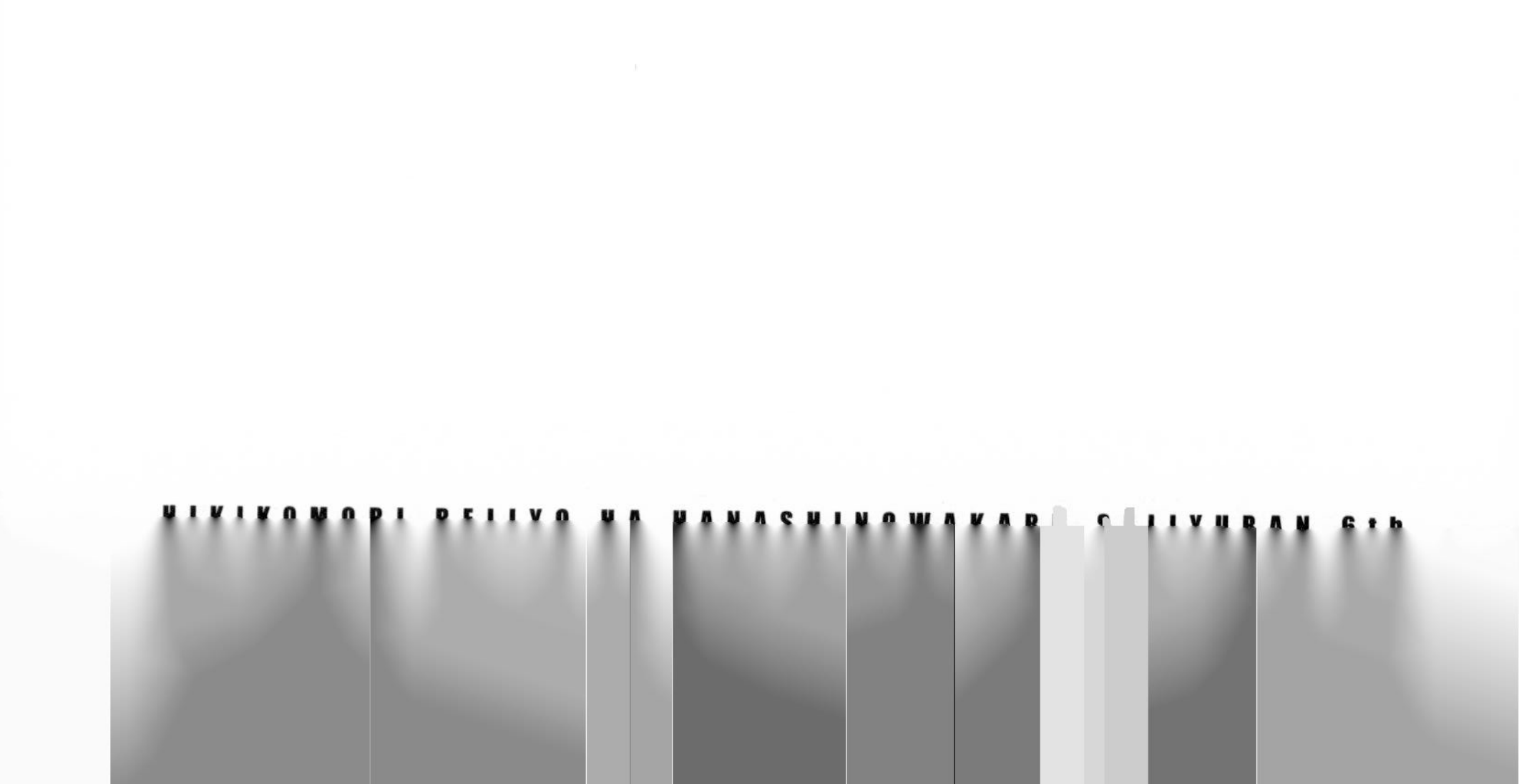

プロローグ

齢二十六にして、ここワーズワース王国のエイカー公爵であり聖獣騎士団団長でもあるサイラス・エイカーは、窓を開け放っても熱気を帯びる風しか流れてこない執務室にて、深く考え込んでいた。外と比べればいくらか涼しい室内だが、真夏を目前にした季節柄、何をしていても基本暑い。であるというのに、綺麗な面差しは傍から見れば感心するほど涼しげだ。

しかし、その紫の瞳は憂いに陰ってもいた。静かに熟考するサイラスは、前傾姿勢で両肘を机につくと額を預ける。

（やはり……、今回ばかりは置いていくしかないだろうな……）

思わず出てしまったのは深いため息だ。それきり思考は途切れる。動かなくなってしまったサイラスの黒髪だけが、微かに風で揺れていた。

そうして、しばし心のままに項垂れ続けてから顔を上げる。風でひらりと動いた机の上の書類を手で押さえれば、そこには今まさに頭を悩ませている原因が書き連ねられていた。

聖獣騎士団の夏合宿について――。聖獣騎士団は毎年真夏のこの時期を、避暑地に移動して活動する。活動の目的は、聖獣達の夏バテ防止と制約の多い生活からの解放だ。そこに付随する形で、騎士達は基礎体力の向上を目指す。要するにこの期間、聖獣騎士団はそろってサバイバル生活をすることになっていた。

本来であれば騎士としての実りも多く、何より聖獣達がのびのびと過ごすことができる期間としてサイラスも心待ちにしている行事だ。しかし如何せん、今年ばかりは悩ましい。

（……、……、……。どう、考えても……、ミュリエルを連れて行ける要素が、ない……）

紫の瞳を細めて書類を凝視する。ミュリエルと物理的に距離ができる、そのことにサイラスは心配を募らせていた。それは何も、婚約者となり少しずつ深い触れ合いを重ねつつある現状に、空白期間ができることを心配してのことではない。いや、厳密に言えばそれも含まれる。だが、一番心配なのはミュリエルの身に危険が迫るかもしれないことだ。

隣国ティークロートの五妃殿下であるヘルトラウダと、自国の侯爵であるジュストが竜モドキを使って煩わしい手を出してきたのは記憶に新しい。以後の接触はないとの言質はあるが、それは間接的な弊害までなくなるという意味ではないだろう。むしろ大きな後ろ盾を失ったとなれば、竜の復活を目論む秘密結社は動きを大きくする可能性さえ考えられる。

（夏合宿に出ている間、ずっと実家にこもっていてくれ……、などと言うのも、な……）

いくらなんでも束縛がすぎる。サイラスは額を押さえた。しかし思い直す。元引きこもりのミュリエルならば、読みきれぬほどの本を贈ればあるいはそれも可能ではないか、などと。

「……いや、よくないな。己のものなのだと、思ってしまっているからか……」

独りごちると、サイラスは窓辺で日差しを受ける緑に顔を向ける。そして、流し目で書類を見やってから深々としたため息をついた。

1章　元引きこもり令嬢、夏季休暇を返上する

暑い。今日も朝からとても暑い。と言っても、今いる湖岸を囲んでいる林のなかは、水の上を渡ってくる風が抜けるので多少涼やかだ。ミュリエルは生成（きな）り色をした日よけケープを軽くはためかせながら、やや唇を尖らせつつ一人でとぼとぼと歩いていた。

ひときわ強く吹いた風に、かぶっていたフードがふくらむ。すると首筋に張りついていた栗（くり）色（いろ）の髪が、できた空間で浮き上がった。まとわりついて離れなかった熱気が払われ、ミュリエルは肌で直接風を感じるためにフードを頭から落とす。

日陰を選んでいるために道から外れた場所にいるミュリエルは、広くなった視界でカンカン照りの太陽がサンサンと降り注ぐ日向（ひなた）に視線をやった。地面がグラグラと煮えたって見えるのが、これまた憎らしい。時間帯は昼にさしかかったところだが、一日で一番暑くなるのはこれからだ。

聖獣専用特別獣舎付き厩番（うまやばん）、略して聖獣番であるミュリエルのここのところの日課は、お世話するべき聖獣達と湖上ガゼボが提供される湖まで涼みに来ることだ。しかし、今は一人ぼっち。

（暑さが厳しいのだもの、仕方ないわ……）

毛玉である聖獣達は、この暑さのせいで最近めっきりそっけない。竜の血を引くと言われ本来の種より大きく賢く生まれた彼らだが、夏の暑さの前には他の動物達同様、平等にまいってしまっていた。聖獣の言葉がわかるという特殊な能力ゆえに気に入られ、何かにつけて力になりたいと思っているミュリエルも、暑さに対しては無力だ。そして、頭に浮かぶのは先程別れてきた聖獣達の姿。

白ウサギのアトラは普段でもかなりの強面だが、暑さによりいつもの三割増しで短気になっている。そのため、声をかけるのも憚られる機嫌の悪さだ。そもそも言葉にすることすら億劫なのか、鋭い眼光だけで『暑いから触るな』と示してくる。よって抱き着くことはおろか、なでることすらさせてもらえていない。

いつもは乙女トークに花を咲かせるイノシシのレグも、湯気の出そうな鼻息を吹き出すばかりで会話がめっきり少なくなっている。巨体ゆえに重量を感じる足取りはさらに重く、不機嫌そうにビシビシと体を叩く尻尾を見せられては、気を紛らわせる話題を提供することさえ気が引けた。

行動範囲が空であるタカのクロキリなどは、地上組の歩みになど合わせていられないとばかりに先に飛んで行ってしまう。普段の紳士的な余裕はどこへやら、姿も見えなければ鳴き声も聞こえず、その対応には我慢の欠片もない。

オオカミのスジオは控えめな性格ゆえに団体行動を乱すことはないが、ひたすらハッハッハッハッと短い呼吸を繰り返すばかりだ。大きくあけた口は笑っているように見えなくもないが、よだれを気にする余裕がないことに気づいてしまえば、そっとしておくのが親切というものだろう。

　モグラのロロは比較的普通に見せかけているが、彼とてこの暑さに辟易しているのは間違いない。怠惰な気質に拍車がかかっているのか自らの脚ではいっさい歩かず、移動はすべてレグの背中に乗ることで賄っている。

　そして湖に到着した途端、互いに一瞥すらくれず、自らが一番涼める場所を目指して言葉もなく散開する面々。ミュリエルにできるのは、それをただ見送ることだけだった。

　いまだかつて、ここまでの個別行動があっただろうか。自由気ままをモットーとする彼らだが、いつだってミュリエルを交えて仲良しであったはずだ。それなのに今は、没交渉に片足を突っ込んだと言ってもよい有様だ。それもこれも、全部暑いから。

　毛玉達との触れ合いに幸せを見出している聖獣番には、なんと味気ない毎日だろう。ミュリエルは深く息をついた。そのため息が熱いことが、これまた憎らしい。

（拠点を山の方に移すのは、いつになるのかしら……）

　そう思う回数が、日ごとに増えている。深く説明されたわけではないが、以前夏の間は聖獣騎士団の活動拠点が涼しい山に移ると聞いたことがあった。季節はもう十分すぎるほど夏で、何よりも聖獣達がこれだけ暑さに辟易している。それなのに、まだそんな話は回ってきてはいなかった。

（暑いという気持ちはわかるから、しつこくまとわりつくのは我慢しなくちゃいけないと思うの。だけれど、やっぱり寂しいしつまらないわ……）

だからこそ、ミュリエルも避暑地への移動を心待ちにしていた。涼しくなれば好きな時に好きなように抱き着いても許されるだろうし、元気な会話も楽しめるだろう。気分によってはアトラから立派な前歯でガチンと一喝（いっかつ）されてしまうかもしれないが、現状を考えれば打てば響く反応がもらえるだけで嬉（うれ）しい。

そんなふうに考え込んでいたミュリエルは、いつの間にか目的の場所に着いていたことにここで気がついた。足を止めたのは、いくつかの小ぶりな倒木がある場所だ。倒木は倒れ具合も大きさも絶妙で、このところずっと天然のテーブルと椅子として使用している。毎日座っている場所に腰をおろすと、ミュリエルは汗に張りつく後れ毛を払いつつ髪を整える。それからスカートのしわを伸ばすために軽く立ち、座り直した。

右隣に視線を移すと、こちらにも座るのに最適なくぼみがある。座面となるそこをパパッと手で払えば細かな木くずが落ちて綺麗（きれい）になり、座る人物のことが頭に浮かぶ。すると沈んでいた気持ちが持ち直し、やっと自然な笑顔が浮かんだ。そんなことをしていれば、微（かす）かに下草を踏む音が聞こえる。

「待たせてしまったか？」

思っていた者の声が聞こえ、さらに気持ちが上向く。はにかみつつも笑みが深まった顔を、ミュリエルは声の方へと向けた。

「い、いいえ、私も今来たところです」

返事をすれば紫の瞳が柔らかく細められ、形のよい唇が緩やかに笑みの形を作る。ミュリエルは無意識に胸に手をあてた。いつだって最高に素敵なサイラスを前にすれば、胸の高鳴りが止まらない。こんな表情とて幾度も見ているはずなのに、いまだに心臓がうるさくなってしまうのだから困ったものだ。

うだるような暑さのなかにあってもサイラスは不思議と涼やかで、いつもと変わらない黒の制服姿も乱れたところはない。額や首筋に汗の気配もなく、黒髪はサラリと風に流れ、見つめ合う紫の瞳が嬉しげに色を深めればミュリエルを囲む夏の暑さも遠のいていく。

そして代わりに包むのは、やはり深く甘い黒薔薇の香りだ。強すぎるはずの木漏れ日も、サイラスに触れるとなんだか潤むし、気温も肌に馴染んで溶けていくように感じられた。

「い、いつもこちらまで運んでいただいて、ありがとうございます」

間近まで来たサイラスが、手にしていたバスケットをテーブル代わりの倒木の上に置く。中身は二人分の昼食だ。慣れた様子で並べていくその動きのおかげで、かろうじて見惚れていた状態から抜け出したミュリエルは、お礼を伝えた。

湖に出てくるようになった当初から、ミュリエルはサイラスとここで昼食をとっている。だから、厳密に言えば「いつも」どころか「毎日」だ。それなのに毎日必ず胸を高鳴らせ、見惚れてしまうのだから恥ずかしい。ミュリエルはパタパタと両手で顔をあおいだ。頬の熱さが軽く気温を凌駕しているように感じる。

「君と二人で過ごすために、私が好きでやっていることだ」

ますます紫の瞳を優しく細めるサイラスに、ミュリエルはあおいでいた手を止めて両頬を押さえた。

「あ、あの、う、嬉しいです……。その、私もサイラス様と、一緒に、い、いたい、ので」

言っているうちに恥ずかしくなり、視線を落とす。直接目を見て言えれば満点だったのだが、ミュリエルの視線はどうしてもチラチラと定まらない。それを優しく見守りながら、サイラスは隣に座った。そうしてから、二人そろって昼食に手をつける。ただ昼を共にするだけの時間なのだが、想いが通じ合った婚約者である二人の間に流れる空気は、どうしても甘い。

（ち、違うの……。な、何も、二人の時間を持ちたいばっかりに、こうなったわけではなく……。アトラさん達のご希望に添って、湖の近くで長時間過ごすようになったからこそ、必要になったわけで……）

それが嬉しいもののどうしても恥ずかしいミュリエルは、言い訳をする相手も持たずに脳内で勝手に経緯を並べ立てた。聖獣番としてアトラ達の傍にいなくてはならないこと、それにより引き起こされるミュリエルの飲食に伴う諸問題、加えてサイラスに休憩を取らせたい者達の思惑等。そんなミュリエルとしては正当な理由のもとに、二人きりの昼食の場がある。

しかし言うまでもなく、サイラスと過ごせるのは嬉しい。そこに偽りはいっさいない。何より、聖獣達との触れ合いが少ない今、こうしてサイラスと時間を共にできることをミュリエルはとても有り難く感じていた。

そうこうしているうちに、すべてを平らげてお茶を飲み、ひと息つく。ミュリエルはカップをテーブルに戻す流れで、何気なくサイラスの横顔を見た。そして首を傾げる。

「サイラス様……？　どうしました……？」

相変わらず綺麗な横顔だが、何か考えごとでもしているような雰囲気だ。ミュリエルが問いかけると、サイラスはゆっくりこちらを向いて少し困ったように微笑んだ。しかも、そこからしばらく考えるように目を伏せる。普段であれば別段苦もなくそんな時間も待てるのだが、話しにくい内容が隠れていそうな気配に、ミュリエルは徐々に眉をよせた。

「聖獣騎士団は……」

もう一度声をかけようかと悩みはじめたところで、やっとサイラスと視線が合った。ミュリエルは無意識に背筋を伸ばす。

「夏になると拠点を山に移す、そう話したことを覚えているか？」

「は、はい」

その話か、とミュリエルは強張っていた背中から力を抜いた。それどころか待ちに待っていた話題だったために、無意識ながらやや身を乗り出してしまう。

「目的なのだが、聖獣達には避暑と制約のない状態での生活を、騎士達には基礎体力の向上を主なものとしている。皆は『夏合宿』などと楽しげにこの期間を呼んでいるのだが、実質は野営……要はかなりのサバイバル生活だ。期間はその年の暑さで左右されるが、一か月から二か月ほどになる」

「わぁ！　そうなんですね！」

詳しい説明を聞けて、ミュリエルの声は弾む。やっとこの暑さという難敵から、逃れることができるらしい。涼しい場所で聖獣達と一緒に過ごすことを想像し、ミュリエルはわかりやすく表情を輝かせた。

「えっと、特別に用意しておくものはあるでしょうか？　なかなか長い期間になるので、用意も入念にしなければなりませんよね？　私はそういった経験がないので、気づけない部分が多いと思うんです。もし、これは絶対準備しておくべきだ、というものがありましたら、ぜひ教えていただけませんか？」

期待いっぱいの顔で聞くと、なぜか引き続きサイラスは少し困ったように眉を下げている。そして、脈絡もなく手をそっと握られた。

「君が準備しなければならないものは、ない。夏合宿中は、基本的にパートナー同士ですべて完結するような生活になるから」

「えっ？　では、私は何をすればよいのでしょうか？」

多少ポカンとしたものの、この台詞までミュリエルは笑顔だった。しかし。

「聖獣番はこの期間、年間通して唯一の長期休暇になる。それが通例だ」

サイラスの言葉を理解するのには、時間がかかった。

「長期、休、暇……？」

それきり言葉の続かないミュリエルは、瞬きを三回、呼吸を五回ほど挟む。そして輝くばかりだった表情から、見る間に色を失わせた。

「実家で過ごすというのは、どうだろうか」

いつもであればミュリエルの言葉がまとまるのをじっくりと待ってくれるサイラスだが、この時は珍しく自ら先に口を開いた。さらには返事さえ待つことなく、提案を続ける。

「私はとても助かっているが、君とリュカエルが立て続けに身を立てたことで、ノルトご夫妻はさぞ寂しい思いをしているだろう。よい機会だから、しばらく家族水入らずの時間を持つといい。リュカエルに関しては夏合宿に参加することになるから、せめて君だけでも……」

ミュリエルはわずかに表情を歪めつつ、触れている大きな手を握り返した。

「わ、私……。お、お留守番、なんです、か……？」

返ってくる返事はわかっている。それでも聞かずにはいられなかった。

「そうなる、な……」

グッと何かが喉につまる、そんな感覚がした。それでもまず頭に浮かんだのは、短く静かなサイラスの返答に、拒否などしてはいけないということだった。並べられた提案を受け入れて、留守を預かることこそ聖獣番たるミュリエルの仕事だ。だからミュリエルは、つまった何かを無理矢理飲み込もうとした。

(そ、そうよね。皆さんが安心して帰ってこられるように、私はお留守番をしているべきよね。それに、サイラス様のおっしゃる通り、家族の時間を持つのもいいと思うの)

意識的に微笑もうとして、ミュリエルの唇が不格好に歪む。それに気づかぬふりで、ミュリエルは楽しいことを考えようとした。身重の母とのんびりした時間を過ごすとか。愛情のいっぱいつまった父のお小言を、美味しいお菓子を食べながら聞くとか。読むペースのすっかり落ちてしまった本に手を伸ばすのも、いいかもしれない。

（ほ、ほら！　考えてみれば、楽しそうだわ！　そ、それに、もともとそんな毎日を過ごすことが、とても好きだったのだもの。そうよ！　こ、こうなったら元引きこもりとして、休暇に最適で完璧な環境を整えるのはどうかしら？　お菓子にお茶に、たくさんの本に、着心地のよい服と手触りのいいクッション……、あと足りないのは……、足りない、の、は……）

足りないものなど決まっている。サイラスとアトラ、そしてその他の仲良くしている皆の存在だ。どうあっても飲み込めない喉のつまりのせいで、次に出した声はずいぶんとかすれていた。

「……、……、……わかり、まし、た」

「ミュリエル……」

「だ、大丈夫、です！　ちゃんといい子で、待っています。そ、それより、実りある夏合宿になるといいですね！　ご報告、楽しみにしています！　わ、私も、サイラス様やアトラさん達が帰ってきた時によいご報告ができるように、充実した休暇を、過ごしたいと、思い、ます……、……、……ぐすっ」

なんとか泣き声を混ぜずに言ったというのに、結局最後は鼻がぐずついてしまった。当然、翠の瞳には涙が盛り上がっていたが、ミュリエルは眼力を込めることでなんとか零すまいと耐えた。だが、すでに瞬き一度が命取りだ。

「ミュリエル、私は……、……、……アトラ？」

切なげに視線を落としていたサイラスが、ふと顔を上げる。小枝や下草を踏み抜く音が聞こえたと思えば、すごい勢いで登場したのはサイラスの前言通りアトラだった。

「ガッチン、ギリギリ」

『おい、何があった』

止まりきる前に鳴らされた歯音が耳に届くが、それがミュリエルの頭では意味のわかる言葉となって響く。ずいぶんと慣れた感覚のはずなのに、会話の少なさを嘆いていたせいかこの時は思わず聞き入ってしまった。

『暑くてだらけてたから、全然耳も向けてなかったんだけどよ。気づいたら、なんか揉めてるみてぇだったから。で、なんで泣いてんだ』

返事がないため言葉を重ねたアトラは、間近までスピードを落とさずにやって来る。いつにない勢いがあったせいか、止まるために力をかけた脚の下でパキッと枝が折れた。ウサギの習性ゆえか、アトラは歯音やスタンピング以外で大きな音を立てることがほとんどない。ということはミュリエルの涙の気配を察し、この暑いなか全速力で駆けつけてくれたのだろう。

それに気づいたミュリエルは、あんなに我慢していたというのにあっさり瞬いた。しかし、アトラの姿を映した目には新たに涙がわくことがなく、雫が零れてしまう心配はない。

「ブッフォーッ！　ブフ、ブフ！　ブフゥウゥン!?」

『出遅れたわーっ！　それで、ミューちゃん！　涙のわけは!?』

足裏に振動を感じれば、まだ青々とした葉まで散らす勢いで今度は鼻息の荒いレグが姿を現す。そこから、あとは途切れなかった。

「ピュルルルゥ、ピュイ」

『一緒にいるのがサイラス君なのだから、どうせ痴話喧嘩だろう』

木のスレスレを滑空し、空から滑り込むように着地したクロキリ。

「ワンッ、ワオンワフワフ」

『でも痴話喧嘩だって、深刻なのからそうじゃないのまであるじゃないっスか』

木々の隙間を、しなやかに通り抜けてくるスジオ。

「キュー、キュキュキュ」

『せやけど今までの経験上、結局は誰も食えんへんヤツやと思います』

そしてロロはレグにくっついていたらしく、背中から頭の方に移動してきて爪を振った。

暑さでそっけなかったのが嘘のようだ。涙の気配で慌てて集合してくれる聖獣達の姿に、ミュリエルの胸は温かくなる。

「私が君を、泣かせてしまったからだな……」

「い、いいえ、サイラス様、これは私が悪くって……」

集まると同時に輪となって幅よせをはじめたアトラ達に、サイラスが状況を察して苦笑いを浮かべた。ミュリエルは首を振りつつ、いまだ触れたままの手を握り返す。

『どっちが悪いとかいいから、で、原因は』

罪の引き取り合いがはじまりそうな雰囲気に、アトラが歯を鳴らして早々と待ったをかけた。暑さのせいで、やはりアトラのせっかちさが普段の三割増しだ。よってミュリエルはいったん罪の在処を棚上げするためにサイラスから手を放すと、聖獣達の方を向いてここまでの経緯を説明した。

『あぁ。夏合宿か……』

簡単に話し終えると、はいともいいえともつかない曖昧な相槌をアトラがする。

『そうねぇ。そういえば、アレ、超自由行動なのよねぇ……』

『解放感があるからか、皆ずいぶんと箍が外れた行動をするからな……』

『まぁ、無茶をするのは、レインさんを筆頭にした数人だけっスけどね……』

『せやけど、どちらにせよミューさんには、キツイんとちゃいますか……』

そして続くレグ以下四匹の発言に、ミュリエルの温かくなったはずの心は見る間に萎んだ。

「そ、そうですよね。あの、わかっています。私、ちゃんとお留守番をしています、ので……、み、皆さんで気をつけて、行ってきてください、ね……、……、……、はぁ」

せっかくつまりの取れていた喉がまたつっかえてきて、ミュリエルは言葉を途切れさせた。胸を押さえて下を向く。

(駄目、よ……。これは、よく、ないわ……。アトラさん達が駆けつけてくれたからって、私ったら、自分勝手な期待をしてしまったのね……。これは遊びじゃなくて、仕事なのだもの。だから……)

アトラ達なら自分の希望に加勢してくれると考えてしまったことが、ミュリエルは恥ずかしくも情けなくなった。誰が口を開いても、夏合宿の間は離れ離れになるのが正解だと言う。ならばミュリエルにできる最善は、サイラスやアトラ達を笑顔で送り出すことだろう。

だが、どうにも息苦しい。耐え難くなったミュリエルは、思わずアトラに抱き着こうと立ち上がり手を伸ばした。しかし、触れ合う寸前でピタリと固まる。

『……おい。なんで固まってんだ』

抱き着く手前の体勢で微動だにしなくなったミュリエルを見て、アトラが不審げにギリギリと歯ぎしりをした。これも絶対に暑さのせいだろうが、顔がいつもより険しい。そして三割増しで短気なアトラは、早くも後ろ脚でタップを刻みはじめた。

「あ、暑くなってから、アトラさんが抱き着くのを、嫌がるので……」

『は？　んなことねぇだろ』

「っ！　あ、ありますよ。だって、にらんだり、鼻先で押しのけてくるじゃないですか……」

『あ？　気のせいだろ』

「っ!?　で、では、無意識で避けていたってことですよ……」

ギリギリと鳴らされる歯ぎしりも、早くなるタップもミュリエルをどんどん追い詰める。するとますます喉のつまりがひどくなり、もう飲み込むこともできそうにない。これは、せりあがる嗚咽だ。とうとう自分で自分を誤魔化すことも限界になって、ミュリエルはポロンと大きな涙の粒を零し、無様な嗚咽を漏らした。

『はぁ!? お、おい、泣くなよ！ オレが泣かせたみたいになってるじゃねぇかっ!?』

一度決壊した涙は止められず、あとからあとから零れていく。四匹ぶんの非難の色を浮かべた目が、アトラに向けられた。白ウサギは眉間どころか鼻にまでしわをよせ、苦々しい歯ぎしりを響かせる。そんななか、スッとミュリエルに歩みよったのはサイラスだ。

「ミュリエル、私はどんなに暑くても気にならない。むしろ、いつでも歓迎だ」

そして、うつむくミュリエルを後ろから包むように抱きしめた。サイラスとて夏合宿の説明でミュリエルを泣かしかけている。よってレグ達のようにあからさまな非難は込めないものの、もの言いたげな紫の瞳でアトラを見つめた。そのなんとも言えない眼差しに、アトラはたまらず視線をそらす。

『えっ、コレはちょっと新しいパターンね』

『興味深いな。サイラス君ではなく……』

『アトラさんが仲間外れになってるっスよ』

『ひひっ。見てください。あのアトラはんのお顔』

完全に聞かせる音量で会話をするレグ達だったが、アトラの鋭すぎるひとにらみで即座に口を閉じた。それ以上無駄口を叩かないようしばらくにらみを利かせてから、アトラはいまだ泣き続けるミュリエルを見て、盛大なため息をついた。

『……これで、文句ねぇだろ』

ドスッとぞんざいな動作で、アトラがミュリエルの腹に鼻先から眉間までをベタッとくっつ

ける。驚いたミュリエルはしゃくり上げながら、白ウサギの顔を見た。それから背後にいるサイラスのことをうかがい、見下ろしてくる紫の瞳の優しい色に気づいて涙を止める。

サイラスはそっとミュリエルの手を取ると、アトラをなでるように促してきた。両者から出たお許しに、ミュリエルは遠慮なくアトラに抱き着くとふわふわな白い毛をまさぐった。暑さなど、この極上の手触りの前では些末なことだ。我慢をしていたぶん、魅惑の白い毛はミュリエルのなけなしの自制心まで崩していく。

「……っ。さ、寂しい、です。こ、こんなこと、言ってはいけないとわかっているんです。でも、寂しいです。ちゃんと帰ってきてくださるとわかっていても、寂しいんです……！」

涙なのか汗なのかわからない液体を無心でなすりつけながら、ミュリエルは訴えた。

『なら、ミューが泣いたのはオレだけのせいじゃねぇってことだよな？』

「やはり、本心はそちらか」

ミュリエルの与り知らぬところで、言葉は通じずともサイラスとアトラが紫と赤の瞳で会話をする。するとそこに、かなり強引にレグが鼻先を突っ込んだ。

『ミューちゃぁん！　アタシだって寂しいわよぅ！』

きっと悪気はまったくないのだろうが、その勢いはサイラスとアトラを押しのけた。支えのなくなったミュリエルの足もとはふらついたが、上手い具合におなかが鼻先に引っかかる。すると、地面から離れた両足がプラプラと風をかき混ぜた。

『まぁ、ワタシは何かを言える立場にないが、いいのではないか？　ミュリエル君が来ても』

『ジブンもそう思うっス。ミュリエルさんがいても問題ないっスよ。いや、それどころかむしろ、ミュリエルさんがいた方が皆さん無茶しなさそうじゃないっスか？』

『それは一理ありそうや。年々やんちゃがひどくなる傾向やったし、怪我する前に止めてくれるお人がいた方が、何かと助かると思います』

しかも何も言わぬうちに、望めないと思っていた加勢がなされる。そして言いたいことだけ言い終えた面々は、最終的な判断を白ウサギに委ねた。強面だし使う言葉も乱暴なアトラだが、独裁者ではない。何事においても仲間を重んじる聖獣、それを体現するのがこの白ウサギでもある。

『おい、ミュー。とりあえず余計なことは忘れて、オレの質問に答えろ。オマエ、三食全部地べたに座って食うようなもんでも、平気か？』

全幅の信頼をよせるアトラから『忘れろ』と言われれば、素直なミュリエルはとりあえず忘れる。レグの鼻先からストンと地面に降り立ったミュリエルは、言い聞かせるようなアトラの問いかけをよくよく心のなかで吟味するために、何もない斜め上を見つめた。

『寝るのも、ベッドってわけにはいかねぇ。場合によっては野宿だってある』

（暑くなってからは拒否されていたけれど……。今までも二、三日に一回はベッドではなく、アトラさんと同衾させていただいていたし……。一人ぼっちで森で寝ろと言われたら無理だけれど、そういうことではないわよ、ね……？）

『水が使えないってことはねぇけど、湯を気軽に使うのは難しい』

（夏場だもの。お水が使えるなら、十分だと思うわ。お水さえも使えないと言われたら、それはさすがにちょっと、嫌だけれど……）

『そんでもってそれが途中で嫌になって帰りたくなっても、そうはいかねぇんだ』

（嫌になるようなことは、今のところ言われていないと思うわ。そもそも、サイラス様やアトラさん達と一緒にいられる場所が、私の居場所だから……）

『それが一か月、場合によっては二か月近く続く。どう思った？』

　アトラの歯ぎしりがやんだので、ミュリエルは心のなかでしていた回答を声に出した。

「想像したぶんには、どれも問題ないと思いました」

　気負った様子もなくあっさりと答えたミュリエルに、アトラが満足そうに目を細める。

『その言い方を見ると、本当に大丈夫そうだな。よし。じゃあ、サイラスに強請ってみろ』

「えっ。で、ですが……」

　アトラと何を話しているのかさっぱりわからないのに待ってくれているサイラスを、ミュリエルはチラリとうかがった。視線を向けられたサイラスは首を微かに傾げている。

『オマエが強請れば、サイラスは嫌とは言わねぇよ。オレも、いや、オレ達もミューが長く傍にいねぇのは、変な感じがするしな。さっきすぐに誘わなかったのも、無茶な行動が多いとこに連れて行くのが気になっただけだ。けど、オマエが来たいなら……、一緒に行こうぜ？』

　ニヤリと笑ったアトラが、鼻先でミュリエルを押す。なんと言えばいいか決まらないままサイラスと向き合ってしまったミュリエルは、所在なく両手を胸の前で組み替えた。サイラスは首を傾げたままであるものの、せかす雰囲気はない。

「サ、サイラス様、あの……」

名前を呼べば、慌てる必要はないとでも言うように軽く微笑んでくれる。

『頑張って、強請れよ？』

あとは自分でなんとかしろ、とアトラは横目でサイラスとミュリエルを見やっただけで、湖の方へ歩き出してしまう。

『そうそう！　グイグイいっちゃってちょうだい！』

『サイラス君はミュリエル君の押しに、めっぽう弱いからな』

『ってか、ミュリエルさんて、もともとおねだり上手だから大丈夫っスよ』

『ひひっ。あ、ミューさん、ついでにスキンシップ多めがオススメです』

口々に声援なのか野次なのかわからない台詞を口にしながら、レグ達も背中を向けてしまった。アトラ達にお世話になってばかりのミュリエルだが、一人で大丈夫だと判断されたのなら無様な姿は見せたくない。よって胸の前でもじもじとさせていた手を解くと、真っ直ぐサイラスを見上げた。

「あ、あの！　アトラさん達が夏合宿に、私も一緒に行こうと誘ってくださいました！」

瞬きをしただけのサイラスからは、いいも悪いも返事が出ない。ならばここは、いつも強気なアトラにあやかるのがよさそうだ。何しろミュリエルがサイラスの口から聞きたいのは、「はい」か「うん」かのどちらかだ。

「それに、長く離れるのは変な感じがする、とも言われましたし、むしろ一緒にいてほしい、とも言われました。私がいた方が無茶を止められるかもしれない、とのお話もいただいています！」

気持ちを込めて見つめ、紫の瞳いっぱいに懸命な自分の姿が映り込むように背伸びをする。押しの強さを体現するには迫力が足りないミュリエルは、無意識に距離の近さをもってそれを補っていた。そのため、二人の間には拳一個ぶんほどの隙間しかない。

「わ、私！　ご飯を地べたで食べるのも、夜ベッドがないのも、お湯が好きに使えないのも、全部、全部平気です！　途中で帰りたいだなんて、絶対に言いません！　だって私がいたいと思うのは、皆さんの傍だから……！」

もはや見つめるには、真上を見る勢いだ。サイラスも瞬きもせずに目を見張っている。

「皆さんの……」

そこまで言って、ミュリエルはいったん唇をキュッと閉じた。そして、そっと下を向く。

「サイラス様の、傍に……、いたいんです……」

うつむくと、前髪だけがサイラスの胸もとに触れた。このままおでこをくっつけてしまえば、抱きしめてくれるだろうか。そんな誘惑に駆られたミュリエルだが、即座に恥ずかしくなる。少し前までの自分では考えられないことだ。目の前にサイラスの広い胸があれば、身をよせてしまいたいなどと思うとは。

（だけれど、気づいてしまったら、誤魔化すことはしたくないもの……。わ、私は、サイラス様のお傍にいたいし、傍にいれば触れたいし、できれば……、サイラス様にも同じように思ってほしい……）

羞恥心と比例して、じりじりと頰が熱くなっていく。好きな人を欲する気持ちというものは、どうやら我慢するのが難しいらしい。おでこをくっつけるどころか、今やもう抱き着いてしまいたい。そんな欲求を抱いてしまうほど、いつの間にかサイラスとミュリエルの心の距離はこんなにも近くなっている。

しかし、ミュリエルは生唾と一緒に欲求も飲み込んだ。それでも飲み込みきれなかった気持ちのぶんが、抱き着くよりは一歩ほど遠い、両手でサイラスの服につかまるという形で出てしまう。衝動的にしたことだったが、行動もそれに伴う気持ちもこれ以上は収まりがつきそうになかった。ミュリエルは自身の前髪越しに、うかがうようにサイラスの顔を見上げる。

「お、お願い、します……。私も、連れて行ってください……」

サイラスの胸に触れたことで持ち上がってしまっていた前髪を、大きな手がすいてくれる。優しい手つきが嬉しくて、もっと触れてほしいと思う。一か月も二か月も、この手の届かぬ場所にいるとなれば、きっととても苦しい。

「離れたく、ないんです……」

服につかまる両手に力を込める。すがりつく指先に、願いを込めた。ゆらゆら揺れる紫の色が、柔らかく甘い色へと変わりますように、と。恥ずかしさに頰は染まり、結局押しきれずに弱気になってしまえば唇も震える。そして、懸命な気持ちが溢れれば翠の瞳は潤むのだ。

「それとも、サイラス様は……。私と離れても平気、です、か……？」

なかなか望む言葉を発してくれない形のよい唇が、今はとても意地悪に思えた。しかし、ふと気づく。いつもなら、きっと自分の方がこんなふうにサイラスを焦らしているのだろう。

「駄目だなんて、言わないでください……」

思わず右手を持ち上げて、人差し指をサイラスの口もとで立てる。触れてはいないので、言葉を遮る物理的な効力はない。

「では……」

だからサイラスの呟きは、ミュリエルの指先に吐息になって触れた。

「っ!?」

「君が望まない言葉など言わないように、私のこの口をふさいでくれ」

言葉を続けたサイラスは、ミュリエルの右手に優しく指を絡ませ下ろさせる。さらに服につかまっていた手は、上から包まれて動かせない。かがむように近づく綺麗な顔が、重なるのにちょうどよい角度へと傾いていく。

しかし、最後の少しの距離を残してサイラスは動きを止めた。いくらミュリエルでもわかる。提示されているふさぐ方法は、一つだ。

「……ミュリエル？」

見たいと願っていた色が、至近距離で艶めいている。その色に誘われるままに、ミュリエルはゆっくりあごを上げた。翠の瞳にまぶたを落としていくのと同じ速度で、紫の瞳も伏せられていく。しかし、息をすることさえ憚る距離でミュリエルの動きは止まった。けして焦らそうとしたわけではない。

「……、……、……や、やっぱり、無理で、んんっ！」

自ら口をふさがれにきたサイラスにより、ミュリエルのお決まりの台詞は音にならなかった。

『チョロすぎる……』

成り行きを直接見ずとも完璧に状況を把握しているアトラが、二人からはまったく聞こえない場所で歯を鳴らした。なんとも言えない顔でされた歯ぎしりに、レグ以下四匹も異口同音に賛同する。

ここぞとばかりに強請る方も、簡単に流された挙げ句上手く転がされてしまう方も大概だ。だが結局どちらの立場であったとしても、想いをよせあう二人には、さしたる問題ではないのだろう。

日を改め、場所は実家であるノルト伯爵家だ。ミュリエルの帰宅になぜかリュカエルも合わせたことで、居間には久々に家族四人がそろっていた。なぜ昼間に時間を作ってまで帰宅したかと言えば、サイラスから夏合宿の同行には家族の了承を取ってくるようにと言われたからだ。

目的ありきの帰宅だが、ミュリエルはまず、妊婦である母の目立ってきた腹をなでさせてもらっている。望む反応はなかなかもらえないが、このなかに弟か妹がいると思うともうそれだけで可愛い。

「それでミュリエルちゃん？　今日は、なんのおねだりがあって帰ってきたの？」

「えっ⁉」

「うふふ。だってミュリエルちゃんてば、最近用がなければ帰ってきてくれないんだもの。ねぇ？　あなた？」

ミュリエルの向こうからのぞき込むようにして声をかけられたノルト伯爵は、軽い内容のはずの問いかけに重々しく頷いた。

「……嫌な予感しかしないな。はぁ。まぁ、ちょっと待て。すーはーすーはー。よし、聞こう」

やや前かがみで深呼吸をしたノルト伯爵は、動じぬ精神もまずは格好から、とでも言うようにどっかりと肘掛け椅子に座り直す。それを大人しく待ってから、ミュリエルは口を開いた。

「えっと、その……。サイラス様に頑張っておねだりをしたら、お父様とお母様の許可を取ってくるように言われたんです。それで、その、長期外泊の許可を……」

「ごふっ‼」

上質な演奏でも聞くかのように目を閉じて指を組み、静かに構えていたはずのノルト伯爵は、ミュリエルの発言を聞いた途端鼻水まで噴射する勢いでむせた。なぜ吹き出したのかわからないミュリエルは、おろおろとするしかない。

「お、おま、お前！　こ、婚約したとはいえ、が、がが、外泊ぅ!?　うぐっ、げふっ、がふっ」

どうにも動揺の咳き込みが収まらないノルト伯爵は体を丸め、ローテーブルに手をついた。

「あらあら。長期外泊ってリュカエルちゃんの言っていた、聖獣騎士団の夏合宿のことかしら？　ミュリエルちゃんも、それについて行きたいの？」

ミュリエルと一緒に長ソファに座っていたノルト夫人はゆっくりと立ち上がると、夫の傍まで行きその背をなでた。そして動作と同じくらいおっとりと口を開く。

「あ、はい。それです」

「い、言い方が悪いぞ、ミュリエル！　はぁ、もう、ちゃんと考えてから言いなさい……」

強い一声を浴びせたノルト伯爵は突然の虚脱感に襲われたのか、椅子から滑り落ちるように床に膝をつくと、ローテーブルに突っ伏した。

「えっ、あの、す、すみません。えっと……、近々聖獣騎士団が、聖獣達の避暑と騎士の体力向上を目的として、夏合宿に行くんです。それで、私も聖獣番としてそこに帯同したくて……。えぇと、なので、長期外泊の許可を、お父様とお母様からいただきにまいりました！」

最初は父親のつむじに向かって説明していたミュリエルだが、途中から気を取り直したのかノルト伯爵が椅子に座り直したので、ちゃんと顔を見て説明を終えた。ちなみにノルト夫人はリュカエルがそつなくソファまでエスコートしており、再びミュリエルの隣に座っている。

そして、ミュリエルがちゃんと簡潔に要望を述べられたことに満足したのか、ノルト伯爵は腕を組んでうんうんと頷いた。しかし。

「うむ。許可できない」

「……、……、……えっ!?」

父親の態度と返答が噛み合っていなかったために、ミュリエルの反応は一拍以上遅れた。聞き間違いだと思ったが、続く台詞も否定を重ねるものだ。

「そんなもの許可できるわけがないだろう。考えてみなさい。お前は曲がりなりにも妙齢の伯爵令嬢なのだぞ。リュカエルの話では、夏合宿という名のサバイバル生活だそうじゃないか。お前ができるはずもないし、ついて行ったとて迷惑になるだけだ」

とうとうと流れていく全面的な否定の言葉を、もとより反論に慣れていないミュリエルが止める手立てはない。

「エイカー公爵が、なぜお前に実家の許可を取ってこいと言ったのだと思う。ご自分の代わりに止めてほしかったからに決まっている」

「えっ! で、ですが……!」

「それより、ミュリエル。お前は今回のように何かにつけ閣下に我儘を言っているのではないだろうな?」

「えっ? い、いえ、そんなことは……」

「いくら望んでいただけているとはいえ、それに甘え、無理を通すことを覚えるなど言語道断だ。末永く可愛がっていただくためには、我慢と遠慮を忘れてはいけない」

「も、もちろん、そうだと思います。でも……！」

「いいか、ミュリエル。そもそもお前は、独りよがりになる場面が常々とても多いのだ。勝手な思い込みでご迷惑をおかけすることがないように、よく周りを見るのだぞ？」

「……、……、……」

「ミュリエル、聞いているのか？　下など向いて、また自分の世界に……、……、……ミ、ミュリエル？」

娘がうつむいて小刻みに震えているのを認識したノルト伯爵は、途端に勢いをなくし、狼狽えた声で名前を呼んだ。ミュリエルは首を横に振って返事とする。

以前のミュリエルであれば己の気持ちを表現できないもどかしさから、この時点で泣いていただろう。しかし、聖獣番としてひと角にも働いているという自立心が、小さな反骨精神をわき上がらせていた。ミュリエルはキュッと唇を引き結ぶと、強い眼差しと共に顔を上げた。

「な、なんという顔をしているのだ！　い、いやいや、待て待て！　私は可愛い娘を心底心配に思ってだな！　けっして意地悪をしようというのではなく！　と、ともかく、そんな顔をしないでおくれ？　な？　ミュリエル、お前は締まりなく笑っている顔が、一番可愛いと父は思うぞっ⁉」

娘の常にない反応に、ノルト伯爵はどうしたらいいのかわからずに妻と息子に視線で助けを求めた。しかし、妻はやんわりと息子はしれっとその視線を受け流す。傍から見ればミュリエルの顔に迫力などまったくないのだが、いつも呆けている顔しか見たことのない父からすれば、激しい反抗期だと感じるほどの衝撃だったらしい。互いに心情を量りきれぬまま、両者はしばし見つめ合った。

「……なんだか進みそうもないので、僕が口を挟んでもいいでしょうか」

一度は知らん顔をしたリュカエルだが、家族四人が集まった場で助け舟を出すのは決まってこの弟だ。ノルト夫人を席に案内してから立ちっぱなしだったリュカエルは、間を取り持つために長ソファの背後をぐるりと迂回すると、母と姉が並ぶその隣に座り直した。実はこの時点で、すでに戦況は三対一だ。

「父上、団長は駄目なら駄目ってはっきり言う方ですよ。姉上もそれをよく知っているから、父上のお叱りに違和感を覚えて、言い返したくなったのですよね？」

出てこなかった言葉は、あっさりリュカエルが代弁してくれる。ミュリエルは大きく頷いた。しかし、弟の真価はこんなものではない。

「僕の見解ですと、団長ご自身は姉上を連れて行きたいとのお考えだったと思いますよ。ですが諸々を加味すると無理がある。だから葛藤の末に、姉上自身と父上に選択を委ねたのだと推察します」

やはりリュカエルはすごい、とミュリエルは感心した。そこまで考えついてはいなかったが、己の知るサイラスを当てはめて容易に想像できる、まったく無理のない分析だ。

すっきりとしたミュリエルが表情を緩めれば、ノルト夫人が栗色の髪をなでてくれる。続けて微笑みながら頷いてくれた。流れで逆隣も見れば、弟も何食わぬ顔で軽く頷いている。

過半数の承認は得られた。となれば残すは一人だ。ミュリエルは母と弟の視線を背に立ち上がると、ノルト伯爵の前に回り込んで跪いた。

「お父様、私、行きたいんです」

真摯な眼差しを父へと向ける。

「行くまでに、自分でも準備をしっかりします」

そして、両手で重ねた年を感じさせる手を握った。

「いつも以上に気をつけて、怪我も病気もなく帰ってきます」

キュッと目に力を入れて、身を乗り出す。

「だから、お父様……。どうか駄目だなんて、言わないでください……！」

「ぐっ……」

娘から反抗期を思わせる顔ではなく、可愛く純真な眼差しを向けられたノルト伯爵は、すぐに受け止めきれなくなって変な声を漏らしながら下を向いた。もう決着はついたが、ノルト伯爵は無言の抵抗をもって粘りをみせる。

頬に手をあてたノルト夫人が、ここでチラリと息子に視線を送った。片眉を上げたリュカエルは、母親の求めに応じて再び口を開く。

「父上、正直なところ、団長と僕の見える範囲にいてくれた方が姉上は格段に安全ですよ。団長は姉上の肌が多少焼けようが、転んで膝に擦り傷を作ろうが、うるさく言う方ではありませんし、何かが損なわれることもありません」

ノルト伯爵はがっくりと肩を落とした。

「……気をつけて行ってきなさい」

「っ！　ありがとうございます！　お父様、大好きです！」

満面の笑みと共に飛びついてきたミュリエルを、ノルト伯爵は抱きしめる。そして、両手を使って適当になでた。

「はぁ、もう、絶対に気をつけるのだぞ？　色々と。……リュカエル、頼むぞ、本当に」

「ハーイ。ガンバリマース」

ノルト伯爵家の一家団欒は、白々しい弟の返事までが込みだ。

今日も今日とてミュリエルは、アトラ達と湖まで来ていた。お決まりの行動で思い思いの方向へ行こうとしていた聖獣達だが、ミュリエルが常にない動きをしはじめたことで動きを止める。
『……なんか持ってんなと思ってたけどよ。オマエは何をはじめたんだ？』
いつもは持参しないバケツに水を汲み、その辺に落ちている木を吟味していると、ここまでは見ているだけだったアトラからとうとう声をかけられた。
「夏合宿にご一緒できることになったので、火くらいは自分で起こせるように、練習しておこうと思いまして！」

選び抜いた大小二本の木の枝を手に、ミュリエルはやる気に溢れた笑顔をみせた。

『は？　その木の棒で、か……？』

「はい！　皆さんにご迷惑をかけないように、通り一遍のことはできるようにしておきたいんです！」

説明しながら、太い枝を座りがよくなるように地面に置く。片手があいたところで、ミュリエルはケープの下にかけている斜めがけのカバンから本を取り出した。

「そこでコレです！『大自然満喫、おためし七日間無人島生活』です！」

ババンッ、と効果音がつきそうな勢いで掲げた本に聖獣達の視線が集まるが、その目には怪訝な色が浮かぶ。それに気づかずミュリエルは、嬉々としていくつもの付箋が挟まったうちの一ページを開いた。

「事前知識はこちらでバッチリ頭に入っているので、あとは実践あるのみです！」

見出しにある文字は、第二章、基本的な火のつけ方、だ。ミュリエルは本を脇に置いてページが飛ばないように小石で固定すると、カバンから今度はナイフを取り出した。設置ずみの太い枝には切り込みを入れ、細い枝の先は尖らせるためだ。

『お、おい、手つきが危ねぇ……！』

「だ、大丈夫です！　少し、削るだけ、です、ので……！」

ガチン、とやってしまっては手もとが狂うと思ったようで、アトラの歯ぎしりは滑りが悪い。

しかし、ナイフを慎重にあてる動きと絶妙に重なり、ミュリエルにとってはよい助けとなった。おかげで軽く切り込みがついた太い枝は、尖った細い枝を直角にあてるとなんとも具合がいい。

　それに気をよくしたミュリエルは、火をつける過程においては序盤すぎるところにいるにも関わらず、すでに達成感を得ていた。そして、気持ちのままに力の入る両の掌（てのひら）で細い枝を挟むと、すり合わせるようにして回転させはじめる。

『……ど、どうしましょう。ミューちゃんが一生懸命すぎて、突っ込めないわ』

　この方法では火がつかないと誰もが確信していることを、ミュリエルだけが知らない。万が一、火が広がったら危ないと用意したであろう水入りのバケツが、いっそ哀れだ。

『まず疑問なのだが、ミュリエル君は以前幽霊騒ぎで外泊した際に、火の起こし方を見てはいなかったのか？　こんな原始的な方法など、誰もとっていなかっただろうに』

『これは違うことに気を取られて、気に留めてなかったパターンスね。間違いないっス』

『あー……。ミューさんの細腕じゃ、煙も立たへんと思います。どっか筋をおかしくする前に、止めた方がええんとちゃいますか？』

　最終的な判断を求めて、レグ達の視線はアトラに向けられた。

『……正しい方法教えて、実践させせんのも危ねぇだろ』

　そして下されたアトラの最終判断は、放置、だ。

『どうせサイラスがついてんだから、余計なことさせねぇのが一番だと思うんだよな。……、……、……んだよ。間違ってるか？』

口はレグ達に向けて動かしつつも、赤い目だけはミュリエルから離さない。動きのいっさいを見逃さぬよう、鋭くすがめられていた。最後だけはチラッと不機嫌に視線を投げたが、それだけだ。その様子に、ブフッとレグが鼻息を吹き出す。

『いっいえー。ただ、サイラスちゃんもだけど、アトラも大概過保護だわぁ、と思っただけ。ねぇ？』

問いかけに対する同意は三つ。火起こしに夢中なミュリエルはここまでを聞き流していたのだが、ふと思い立って手を止める。

「皆さんは、どうぞ涼みに向かってくださいね？　私はここで頑張っていますので。あっ。えっと、一応ご予定だけおうかがいしてもよろしいでしょうか？」

すると、アトラ、レグ、クロキリ、スジオからは常と変わらぬ答えが返る。しかし、一匹だけ普段と違う者がいた。ロロだ。なぜかつぶらな瞳を盛大に泳がせている。

「ロロさん……？」

『あ、あぁ、いやぁ、ボク、しばらく穴掘りはせぇへん、かなぁ……。な、なんか、たまには泳ぎたい気分かも、なぁんて……、ひ、ひひっ』

「えっ⁉　お、泳ぐ⁉」

モグラの泳いだ姿を見たことのなかったミュリエルは、思ってもみない返しに驚いた。ロロは半笑いをしながらコクコク頷いている。

『モ、モグラかて、上手に泳げるんもんです！　多分ここからしばらくは、水遊びに夢中になる予定やから、ミューさんもそのつもりでいてください！』

「そ、それはもちろん、お好きにしていただければな、と思うのですが……」

なんとなく言葉尻を濁したミュリエルは、なおもパチパチと瞬いているロロをまじまじと見つめた。

「あの、具合が悪いわけでは、ないのですよね……？」

俄かに心配になって眉をよせる。せっかく言葉が通じるのだから、不調があれば誰よりも先に気づいてあげたい。妙に隠されて悪化などさせてしまっては大問題だと、ミュリエルの声音は大変親身だ。するとロロは、勢いよく首を振った。

『い、いやいや、違う違う！　そこは心配せんといて！　めっちゃ元気です！　ほら、この通り！』

「ですが……、やっぱりなんだか……、いつもと違うような……」

言っていることもおかしいが、動きもなんだかおかしい。黒パンに擬態するのが趣味兼特技と言っても過言ではないモグラが、首を振っていたかと思えば今度は左右に体を揺らしながら爪をバラバラと無駄に動かしている。しかも、さらに奇妙なことに指摘した途端、それらすべてをピタリとやめた。

これはいよいよおかしいと、ミュリエルはもう一度問い質そうとした。だが、アトラがなんの前触れもなく警戒体勢をとる。そのため、ミュリエルも即座に緊張した。

ピンッと耳を立てた中腰の姿勢で、アトラが辺りの様子を探っている。最大限の警戒を示す姿に、ミュリエルも息を潜めた。異変を感じたのは、そこから数拍たってからだ。

足裏がくすぐられるような変な感触があるなと思った次の瞬間には、地面から大きな振動が全身に伝わっていた。ミュリエルは握っていた棒をポイッと捨てて、よろめきながらアトラにより添う。

「な、何事でしょうか⁉」

アトラはミュリエルの問いには答えず、何かの音を拾ったのか長い耳を湖の先に向けた。そちらに鋭い視線を一瞬投げたかと思えば、身を硬くしているミュリエルの襟をくわえ、すぐさま背中へ転がす。

『おい！　獣舎に戻るぞ！』

異を唱える者など誰もいない。ミュリエルもまた、アトラの邪魔にならないことだけを考えて、背中に必死でつかまった。

大きな地鳴りを聞いた直後、暑さにやられた緩慢な動きなどなかったかのような機敏さで、ミュリエルはアトラ達と共に特務部隊の獣舎に帰ってきていた。

今はもう日が落ちている。聖獣番のミュリエルはそろそろ終業の時刻だが、獣舎にとどまっていた。何しろサイラスとレインティーナ、それにリュカエルと一緒に出て行った、アトラにレグ、スジオがまだ帰ってきていないのだ。

　ミュリエルは落ち着きなく両手を胸の前で組み替えながら、ランプが照らす獣舎のなかをうろうろと歩き回っていた。

『ミュリエル君、キミがそわそわとしていても結果は変わるものではないぞ』

「そ、それは、そうなのですが……」

　落ち着くように言われても、落ち着けるわけがない。そもそもクロキリとて、言葉ではそんなことを言っているが、途切れることなく右に左にツーステップを踏み続けている。

　ミュリエルがどんなに慌てていても、聖獣達は余裕を持っていることが多い。それなのにこんな姿を見せられては、常にない緊急事態なのかと勘ぐってしまうではないか。

「あ、あのっ！　ほ、本当のことを教えてくださいませんか……？」

『っ!?　ほ、本当のこととは、ど、どういうことだ？』

　どもるどころかうわずった声で返事をされて、ミュリエルは涙目になった。耐えきれずに聞いてしまったのは、失敗だっただろうか。知らずにいれば不安ですんでいたことが、絶望に変わったとしたら、ミュリエルはこの場で息の根が止まるかもしれない。

「や、やっぱり、何かよくない事態に……、とても危険な状態になっているのでしょうか？　クロキリさんが、こんなに落ち着きがないことなんて、今までなかったですものね……。それでも、もし、私を心配させまいとしているのなら、そんなお気は遣わずに、どうか……、どうか真実を教えてください！」

涙を溜めて両手を胸の前で祈りの形に組み、クロキリににじりよりながら見上げる。その必死な勢いにステップを止めたクロキリは、気おされたように首を後ろに引いた。だが、すぐに黄色い瞳を瞬かせる。

『……ん？　危険、だと？　いや、危険なことなど何もないぞ？』

「えっ？　ほ、本当ですか……？」

『うむ。そこは断じて心配する必要はない』

なぜか急に落ち着きを取り戻したクロキリに、ミュリエルは強張っていた肩から力を抜いた。嘘がつけない聖獣の言葉に、これ以上の聞き返しは無意味だ。

ミュリエルは次にするべきことが見つからなくて、ポカンとクロキリを見上げる。すっかりいつも通りのクロキリは、丁寧に羽や胸毛の毛繕いをはじめていた。しばらくそれを見守って、ミュリエルはここでやっともう一匹留守番を言い渡されている聖獣を思い出した。ロロだ。

ずっといい子で黒パンに擬態していたため、会話を振ることもしていなかった。どうせならクロキリからだけではなく、ロロからも大丈夫だという言葉が欲しい。振り返るとロロの馬房に向けて進みながら声をかける。

「えっと、ロロさんも……」

『あーっ!!』

びくぅっ!!　っと、ミュリエルは体を跳ねさせた。文字通り飛び上がって驚いたのは、クロキリの声がそれほどの大きさだったからだ。この紳士然としたタカが声を張るのは大変珍しく、ミュリエルは慌てて進んだ数歩を駆け足で戻る。どうしたのかと目を丸くして見上げれば、しっかりと目が合う。すると、クロキリは右脚をゆっくり上げて爪のついた指を広げた。そしておろすと、今度は左脚でも同じことをする。その妙な仕草を、ミュリエルは瞬きどころか息までつめて見つめ続けた。

先に視線を切ったのはクロキリだ。そして不自然にはじまる毛繕い。急激な痒み(かゆ)にでも襲われたのか、いつもの丁寧な仕事ぶりを思うとかなり雑だ。高速なうえに手荒いせいか、嘴(くちばし)を引き抜くたびに綿毛のような丸く白い羽毛がふわふわと空中に舞う。

『あ、あぁ、なんだね、ミュリエル君。えー、そのだな……、……、……オホン、そんなに落ち着かないのなら、あぁ、そうだ、火の起こし方の練習でもしてみてはどうだ』

「へっ？」

クロキリの不思議な動きに気を取られていたミュリエルは、続く台詞にもポカンとした。

「えっと……、ここでやっても、よいものでしょうか……」

『もちろんだとも！　あれは時間も潰せるし、何より余計なことを考える隙間が……いや、なんでもない。ぜひ、今、ここで、練習したまえ！　ワタシがじっくり見届けてやろう』

やや間抜けな顔をしているミュリエルを、クロキリは見下ろしながら胸を張った。先程までの挙動不審ぶりが嘘だったように、あまりにも堂々と言い切られたため、ミュリエルもついつられて頷いてしまう。

「そ、そうですか。で、では、せっかくなので練習させてください。あっ、あの、ロロさんもよいで……」

『もちろんだとも！　いいに決まっている！』

「えっ……」

むんっ、と限界まで胸毛をふくらませたクロキリに、ミュリエルは固まった。萎む気配のない胸毛をよくよく眺める。なんとなく引っかかるものがあり、振り返った。目を向けたのは、反応のないロロの馬房だ。

『さぁ！　はじめてくれたまえ！』

「……」

ミュリエルは、まだ最大限に胸毛をふくらませているクロキリに再度視線をやった。そしてまた、反応のない黒パン状態のロロを見る。どちらに向ける眼差しも、ミュリエルのものにしては珍しくやや鋭い。

「……」

『な、なんだね……？』

さらにそれを二度ほど繰り返してから、ミュリエルは鋭いだけではなく疑惑のたっぷりこもった視線をクロキリへと注いだ。萎みゆく胸毛を沈黙のままに眺めていれば、伏せがちな黄色い目が泳ぎだす。

「……クロキリさん。私は自分でも騙(だま)されやすい質(たち)だと、十分理解しています。ですが……」

胸毛が心なしか通常時よりもしんなりしたところで、ミュリエルはくるりと方向転換をした。

どう考えても怪しい。怪しすぎる。

『あ！　こら！　ミュリエル君、やめたまえ！　あー!!　……、……、……あぁ』

そして、制止の声を振り切って突撃した黒パンにずっぷりと両手を差し入れた。するとクロキリが、すべてを諦めたかのようなため息をつく。

「……、……、……クロキリさん？　これは、どういうことですか？」

『う、うーむ。その、なんだ……。これには深いわけがあってだな……』

押しても引いても動かない、しかも温かくもない毛玉から手を放すと、ミュリエルはクロキリに向き直った。それから、明後日の方向を向くクロキリへと一歩一歩近づく。

「なんで、よりによって今日この時なんですか……？　だって、昼間にあんな地鳴りがあったのに……」

『ミ、ミュリエル君……？　も、もしや、怒っているのか……？』

近くまで戻ってきたミュリエルが足もとに視線を固定していると、恐る恐るといった様子でクロキリが声をかけてくる。そこで両の拳を握ったミュリエルは、キッと顔を上げた。

「心配しているんです!!」

『お、おぉう。そ、そうだな』

「こんな時にお外に行くなんて、危ないじゃないですか！　何かあったらどうするんですか!?　リーン様とご一緒というわけではないのでしょう!?　もし！　もし何かあったら……っ！」

万が一の事態を想像したミュリエルの翠の瞳は一気に潤み、あっという間に決壊した。

『あっ！　な、泣くな！　キミに泣かれると大変心が痛い！』

握った拳を震わせながら、ボロボロと大粒の涙を零しはじめたミュリエルを見て、クロキリはボッと全身の羽毛をふくらませた。

『そもそもミュリエル君が泣くようなことは、何一つないのだ！　だいたい今回のことは、ロロ君が始末をつけるのが当然のことで、あっ……、……、……、オホン』

左右に体を揺らしながらピィピピィピュイピュイと鳴いていたクロキリは、突然直立不動になる。そして、開いていた嘴をゆっくりと閉じた。しかし、取り繕っても遅い。珍しくもこの時、ミュリエルは聞き逃さなかったのだから。

「……ロロさんが始末をつける、とは、どういうことですか？」

グスッ、と鼻を鳴らしながら、ミュリエルは恨みがましい目でクロキリを見上げる。往生際の悪いことに、クロキリは精一杯顔を背けていた。

「もうそこまで言ったのなら、教えてください！　ほとんど言ったのと同じですよ！　それにサイラス様とアトラさん達が帰ってきたら、どちらにしろ今の状況をご報告します！」

なんの魅力も感じられない黒パン状態の毛玉を指さし、ミュリエルは叫ぶ。その剣幕に、クロキリはタジタジだ。

「あんなあからさまな毛玉を置いて……、ん？　あれ？」

しかし、今一度視界に毛玉をとらえて首を傾げる。なぜか毛玉が、魅力を取り戻しているように見えたのだ。瞬きをしてからまじまじと眺め、グッと眉間にしわをよせる。わざわざ傍まで行かずとも確信したが、ここはあえて何も言わないまま毛玉に足を向けた。その行動を、クロキリはもう止めなかった。

「……ロロさん、おかえりなさい」

先程から場所どころか形状すらも少しもズレていないが、ミュリエルにはわかる。

「駄目ですよ。これぱかりは誤魔化されません。私だって聖獣番として日々成長しているんです。ロロさん？　私は自信満々ですよ。間違っている気がしません」

触れれば絶対に温かいはずだ。だがミュリエルは、ロロからの反応を根気強く待った。

「とっても心配しました。怪我などされていませんか？」

どこが顔かわからないがのぞき込みながら、小さく声をかける。するとほどなくしてキュー、っと情けなくも可愛い鳴き声と共にもぞもぞと毛玉が動き、やっとつぶらな瞳と対面することができた。

「どこもなんともないですか？　大丈夫ですか？」

『……どこもなんともあらしません。大丈夫です』

ロロの返事に頷くと、ミュリエルは安心して深く息をついた。安心してしまえば次に顔を出すのは違う感情だ。ミュリエルはことさらにっこりと微笑んだ。

「では、説明、してくださいますよね……？」

ロロのつぶらな瞳が泳ぐ。

『もーう、クロキリはん！　誤魔化しといてって言うたのに！　ちゃんと仕事してくれんと困ります！』

『なっ！　何を言うのだ！　ワタシはしっかりと仕事をした！』

『ほんなら、なんでバレてますの⁉』

『ワタシの完璧な誤魔化しを、勤勉なカノジョがその観察眼で上回ってきたのだ！　よって、ワタシのせいではない！』

『いやいやいや！　胸張って「任せておきたまえ」って言うたなら、そこは最後まで責任取ってもらわんとかないません！』

「クロキリさん、ロロさん」

騒ぐ二匹の間に落ちたミュリエルの声は、小さかった。しかしクロキリもロロもピタリと口をつぐむ。沈黙が訪れた場で、ミュリエルは努めて冷静に口を開いた。

「説明を、お願いします」

『あ、はい……』

クロキリまで敬語になっているところに、ミュリエルの本気度が垣間見える。しかし、そろって『はい』との返事をもらったものの、そこからなかなか先に進まない。先を譲り合う視線が二者の間で往復する。

とはいえ、いつにない強気のミュリエルの姿勢に、観念したのはロロだった。そもそも察するに当事者はロロのようだから、ここは彼から説明されるべきだろう。

『えぇと、その、まず、言うときたいのが、これはボクの存在意義に関わる話で……。せやから今回のこと、けっして悪戯目的だとか悪意を持ってだとか、そんなふうには思わんでほしいんやけど……』

地面とミュリエルを交互に見ながら前置きをするロロに、頷いてみせる。そもそも聖獣という特性上、悪戯に関しては強く同意できないものの、悪意ある行為などはするはずもないとミュリエルも思っている。その点については疑いようがない。よってミュリエルは信じていると、まごついた様子のロロに向かってもう一度しっかり頷いた。

『そんなら、あの、あんまり回りくどく言うても仕方あらへんし、結論から言います。えぇと、掘っちゃいけへんとこ、掘りました。ごめんなさい』

「……、……、……えっと、つまり?」

結論と謝罪だけ聞いて持っている情報と照らし合わせたものの、ミュリエルでは答えにたどり着けない。あごに手を添えて首を傾げると、追加の説明はクロキリから入った。

『昼間に地響きがあっただろう。あれは、ロロ君の地下迷路が原因らしい。ミュリエル君はここで留守番をしているだけだから、知る由もないだろうが……。調査に出た者達は、かなりの広範囲で地盤沈下に地下水の吹き上げ、山の崩落などを目にしているはずだ』

「えっ⁉」

それは大惨事だ。ミュリエルはあまりの事態に硬直した。

『ち、違うんです！　ボクかて何もせぇへんかったわけやないんです！　ヤバイと思うた時には補強もしたし、その後は触らへんようにもしました！　せ、せやけど、時すでに遅しと言うかなんと言うか……』

爪をバラバラと動かして結局言い訳をしはじめたロロに、ミュリエルは愕然とした表情を向けた。もう言葉もない。動きも思考も完全に停止してしまった。

クロキリとロロはなんとも言えない空気が漂うなか、ミュリエルの機能が回復するのを待ってくれている。誰もがいっさい動かない無音のそこに、ミュリエルがゴクリと唾を飲み込む音が響いた。それは再起動の合図だ。

「さ、先程、クロキリさんは危険なことなどない、とおっしゃっていましたが……。私には今のお話が、すごく、すっごく、すっごぉく、危険に聞こえたのですが……」

色んなことが繋がってきてみれば、いよいよ事の重大さが洒落にならない。愕然とした表情はそのままに、ミュリエルの顔から血の気が引く。

『いやいやいや！　ボクの穴掘りの技術舐めんといてください！　今も最後の確認してきましたし、そこは安心してもろうて大丈夫です！　地盤沈下に水漏れに崩落と、各所で起こってますけど、それも誰にも迷惑かけへん場所やし、何より二次被害なんて絶対に起こらんようになってますから！』

ロロの自信がすごい。発端はロロであるのに、なぜか頼もしさを感じてしまう。思わず感謝を述べようとしてしまったミュリエルは、グッと言葉を飲み込んだ。

しかし、ロロが自信満々で、クロキリも隠し事がばれて以降は落ち着いている。となれば、サイラスやアトラ達に危険はないのだろう。

「と、とりあえず、どなたにも危険がないようで、よかったです……。あ、それで、このことをサイラス様はご存じないでしょうけど、アトラさん達は知っているのでしょうか？」

『あー……。いくらボクかて良心はあります。せやからアトラはん達の出がけに、それとなく白状しました……』

　良心はあると言ったその口で、それとなくと言ってしまうところに本心が見えたような気がする。しかし、ロロなりにへこんでいるらしい。

『めちゃくちゃガン飛ばされたんやけどね……』

　斜め下に落とされた視線が悲しげだ。それは皆が帰ってきた時に、アトラからのお叱りを覚悟した者の哀愁のようだった。やらかしたのなら叱られてしかるべきだが、どうしても可哀想になってしまうところにミュリエルの甘さがある。

「あ、あの、叱られる時は私からも、ロロさんが脱走してまで被害の縮小に奔走したと、口添えいたしますので……。それに私も、聖獣番として一緒にお叱りを受ける覚悟です……」

　アトラの鋭い眼光と地面から身が浮くほどのスタンピング、そして激しい歯音を想像してしまったミュリエルは、ロロを慰めた。

『ミューさん、ほんま優しい……。せやけど、いいんです。これは、ボクが叱られんといけへんもんやし……』

　殊勝な態度に涙が誘われる。心情的には完全にロロのやらかしを流してしまったミュリエルは、いつでもしっとりとなめらかな感触のする毛を優しくなでた。ロロが可愛らしい目を向けてきたので視線を合わせ、微笑みをかわす。

「あら？　水滴……？」

上質な毛皮は水もよく弾く。毛先に小さな雫を見つけたミュリエルは、指先でつついてふるい落とした。

『あ、そうなんです。最後の水漏れ対応ですこぉし濡れてしもうて。いやぁ、水漏れが一番の難敵でした！　他所に流すように細工したんやけども、もしかしたら湖上ガゼボ用のあの湖もついでに少し水位が低くなってしまうかもしれ……、あっ！』

「……」

先程までの殊勝な態度はどこに行ってしまったのか。ミュリエルからの非難の目がなくなったために、あっさりロロの口は軽くなる。そして新たにもたらされた内容は、とてもではないが看過できないものだ。

「ここまでの話はアトラさん達だけではなく、早めにサイラス様にもお伝えしなければいけませんね……。あの、もうこれ以上は何も出てきませんか？」

一気に聞かされるのは心臓に悪いが、小出しにされても心臓の休まる時間がない。もうこの際洗いざらい教えてほしいと、ミュリエルは切なる視線をロロに向ける。すると、つぶらな瞳が清らかに瞬いた。しばらく見つめ合い、納得する。

『うむ。早く伝えるにしても、この感じでは夜通し帰ってこないだろう。まぁ、なんの用意もなく突発的に出て行ったのだから、日が高くなる前には戻るだろうがな』

すっかりいつもの落ち着きを取り戻したクロキリは、まっとうな発言をしながら毛繕いをしている。その仕事ぶりはやはり丁寧だ。ミュリエルは少し前との差にやや遠い目になってしまう。あんなにあからさまな言動を見せられたのに、すぐに気づけなかった自分自身に肩を落とすしかない。

そして、挽回（ばんかい）の機会は今日のうちには得られないだろう。とりあえずは明日、サイラスとアトラが帰ってくるまで、ミュリエルにできることは何もない。

クロキリの発言通り、サイラスとアトラをはじめとした聖獣騎士団の面々が戻ってきたのは、気温の上がりきらない午前中のことだった。しかし、ゆっくりとしていられる状況ではないらしく、出入りが慌（あわ）ただしい。

「ミュリエル、夕暮れからまた出ることになる。それまでアトラ達を頼む」

「は、はい！」

アトラの歩みが止まらぬうちに背から飛び降りたサイラスは、一瞬ミュリエルと視線を結んだものの、すぐさま追従していたレインティーナとリュカエルを振り返る。

「レイン、会議室に集まるよう皆に伝達を。リュカエルは各方面で個別に書き込んだ地図を集めておいてくれ。リーン殿が先に会議室につめているはずだから……」

指示を出しながら去って行く広い背中を見て、ミュリエルは慌てた。

「サ、サイラス様！　お忙しいところに申し訳ありません！　ですが、少しだけお時間をいただけませんか！」

いつもなら遠慮してしまうところだが、背に腹は代えられない。ミュリエルが大きな声で呼び止めると、サイラスは歩みを止めたばかりか、こちらまで戻ってきてくれる。しかし、同時にレインティーナとリュカエルもこちらに注目してしまい、おおっぴらに状況の報告をすることができなくなってしまった。とはいえ、どうしよう、とまごまごしているのも申し訳ない。この忙しい最中に引き止めたなら、早急に用件をすませるべきだ。

ミュリエルは会話をするのなら適度だったサイラスとの距離を、グッとつめる。そして袖を引き、口もとに手をあててサイラスの耳もとへ向けて伸びあがった。耳打ちをされるのだと気づいたサイラスがかがんでくれたので、ミュリエルは袖を引っ張っていた手を放す。そして、声が漏れないように両手を使って自分の口からサイラスの耳までを覆(おお)った。

「今回の諸々は、ロロさんが掘った穴が原因みたいなんです」

ミュリエルの発言の真意を、サイラスが視線でもって問う。とりあえず、ミュリエルはコクコクと頷いた。

「リュカエル、やはり地図は私がリーン殿に渡す」

ミュリエルの傍から離れないままに、サイラスがリュカエルへと手を伸ばす。レインティーナが微かに首を傾げたのに対し、なんとなく事情を察したのか、リュカエルは何も言わずに求めに応じた。

「二人とも、先に行ってくれ」

有無を言わせないサイラスの指示に、二人は疑問の視線すら投げずに身をひるがえした。そしてサイラスもそれを見送ることなく、アトラ達を誘導しながら、ミュリエルを伴って獣舎に移動する。

「それで先程の話だが……。今から、地図を使いながら状況の説明をする。できればより正確に、ロロの話と合わせて被害の規模をつかんでおきたい。通訳を頼めるか？」

「は、はいっ！　もちろんです！」

すぐさま了承したミュリエルは、広げた地図とサイラスの質問、そしてロロの話をすり合わせていく。以前の幽霊騒ぎの時にも同じことをしたことがあったからか、はたまた日常の行動範囲内で起こったことだったからか、思ったよりもすんなりと話はまとまった。

「……よし、わかった。これであれば大丈夫だろう。とても助かった、ありがとう」

すでにサイラスやアトラ達が確認した場所と、ロロの白状した場所には大きなズレはないようだ。サイラスがホッと息をついたことに、ミュリエルも肩から力を抜いた。しかし、これで全部が解決とはいかないと思い、眉が下がる。

「い、いえ。あの、お力になれてよかったです。そ、それで、その、お叱りは……」

そう、お叱り、だ。これだけ大事になって、ミュリエルとロロにお咎めがないとはいかないだろう。聖獣番をクビになることはない、と思いたい。お給料のカットや返納であれば、謹んでで受ける所存だ。ただ、ロロに厳しい措置が取られるのだけは避けたいと思う。

「叱る？　何を？」

しかし、心底不思議そうにサイラスに聞き返され、ミュリエルはポカンと口をあけた。

「な、何と申されますと、あの、わ、私が、ロロさんの脱走をちゃんと見ていなかったことと
か……。職務怠慢になるのでは、と……」

恐る恐る自身の罪と思われるものを申告すれば、サイラスは事もなげに言い切った。

「いや、ロロは脱走などしていないし、穴も掘ってなどいない」

「えっ？」

「したがって、今回のことは完全なる自然現象だ」

「えっ！」

大嘘を口にするサイラスは、表情にも声音にも揺らぎをいっさい見せない。聞かされたこち
らの方が理解できずに動揺してしまう。すると、サイラスは表情を変えずに立てた人差し指を
唇に軽くあてると、そのままミュリエルの口もとに移動させた。

秘密を示す仕草に、ミュリエルはパチパチっと瞬いた。同時に以前言われた言葉を思い出す。

（ロロさんは、秘密兵器で……。だから、秘密は秘密のままにしなくてはいけなくて……）

聖獣の能力は大きすぎて、すべてを明かすのは得策ではない。内外に混乱をもたらさないた
めに、サイラスやごくわずかな者達の胸の内にとどめていることがいくつかある。その一つが
ロロの穴掘りだ。そんな話を出会って間もない頃、教えられた。

ならば今回の件だって、おおっぴらになどできないし、するべきではないのだ。人的被害があれば罪悪感でそれどころではなくなってしまうだろうが、その点はわきまえてくれていたロロのおかげで気にせずにすんでいる。

「叱られる必要がある者など、どこにもいないと思わないか？」

なおも少しの陰りもない顔でサイラスに言われ、ミュリエルは頷いた。しかし、その時になってはじめて、サイラスは少し困ったように微笑む。

「私はまだやらなくてはならないことがあるから、少しこの場を離れる。だが、もし……」

そこで言葉を切ったサイラスは、ミュリエルの耳に顔をよせると小さく囁いた。

「どうしても叱られたいのなら、アトラに頼むといい」

サイラスはミュリエルの罪悪感まで気遣ってくれたようだ。それに気づけたものの、決定的な単語は音にしてはいけないと思うと言葉にならない。そして、サイラスはそれをもよくわかってくれていた。大きな手で頭をなで、指に触れた栗色の髪をすいてくれる。

急いでいるはずなのに、紫の瞳はそんなことを感じさせないほど穏やかだ。一瞬にして大好きな色に魅入られそうになったミュリエルだが、ハッとして踏みとどまった。しゃんとした顔をして見返せば、サイラスは笑みを深め、すいていた髪を耳にかけてから手を放す。

「では、ここは任せた」

「はい、お任せください」

かわした言葉を最後に、サイラスはミュリエルに合わせて獣舎に入ってきた時とは打って変

わって、大股で速足に去って行く。

「あの、アトラさん……」

黙って成り行きを聞いていた白ウサギを振り返る。すると自らの馬房で伏せていたアトラは顔を上げた。

『あ？　別にもう叱る必要なんてねぇだろ？　まぁ、ロロにはオレはやめとけって言ったよな？　って、もう一回言っておきたいけどよ。結局北側に進んだんだろ？　あの大岩が埋まってたとこだ』

いかにも一応言っておくか、という口ぶりだ。ロロはにらまれたと言っていたが、アトラはどうやら全然怒っていないらしい。そしてこの白ウサギは、どこの何が原因だったのか完全に把握しているようだ。

『だ、だって、イケると思うたんです！』

『それで今まで広げてたところまで駄目にしたら、意味がねぇだろうが』

勘気がないことはロロもわかったようだが、訴える声には後悔の念が強い。そして続く呆れを含むアトラの台詞に、ロロは「キュゥゥゥ」と切なげに鳴いた。

『まぁ、オマエが一番へこんでんだろうから、これ以上は言わねぇよ』

大変同情的なアトラに、レグ達も続く。

『どこまで駄目にしたか、アタシにはわからないけど……』

『この様子と聞いた話では、大方が潰れてしまったのだろうな……』

『今まで貯め込んでたコレクションも全部、埋もれちゃったたってことっスね……』

補足するように呟かれた内容に、再びロロが切なげに鳴く。そういえば時々、なぜそんなものを持っているのだ、どこから出てきた、という品々をロロが手にしていることがあった。あれは彼のコレクションの一部だったのだろう。

長い時間をかけて拡大していた地下帝国と同時に、手間暇をかけて貯めていたコレクションも失う。振り回されたことなどすっかり忘れ、ミュリエルがさらに深く同情してしまったのは言うまでもない。

日が落ちて、王城に人が少なくなってからのサイラスの執務室は、そこはかとなく内緒話の気配がある。今まではリーンと二人が多かったここに、近頃もう一人が加わった。だが、その雰囲気は大きく崩れたりしない。

「せっかくの夏合宿なのに、今年は仕事の色合いが強くなってしまいましたねぇ」

急遽改訂された夏合宿の仕様書に目を通し終えたリーンが、ボスッと体をソファに沈ませた。

「なんだか、すみません……」

頭まで背もたれに預けて、困った形になっている糸目だけがこちらに向けられる。

「やはり、気づいたか」

「ええ、ご報告いただいた、地図にある被害箇所を眺めている途中で」

付き合いが長くなってきて互いの思考がある程度読めるためか、サイラスとリーンの間でなされる会話は第三者が聞けば常に言葉足らずだ。

「なんの話ですか?」

よって、リュカエルの口から疑問が出るのも当然だ。

「今回の諸々の原因を作ったのが、僕の最愛だって話です」

「あぁ、そういう……」

リュカエルはリーンから仕様書を受け取ると、そろえて執務机の上に置く。姉弟でよく似た顔ながら、ほとんど動かない表情の下では高速で物事を繋ぎ合わせているのだろう。

「我々以外は気づきようがないのが救いだな。このまま気づかぬふりで、与えられた任務だけを着実にこなそう」

「秘密兵器の存在がバレるのだけは避けたいですからねぇ。本当、お手数をおかけします」

真剣味のない仕草でペコリと頭を下げたリーンに、サイラスは微笑みを向けた。

「聖獣と共にあるのだから、お互いにこの程度のことは織り込みずみだろう?」

何か問題が起こった時、その渦中にあるのが誰であるとか、どの聖獣であるとか、そんなものは聖獣騎士団に所属している者にとっては些末なことだ。己の聖獣と絆を結ぶのと同等の繋がりが、口に出して確認するまでもなく皆のなかにもあるのだから。

「では、夏合宿は上からの通達通り、新しく道が発見された北の山で行うということでよろしいですか？」

「あぁ。現地調査が主な任務となるが、あくまで目的は例年通りの夏合宿だ」

サイラスは執務机に戻ってきた、仕様書にある日付に目を留めた。例年より遅い開始日程だが、準備期間をほぼ取らずに期日は迫る。

「未開の地ということで、やはり、わくわくしてしまいます」

付随する業務が頭をかすめたサイラスだが、リーンの弾む声を聞いて思考を切り上げた。夏合宿の件を伝えれば、騎士団の面々はきっと同じような反応をするだろう。どんな時でも、楽しむのが上手い者に囲まれているのは有り難いことだ。

「大きく二班にわけたあと、状況に応じた組み合わせで行動することになるだろう。先遣隊は道の整備と拠点の設営を、後発隊は色々と後始末をつけてから出発する予定だ」

リーンはサイラスの説明に頷いたが、ここで今まで静かに聞いていたリュカエルが口を開く。

「団長がおっしゃるほど、簡単に後始末がつくとは思えないのですが。そもそも長く王城をあけることに不安があります。まとまりはないくせに面倒事を起こしては、責任だけこちらに押しつけられては割りに合いません」

執務組に本分を置きたいと言ったリュカエルは、どうしても他の者よりも理不尽な采配(さいはい)を目にすることが多くなる。悪いことではないが、若さゆえの正義感で飲み込みきれないぶんが口に出るのだろう。

「まぁまぁ。こういう時は、互いに監視し合うように仕向けておけばいいんですよ」

なだめるような声をかけたのはリーンだ。人がよさそうに糸目を笑みの形に曲げながら、実はなかなか食えない性格の聖獣学者は、続けてピンと人差し指を立てる。

「いやぁ、それにしても湖上ガゼボが僕らの瑕疵なく水位が減って、閉鎖するしかなくなったのがいい具合でしたね」

白々しいリーンの発言に、リュカエルはすぐに胡散臭そうな顔をした。それを傍から見ていたサイラスは、笑いが堪えきれずに拳を口もとにあてる。

「どちらにも罰を与えて、責任は相手へ転嫁するように促すんです。すると自分達は行儀よくした上で、相手の粗を探すようになりますから。加えて、目先に餌でも吊るしておけば完璧でしょう。終わりが見えていれば、そこまでは意外といい子にしてくれるものですよ？」

そんなやり方も知っているでしょう、とモノクルの奥の瞳が悪く光る。当面の間はまだ色んな可能性を残しておきたいと思っているサイラスと違い、リーンはリュカエルを引っ張り込む気でいっぱいだ。ただ、興味深そうな翠の瞳に気づいてしまえば、サイラスが引き止めることはできない。

「そちらは、リーン殿に任せる」

「はーい。任されました！」

言外まで正確に読み取ってされる返事に、サイラスは鷹揚に頷いた。何げないこうしたやり取りを、自分は大変好ましく思う。

「後学のために、僕もリーン様について行ってもいいですか？」

しかし、相互理解においてまだ及ばぬところのあるリュカエルは、先の会話によりすでに己が後発隊となっていることに気づかない。

「では、リュカエルも後発隊だな」

そんな会話に参加してくるようになる日が楽しみに思えて、わかりやすい確約を口にしながらもサイラスはつい笑みを深めてしまった。

「もちろん、姉上もですよね？」

発言とは結びつかない表情の変化を、リュカエルは勘違いして受け取ったらしい。サイラスに笑顔をもたらす存在は、己の姉だろうと思っているのだ。間違いではないが、今だけを切り取れば正解ではない。それなのに、リーンがその流れに乗っかった。

「あ、結局ミュリエルさんも連れて行くんですね？　まぁ、そうなるだろうとは思っていたんですけど」

「……うちの父が婚前なのに、と心配していたことを一応ここでお伝えしておきます」

リュカエルの冷静な口調がよりリーンの笑いを誘ったのだろう。ブッ、と吹き出したかと思えば、そのまま大きな笑い声があがった。

「あはは。心配は杞憂だと思いますよ。僕は免除されているのであれですけど、夏合宿、かなり過酷なので。もちろん団長殿自身も例外なく。ね？」

サイラスはただ頷いた。一つ前の発言に戻ってわざわざ潔白を誓うよりは、この場は流してしまう方が己にとって風向きがいい。

「過酷……」

眉間にしわをよせたリュカエルに悪い先入観を持ってほしくなくて、サイラスはすぐに言い添えた。

「今年は拠点を置くつもりだから、例年より過ごしやすいはずだ」

「ちょっと待ってください。その言い方だと、例年は拠点すら作らないってことですか？」

サイラスがあっさり頷けば、間髪入れずに突っ込みを入れたリュカエルの眉間のしわは、さらに深くなってしまった。

「あははっ。いやいや、楽しみですね、夏合宿！」

夏合宿に対する印象が少しでもよくなるよう、サイラスはことさら深く頷いてみせた。しかし、リュカエルのしわはなくならない。未体験ゆえの不透明さに、不安を感じているのかもしれない。そう判じたサイラスは、今まで経験したありのままの夏合宿を語ってみた。

それでもリュカエルの表情は難しいままで、サイラスは己の弁舌が振るわなかったことを知る。力不足に困って首を傾げれば、そこに今日一番のリーンの笑い声が響いた。

2章　意外と近場にある楽園

とうとう夏合宿に向けて王城を出発する日を迎えた。聖獣達の負担を考えて、移動は夕方からはじまる。夜通し駆ける予定で、現在は月も高くあがった深夜といった具合だ。

ちなみにミュリエルは、当然のようにサイラスとアトラの背に二人乗りしている。

「楽しみですね、夏合宿！」

いつもであれば夢のなかの住人であるミュリエルだが、興奮しているせいか目が冴(さ)えていた。

「あぁ、そうだな」

頭の後ろから響く声に、くすぐったさを感じつつも笑顔を浮かべる。サイラスの腕に囲まれ広い胸に背を預けていることで、はじめての経験への不安が微塵(みじん)もない。

『もうすでに十分楽しそうだけどな』

アトラの言う通りだ。留守番を回避し夏合宿に参加できるとなれば、涼しい場所で存分に毛玉達と触れ合うこともできるのだから。ミュリエルはすでに大変ご満悦であった。

後発隊となった顔ぶれは、レインティーナとレグ、リュカエルとスジオ、リーンとロロの組み合わせに、パートナーを持たないクロキリが加わったものだ。出発する時に驚いたのが、リーンどころかロロまでもレグの背に乗ったことだろうか。さらに、夕暮のうちは飛んでいたクロキリも、今はレグの背に乗せてもらっている。いくらなんでも重いのではと思ったのだが、レグ自身からは全然気にならないとの言葉が出ていた。

「ケープの支度が間に合ってよかった。着心地はどうだろうか？」

「は、はい。とても快適です」

サイラスから聞かれて、ミュリエルは自分が羽織っている淡い灰色のケープを見下ろした。自前の日よけ目的で使っていた生成り(きなり)のケープとは違い、山での活動を視野に入れたしっかりとした作りなのだが、軽くさらっとしていて気温の下がり切らない平地においても煩わ(わずら)しさはいっさいない。これで雨風も防ぐ機能も備わっているというのだから、間違いなく一級品だ。

このケープは本来であれば、長期の野外活動に従事する騎士にだけ支給されるものだ。今回特別にミュリエルに許可がおりたのは、サイラスの気遣いとリュカエルの事務処理によるところが大きい。そのため申し訳ないと思いつつも、大変嬉(うれ)しくも思っていた。

「そうか、よかった。だが、好みの装飾を加えることもできたのに、既製品のままでよかったのか？」

「えっと、少し悩んだのですが……。種類や決めることが多すぎて、選びきれませんでした」

ケープが支給されると説明をもらった時、一緒に見本が載った冊子も見せてもらった。基本の形が最初のページにあり、残りは今までの実例や提案といった装飾のデザインが延々と掲載されているものだ。

驚いたのはその自由度の高さだ。ボタンの変更に刺繍(ししゅう)の追加といったありふれたことしかできないはずなのに、一つとして同じものなど存在しないと思えるほどの種類があった。さらにこだわりたい者のためには、特注などという文言まで注釈があったくらいだ。

ミュリエルもとても楽しく眺めたのだが、あまりに選択に幅があると目移りしてしまう。何か小さい刺繍だけでもと思って選んでみても、絞りきれないままに三つも四つも入れてはおかしいだろう。ゆえに、結局は諦めたのだ。

「そ、それに、その、サイラス様は手を加えていないとお聞きしたので……。逆に、おそろいになるかな、なんて……」

ミュリエルはサイラスを軽く振り返るついでに、並走しているレインティーナ達の姿を見た。暗がりのためよく見えないが、出発する時にどんなデザインだったかは目にして知っている。

レインティーナのケープはもとからある裾の縁模様に、薔薇と蔦を絡ませたデザインだ。一瞬普通に素敵だと思ったのだが、よくよく見ると髑髏と蝶に見せかけた蛾が随所に隠れて配されており「やはり」と思ってしまったのは仕方がない。ただ、その絶妙な隠れ具合に注文を受けた者の苦悩と努力が深く感じられ、ミュリエルは熟練の技に賞賛を贈りたくなった。

リュカエルは裾の縁模様に、満ち欠けしていく月と狼がバランスよくあしらわれたものを身に着けている。こちらは素直に素敵だ。

そしてリーンはといえば、てっきり土竜一色になるかと思いきや、選んだのは竜の意匠だった。ケープとまったく同じ色の糸で刺繍してあるため、よく見ないとわからないのだが、目立たないことを逆手にとってケープ全体に鱗模様が入っている。フード部分には目や角も刺繍されていた。

なぜこのデザインにしたのかと聞けば、先日『竜と花嫁』の舞台で聖獣のために作った竜の衣装が格好よく、また、ロロが試着した姿があまりに可愛かったために真似したくなったとのこと。とにかく、そんなかなり思い切ったデザインなのに素敵に見えるのだから、こちらもレインティーナのケープ同様、職人の本気を感じるというものだ。

このように、もとは全員同じケープなのだが違いは歴然としていて、ひと目で誰のものだかわかってしまう。手を加えていない基本的な形の方が珍しいのだ。

だからこそミュリエルは、既製品という選択をした。とても賢い選択だろう。同じものを選んでおそろいにするのと違って、既製品でおそろいになるのなら、照れてしまうこともなく堂々と着ていられる。

「その、すまない。実は、私も外からは見えない手もとのボタンを二つ、変更しているんだ……」

「えっ!?」

走行中に大きく動くのは危ないと思っているミュリエルだったが、ここは思わず激しく振り返ってしまった。てっきりおそろいだと思っていたのに、勘違いだったなんて悲しい。

そのため、どうしてもミュリエルの視線は非難めいたものになってしまった。だが、目の端に映ったサイラスの表情に、すぐにその思いを改めた。サイラスは右耳にかかる髪を手で直しつつ、長い睫毛を伏せながら目もとをほんのりと色づかせている。なぜなのか、大変恥ずかしそうだ。漂いはじめた黒薔薇の花弁も、どことなくいつもよりフワフワとしている。

ミュリエルが破壊力絶大の表情から目を離せなくなっていると、サイラスは何を思ったのだろう。自らのケープを片手で広げ、ミュリエルを一緒にくるみ込んだ。ついでに手を握られてしまい、即座に心臓が跳ねる。しかし、小さな硬いものが指先に触れて、そちらに気を取られた。サイラスはミュリエルの手を握りながらも、余った指で器用に何かを摘まんでいた。

「恥ずかしくて、言い出せなかったんだ……」

それは、兎の形をした白いボタンだ。見た瞬間に思う。これは最高に可愛いと。

「私も兎のボタンに替えたいです！」

一分の躊躇いもなくミュリエルが訴えると、サイラスは恥ずかしそうにしながらも嬉しそうに微笑んだ。

「あぁ、いいと思う。だが……、私が兎のボタンにしているのは秘密にしてくれないか？」

ミュリエルは勢い込んで頷いた。誰も馬鹿にしたりしないことを理解しつつも、それでも恥ずかしいのだと思っているサイラスの気持ちは尊重したい。何より今は、この最高に可愛い兎のボタンを真似する許可をもらう方が大事だ。

「アトラさん。帰ったら、私も兎の形のボタンに替えても、いいですか？」

『んなもん、好きにしろよ。っていうか、オレはサイラスが兎のボタンをつけてるのも、今知ったしな』

アトラの歯ぎしりは、なんだか切れが悪い。どうやらこちらも、つられて照れているようだ。

ミュリエルはなんだかとても幸せな気持ちになって、いまだくるまれたままのサイラスのケープのなかで、やはり繋いだままになっている手をキュッと握り返した。

「あ、そうそう。僕、ちょっと団長殿とミュリエルさんに聞きたいことがあったんです。『竜と花嫁』の劇をした時のことなんですが……」

突然切り出された質問は、少し声が遠い。しかし、会話がはじまることを察したレインティーナとレグが並走する距離を狭めてくれる。すぐに聞き取りやすくなったために、サイラスもミュリエルも普段と変わらぬ音量で返事をした。

「お二人ってあの時、僕が書いた台本とは違う台詞を言ったでしょう？　あれってどうしてあの流れになったんでしょうか？」

最初の返事は簡単だったものの、次の返事は難しい。ミュリエルはサイラスとそろって答えに窮した。

「あ、気軽に答えていただいて大丈夫です。わからなければ、わからないと言ってもらってもいいくらいなので」

そんなリーンの言葉に甘えて、二人でわからないと首を振った。ただ、質問を投げかけられたことであの時を思い出し、順を追って考える機会を得る。

「んー。ちょっと僕、自分の考えを整理するためにも勝手にしゃべりますけど。思うところがあれば、口を挟んでもらえたら嬉しいです」

サイラスとミュリエルにも考える時間を与えるためか、リーンは前置きしつつ長い独り言を口にした。

「まず、もっと前の時点で違う疑問があったんです。それは、スジオ君がなぜリュカエル君を選んだか、です。つまり、ミュリエルさんでは駄目で、リュカエル君でなければならなかった理由です」

息継ぎは一応挟むが、リーンの一人語りは続く。

「だってお二人は、かなり近い存在ですよね？　血は言うまでもなく姿に形、それに声、性別こそ違いますが、それこそ入れ替われるほどに」

騎士となった訓練に従事するようになったリュカエルは、成長に上昇修正がかかっているようで、少年から青年への変化がこの頃速足になっている。少し前であればまったく気づかれることのなかった入れ替わりも、今ならば見破る者も出てくるだろう。しかし、リュカエルがスジオのパートナーとなったのはそれ以前のことだ。

「聖獣と絆を結ぶ時って、互いに感じるものがあるでしょう？　ですが、ミュリエルさんはそういったものを全然感じたことがないんですよね？　一方リュカエル君はスジオ君と会った瞬間に感じるものがあった、と」

自分達にも関係のある話だと気づいたリュカエルとスジオも、心なしか距離をよせた。とくに気にしたこともないが、言葉にされてはじめて不思議だと思う。

「ここで、『竜と花嫁』の時の団長殿とミュリエルさんの台詞ですよ」

返事はないながらも、場が同意する雰囲気になったことは察しているのだろう。リーンは前振りを終えて本題に戻る。

「ミュリエルさんが独白のように紡いだ台詞は、『竜と花嫁』の物語と照らし合わせても、そんなに変なものではないのですが……」

本当は間にアトラの台詞が挟まっていたのだが、言葉がわからないリーンにはミュリエルの独白だと思えただろう。

「問題はそのあとに団長殿が返した『心が風にほどけ、体が土に還り、魂が水を巡っても』と、『血の絆ではなく……』という二つの台詞です」

ならば自分しか知り得ぬアトラの台詞に、重要な手がかりがあるかもしれないと思ったミュリエルだが、続くリーンの言葉にいったんその考えを保留した。今あげられた台詞は、サイラスとアトラが一文字の違いもなく重ねて口にした部分だ。

「前半は、一般的なこの地に住む人々の死生観です。ですが、僕が知る『竜と花嫁』の物語に、この言葉が直接的に書かれているものは見たことがありません。含みを持たせた言い回しや、この死生観が透けて見える文言はありますが。それなのになぜ、団長殿はあの時わざわざこの台詞を引き合いに出したのか」

確かに口にしたのはサイラスとアトラだが、あの時あの言葉を向けられたミュリエル自身が誰よりも自然と受け入れていた。まさしくその言葉こそが相応しいのだと、忘れているだけで知っていたかのような不思議な感覚があった。

「そして、一番興味深いのは後半です。僕ははじめて聞きました。『血の絆ではなく……』そのあとに続く言葉は、なんだったのでしょうか？」

聞く形をとりながら、リーンの声は確信めいている。聖獣学者の彼からすれば、今までの話だけで十分答えにたどり着けるだけの情報を与えたつもりなのだろう。だが、ミュリエルではそこに到達できそうにない。

「なぜあんな台詞を口にしたのか、自分でもわからない。あの時に感じていたものを言葉で表現するのもまた、難しいから。だが……」

長らく思案にふけっていたサイラスが、静かに口を開いた。いつもの鷹揚さとは違った迷いのある口ぶりは、言葉にすることに長けているサイラスがするには珍しい。

「これ以上の発言は、いささか不用心に思う。ここだけのものなら、問題ないが……」

サイラスはリーンからの提示を、間違いなく汲み取ったのだろう。そのうえで、明言してしまうことを避けている。

「うーん、そうなんですよねぇ。時流と定説を考慮すると、少し口にするのを憚る内容と言いますか……」

淀みなく講釈を垂れていたリーンも、サイラスからの指摘で悩む素振りをみせた。

「では、今日のところはここまでにしておきましょうか」

ことさら明るい区切りをつける声は、なんとなく漂っていた真剣な空気を散らした。

「僕、ここ最近いいも悪いも含めて胸が騒ぐんです」

だから続くリーンの言葉にも、重たいところはない。普段であれば、その場限りだと流してしまう気軽さだ。

「長年どこの誰がどう向き合っても進展しなかった研究。そういったものが、ある時急激に進む瞬間が長い歴史のなかには何度かあるんです。そんな過渡期に今、僕達は立ち合っている気がしてなりません」

それなのにこの時は、漠然と何かが起こる予感を確かにミリエルの胸に残した。

興奮して目が冴えているなどと思っていたのに、サイラスが支えてくれるのをいいことに、ミュリエルは結局アトラの背で寝てしまった。気持ちいいよりも激しいと言った方が適切な揺れであったはずなのだが、いつの間にか寝てしまっていたことにびっくりだ。そして目を覚ましてみれば空は明けはじめており、場所はもう目的の山の麓である。

『へぇ、先に来てたヤツら、やるじゃねぇか』

アトラは簡単に評したが、ミュリエルはあいた口がふさがらなかった。

「えっ、あ、あのっ、こ、こ、ここ……っ」

久しぶりに鶏になってしまうのも仕方がない。崩れて道が開けたとは言っても、それは道なき道で険しいものだと思っていた。それが今、眼前に延びるのは歩きやすくならされた道だ。しかも道幅もあり、崖側は丸太による補強もされている。

さらに驚くべきことは、この山の材質がほぼ岩ということだ。自然の力で崩れて道筋ができていたとはいえ、それをここまで整えるとは力業がすぎる。もちろん、聖獣騎士団の面子を考えれば、可能ではあるのだろうが。

『カプカが頑張ってくれたのね！　歩きやすくて助かっちゃう！』

『上から見ても美しい道だ。よい仕事をしたな』

『この丸太の細工は、絶対にチュエッカとキュレーネっスよね』

『間違あらへん。この組木の噛み合わせなんか、あのお二方にしかできひん仕事です』

見知った聖獣達の名前が出てきて、ミュリエルも納得する。クマのカプカなら力仕事も難なくこなすだろうし、ネズミのチュエッカとリスのキュレーネの仲良し姦しコンビであれば、息の合った細工はお手のものだろう。

ミュリエルの意識は整えられた道に向いていたのだが、聖獣達はいつであってもちょっとした気配に聡い。アトラ達が道からそれた方向へ顔を向ければ、そちらから先遣隊として出発していたうちの二人が姿を現した。

「団長、皆さん、おはようございます。予定通りの到着、お疲れ様です」

「……おはよ。待って、た」

声をかけてきたのは、シカの聖獣ケシェットのパートナーで銀縁眼鏡をかけた七三騎士のシグバートと、今しがた話題にあがっていたカプカのパートナーである少年騎士のニコだった。

しかし、肝心のパートナーの姿が見えない。一通りの挨拶をかわしたところでミュリエルがキョロキョロしていると、二人はすぐに察して教えてくれた。

「ケシェットは食事を取りに出ています」

「カプカ、あっちで、寝て、る」

聞くところによると、ケシェットは基本よい子なのだが、放っておくと生えている草という草を食べ尽くしてしまうらしい。木の皮まで食べはじめてしまう前に、少し移動させたとのこと。また、カプカはニコの歌がない限り大抵寝ている。よって今も岩山と同化しながら寝ているそうだ。

この二組は、この地点の見張り役だ。よって彼らとはここで顔を合わせたのみで合流することなく、先には今までの後発隊メンバーだけで進む。説明の得意なシグバートが、これからの道のりと山の構造について説明をしてくれた。

この岩山は今いる地上、大きな湖のある低層、低層に流れ込む水源を繋ぐ石灰棚と豊かな緑が溢れた中層、岩場ばかりの上層、切り立った断崖絶壁と雲と見紛う厚い白煙が上がる頂上付近と、おおまかにわけることができるらしい。先遣隊が拠点を置いたのは中層とのことだが、シグバートは今までで一番環境のよい夏合宿になるはずです、と眼鏡を光らせている。

そこまで聞いて、いの一番に口を開いたのはリーンだ。シグバートの銀縁眼鏡に呼応するように、モノクルがキラリと光る。

「ということは、温泉があるってことですね！」

「っ!?　温泉っ!?」

リーンの発言で色めき立ったのは、この場にいる女子だ。これにはレグも含まれる。その他の面々は興味を引かれたような表情をしたものの、そこまで際立った反応はしない。しかし、どちらもそれ以上口を開くことはせず、一方向へ顔を向けた。視線を注ぐ先は、もちろん正解を知っているであろうシグバートとニコの二人だ。

「冷泉ですので、今ご想像したものには添えないと思います」

「ただの湖よりは、冷たくない、かな」

　それを聞いた女子達のため息は、落胆の度合いを示すように長い。

「そのまま温泉として利用するにはぬるすぎるでしょうが、熱を加えれば十分に楽しめると思います。それに、今気落ちされたのを補って余りあるほど、とても風光明媚（ふうこうめいび）な場所でした。ですのでどうぞ、元気を出してください。間違いなく、当たり年です」

「うん。期待したまま、向かって、大丈夫」

　シグバートの冷静な励ましとニコの飾らぬ保証は、信頼感がある。性格的に話を誇張しそうにないからだろう。それに熱を加える手があるのなら、手間はかかるが希望はふくらむ。

　となれば残りの道のりもわずかとなり、朝食をすませ再び出発した一行の足取りは軽い。なかなか難しい急勾配（きゅうこうばい）もあったものの、一番手こずりそうなレグが温泉につられて頑張ってくれたおかげで、快調に進むことができた。

　そうして、岩ばかりだった景色にちらほらと緑が交じりはじめたかと思えば、視界が開けたのはすぐのことだった。シグバートの説明によると低層、大きな湖のある場所だ。すでに気温は地上より涼しく、アトラの足並みが速ければ風を冷たく感じるだろう。

「これは、見事だな……」

思わずといったように呟いたサイラスに、ミュリエルも頷きで応えた。

かなり早い段階でアトラ達が気づいていたし、近くなってからは音が聞こえていたので予想はしていたのだが、さらに上となる中層から今たどり着いた下層の湖に向けて、幾筋もの細い滝が流れ落ちている。水量は多くなく穏やかな流れで、せせらぎほどのサラサラとした音が耳にも心にも優しい。

大きな段差により中層の様子はまだ見えないが、石灰棚になっていると聞いていた通り、水の流れが触れている部分は乳白色に染まっている。そのため、水の青さが際立ってみえた。湖面は空と対をなしていると思えるほど澄み渡り、色どころか雲の陰影さえも正確に映していた。

鏡のように静かで美しい湖面は硬質にも感じられ、そっと足を踏み出せばその上を歩けるのではないかと勘違いしてしまいそうになる。

「深さはどれくらいなのでしょうか。もし、あとで……、ん？」

湖に魅入っていたミュリエルは、湖面に突き出ている岩に目を留めた。強い既視感を覚えたので身構える。

その途端、ザッパア!!　っと平面だった湖が丘のように盛り上がった。大量の水を流れ落として出現した丘の正体、それはカメのヨンだ。そして、不審な岩はパートナーであるおちゃめな老騎士のラテル。甲羅の中心に鎮座して、逆光を受けながら高い位置より見下ろしてくる。

「遅いぞ、ラス坊！　わし、待ちくたびれたわい。あ、ミュリエルちゃんとレインちゃんは、お疲れ様じゃの！」

　女子に甘いラテルはご機嫌に笑いながら、甲羅のてっぺんからヨンの頭まで滑り降りた。

「予定通りだと思ったが、退屈させてしまったようだな。だが、問題がないのは何よりだ。この見張りは、一人でしているのか？　……あぁ、そちらか」

　言葉の途中で何かに納得したサイラスが不意に上を向いたので、ミュリエルもつられる。そして、ニュッと頭上から差した影に顔をのぞき込まれ、悲鳴を喉に張りつかせた。

「お待ちしておりました。皆様そろっての無事のご到着、大変よろしゅうございました」

　ラテルの登場には驚くことなく対応できたのに、思わぬ伏兵だ。突然上から現れた影の正体は、ヘビの聖獣メルチョルとパートナーのプフナーだ。

　メルチョルはヘビの特性を生かして岩からぶら下がっており、プフナーは鞍に足を引っかけただけの逆さ吊り状態で手綱を握っている。紫の長髪も重力に従ってすべて落ち、まるで驚いたミュリエルをからかうように風に揺れていた。そう見えてしまうのは何より、プフナーの三白眼と薄い唇が満足げな弧を描いており、メルチョルが威嚇音に似た笑いをチロチロと舌を出すついでに零したからだろう。

　ちなみに、まんまと驚かされたのはミュリエルだけだ。その証拠に、この二者の登場方法にはさして誰も触れず、業務連絡がかわされている。

　それを横で聞きながら、ミュリエルはやっとサイラスの胸に背中をピッタリとくっつけてしまっていたことに気がついた。驚いて体を引いた時にサイラスが受け止めてくれたのだろうが、まったく気づかずそのままになっていたらしい。

（わ、私、サイラス様と触れ合うことに、いつの間にか、こ、こんなに、慣れてしまっているなんて……）

誰も指摘してこないが、自覚してしまえば近すぎる距離が恥ずかしくなる。ミュリエルは何気ないふうを装って、姿勢を正そうとした。

（っ⁉　サ、サイラス様……。こ、この手は、このままでいろ、ということかしら……）

軽く回っているだけだったサイラスの腕が、身を離そうとしたミュリエルを抱き直す。少々挙動不審になりながらサイラスの顔を下からうかがうと、視線はラテルとプフナーに向かったままだし、会話も普通に続いている。よって、ミュリエルに意識が向いているようにはこれっぽっちも見えない。試しにもう一度背を伸ばそうとした。しかし、やはり阻まれる。

ミュリエルは下を向いた。この無意識の距離感が「好きだ、大事だ」とサイラスから伝えられているようで、一人で急激に恥ずかしくなってしまったのだ。一気に熱が顔に集まるのを感じ、思わず肩をすぼめる。

「ミュリエル、疲れてしまったか？」

「っ⁉」

不意に吐息のように優しい声がかけられ、慌てて首を振る。どうやらミュリエルが羞恥を逃そうとしている間に、会話は終了したらしい。

「そうか。何かあれば無理せず、すぐに言ってほしい。拠点までは、あと少しだから」

気遣いに溢れる柔らかい声音に頷きつつ、ミュリエルはフードをかぶったままであったことに感謝した。綺麗な顔が耳もとに近づいていることはわかるが、ケープの布地が高性能のおかげで、囁きの感触を肌で拾ってしまうことがなかったからだ。

ミュリエルが羞恥から微妙に挙動不審になっていても、一行の歩みは順調だ。よって、ミュリエルでは簡単にいかない中層と低層を隔てる落差も、事前に聖獣の歩幅を考えて最低限整えてあることもあり難なくのぼる。

最後の一段をアトラが弾みをつけて越えた時、広がった景色にミュリエルは目を見開いて息を止めた。今しがた横目に見てきた滝へと注ぐ水源は、川ではなくいくつもの連なる湖だ。見渡せば、山の傾斜に合わせて段々畑状のいくつもの湖が上の方までずっと続いている。

湖をわける縁は石灰により白く、竜の鱗のようにもレースのようにも見える曲線で繋がりながら、水面を揺らすことなく静かにゆっくりと水を零しては受け止めている。

大きな湖面に大きく空を映した様も美しかったが、いくつもの湖に切り取られた空が重なり映る様もまた、圧巻だった。

中層は緑もより多く、いく種類もの下草が共生しているし背の高い木々も枝を広げている。連なる湖の縁にも、隙間を見つけたように低木が生えていた。反射により空を映さない足もと近くの水辺をのぞけば、まるで絵具を溶かしたように水が青い。透明度は信じられないほど高く、白い水底の凹凸どころか青白く沈む倒木の木目や陰影まで、はっきりと視認できた。

「これまた、聞いていた通りずいぶんと立派な石灰棚ですねぇ」

リーンの呟きを誰もが無言で肯定する。自然と一行の歩みも緩やかになり、しばし自然が造りだした幻想的な景色に魅入った。

今までの山道と比べればなだらかに感じる斜面をのぼる。所々大きな木が根本より切られており、道幅にも行く先の視界にも困らない。しかし、湖に気をとられて横ばかり向いていたミュリエルは、かなり前から道の先に出現していたモノに気づくのが遅れた。

「えっ、こ、これは……！　すごい、ですね……！」

そんな言葉が出たのは、全容がわかるほど近づいてからだった。そして頭をかすめたのは、思っていたのとは違う、という一言だ。ミュリエルが目にしたモノ、それは夏合宿のために設営された拠点だった。ただし、思っていたよりずっとずっと立派な。

立っているものは、テントではある。四角形ではなく八角形の大型のもので、それが四つ。しかも直接地面に設営するのではなく、広く立派なウッドデッキの上に造られていた。さらにウッドデッキは湖にせり出すような形になっていて、いい感じに枝ぶりを広げながら木陰を作る木からは、ハンモックまで吊るしてある。そして、こちらもきっと手作りだ。木目を生かしたデザインのベンチとテーブルまで置かれていた。ウッドデッキからすぐの地面は草が抜かれて整地され、石造りの窯(かま)もある。雨に備えて屋根まであるのだから感心するばかりだ。

ミュリエルが想像していた仮住まいとは、規模が違う。全力で居心地を追求した心意気が、存分に伝わってくる出来だ。それらが光を散らす湖面を背に、木漏れ日(こもび)のなかにある。夏とは思えないほど爽(さわ)やかな風が吹けば、湖面も木漏れ日もさらにキラキラと光り、圧倒的な完成度を誇る素敵空間をさらに演出していた。

「どうやら、先遣隊が頑張ってくれたようだな」

「……あ。も、もしかして、いつもはもっと簡素なのですか？」

そうだと言われた方が、むしろ納得がいく。そんな思いでサイラスを振り返れば、微笑みながら頷いている。

「僕が聞いたのも『聖獣を背に雑魚寝(ざこね)が基本』でしたので、そのつもりでいたのですが……」

「そんな年があることも、否定はしない」

言葉尻に含みを持たせたリュカエルの視線が、ミュリエルに向けられてからサイラスに移される。それに応えるサイラスも、なんとなく持って回ったような口ぶりだ。ミュリエルがいくら鈍(にぶ)いとて、サイラスとリュカエルという近しい二人が言外に会話をしている雰囲気は察するというものだ。首を傾(かし)げつつ聞こうとしたのだが、リーンが会話を繋げる方が早かった。

「でも、聖獣を枕にするのも、贅沢(ぜいたく)なことですよ！　ね？」

リーンはそのまま、レインティーナに会話を振る。意見を求められたレインティーナは、満面の笑みで頷いた。

「えぇ、贅沢です！　地べたで寝るより、ずっといい！　それはもう比べるまでもなく！」

その返事に不自然さを感じ、ミュリエルは微妙な笑顔で、一方リュカエルは完全な真顔で動きを止めた。裏を返せばその年によって、地べたで寝る夏合宿もあるということだ。

今になって山の入り口でシグバートから聞いた「当たり年」という言葉が、温泉だけではなく多くの意味を含んでいたのではないかと気づく。そういえば勝手気ままなアトラ達でさえ、夏合宿における騎士達の無茶について触れていたではないか。あの時は置いていかれることで頭がいっぱいで、そこを気にすることができなかった。

今からでも遅くない。そう思ったミュリエルが夏合宿事情について聞こうとすると、テントの陰から二人の騎士がひょっこりと顔を出した。

「あー！　団長、みんな、着いたなら声をかけてくれればいいのに！」

「お疲れ様です。夕飯の仕込みをしていて、気づくのが遅れてしまいました」

明るく声をかけてくる二人に、ミュリエルはすぐに名前を思い浮かべた。一人目は毛先が遊ぶ桃色の髪をハーフアップにし、いくつものピンで留めたレジー・ルコット。笑顔で八重歯を見せながらオレンジ色の瞳を人懐っこく細め、手を振りつつよって来る。

二人目は新緑の髪に土色の瞳を持った、ノア・ニーダル。髪も瞳も配色的に優しいが、どこをとっても平均的で突出した特徴がないため、ミュリエルとしては無条件の安心感があった。

「先遣隊としての務め、よくこなしてくれたようだな。ありがとう。問題はないと聞いているが、報告はあるか？」

サイラスが二人を労いつつ聞けば、そろって笑顔で首を振る。

「いえいえ、これといってなんにも。あ、でも、今ここにいるのは俺らだけです」

「えぇ、スタンとシーギスがそれぞれのパートナーと、ここより上の様子を見に出ています」

ツンツンとした赤髪を持つスタンと目尻のしわが素敵で大柄なシーギスという二人の騎士の

名前で、そのパートナーであるネズミとリスの聖獣が頭に浮かぶ。女子の二匹はとても仲良しでおしゃべりだ。出かけているのなら会うのはあとになるだろう。

先にアトラの背から降りたサイラスに手を貸してもらいながら、ミュリエルも少々ふらつきつつ着地した。そして、歓迎会の席では一緒になっても、長く共に過ごしたことはない二人とやっと同じ目線で顔を合わせた。

「ミュリエル、改まった紹介は必要ないな？」

サイラスから聞く形で言葉を譲られて、笑顔で頷く。しかし、改まった紹介は必要なくとも挨拶は必要だろう。ミュリエルは長時間の騎乗により動きがぎこちなくなっている膝(ひざ)を、頑張って軽く折った。

「レジー様、ノア様、私も夏合宿に参加させていただくことになりました。どうぞよろしくお願いいたします」

「うん、よろしく。俺、ミュリエルちゃんが夏合宿に参加してくれるの大賛成だったから、すっごく嬉しいんだ！　もう、いてくれるだけで感謝だよ！　ありがとね！」

「はい、よろしくお願いします。ミュリエルさんが参加してくれることにより、恩恵がすごいですからね。過ごしにくければ、すぐに言ってください。全力で改善しますから」

ミュリエルはレジーとノアの歓迎ぶりに目をパチクリさせた。意味を量りかねてサイラスを見上げると、微笑みを返される。とくに説明をもらえずに、ミュリエルは首を傾げるばかりだ。

そんなやり取りをしている間に、聖獣達の鞍が外され、くくりつけられていた荷物もどんどん運ばれていることに気づく。夏合宿どころか遠出さえはじめてのはずのリュカエルまで手際がよくて、ミュリエルは途端に手伝わねば、と思い立った。しかし、伸ばした手はやんわりとサイラスに握られる。

「アトラ、レグ、クロキリにスジオ、そしてロロ。君達は今から明日いっぱいは、移動の疲れを癒すのと日頃の暑さを忘れるためにゆっくりするといい。先遣した聖獣達の匂いがする場所までは、好きに足を延ばして構わない。何かあれば、笛で呼ぶから」

ミュリエルと手を繋いだまま、サイラスは身軽になった聖獣達に微笑みかける。アトラは前に向かって伸びをしてから、後ろに向かっても十分に伸びをして、ギリリと歯を鳴らした。

『んじゃ、とりあえずその辺見てくるか』

『アタシはヨン爺のところ行ってくるわ』

もちろんアトラがそう言えば、続く面々も思い思いに口を開く。

『ふむ。ワタシは向こう岸の様子が気になったから、そちらに行くとしよう』

『ジブン、とりあえずはアトラさんとご一緒するっスよ』

『レグはーん、ボクもヨン爺のとこ行きたい。乗せてってください』

そして、言うが早いかさっさと背を向けてしまった。楽しんで行っておいで、と見送るサイラスの優しい声がかけられるうちにも、彼らの背中は遠ざかっていく。

「では、拠点を一緒に見て回ろうか。案内を頼む」

前半はミュリエルに後半はレジーとノアに言ったサイラスは、繋いでいた手を持ち直して自身の腕に導いた。優雅に肘を曲げたその角度は、完全にエスコートの構えだ。

一瞬遠慮するべきかと悩んだミュリエルだったが、レジーもノアもニコニコしているだけでからかう気配はない。しかも少し畏まった雰囲気が、人前での触れ合いの難易度を何段階も下げてくれているようだった。ミュリエルは大人しくサイラスに促されるままに、ウッドデッキの階段に足をかける。

「今回の夏合宿は点々と移動する必要がないって話だったから、みんなでこだわっちゃった」

「我々は先に各所使用していますが、今のところ不便さはありません。とても快適ですよ」

数段の階段をあがり少しだけ視界が高くなっただけなのに、湖に張り出したウッドデッキから見る景色はまた格別だった。こうして視界を遮ることのない場所を、わざわざ選んで拠点としたのだろう。

「素晴らしいな」

「はい、本当に素敵です！」

サイラスと並び、ウッドデッキの手すりに軽く体重を預ける。下流から上流へと見渡していけば、視線の移ろいをなぞるように涼しい風が吹いた。同じ強さで二人の髪とケープの裾をさらっていく。ミュリエルはそのまましばらく、栗色の髪が風に遊ばれる感覚を楽しんだ。隣のサイラスはすっきりと風を浴びたいのか、手櫛で額をさらすように黒髪をかき上げると、右耳ごと押さえている。

「そんなに喜んでもらえると嬉しいな！　次はテントも見てくれる？」

「ミュリエルさんはレインと一緒に、こちらのテントの予定です」

勧められるままにテントの一つに入ってみる。八角形のテントだが、内部に入るとより円に近い印象を受けた。やや低めの天井を支える梁が、円形だからかもしれない。その円形の梁からは、二本の太い支柱がどっしりと立っている。床にはテントの共布が敷いてあるが、幾何学模様をした厚手の絨毯も重ねられていた。

「ここを引っ張ると、天井はあけられる造りになってるから」

「そして、寝る時はこちらのハンモックを利用してくださいね」

レジーが支柱の横に垂れているロープを引くと、円形の梁に添ってまるで月の満ち欠けのように天井が開く。一気に明るくなったところで、ノアが外周の柱にまとめて引っかけてあったハンモックを広げて見せてくれた。絨毯と同じ系統の柄だが、色違いにしてあって可愛い。

「驚きました……。なんだか、とっても素敵です……」

もっとサバイバルな覚悟を持って夏合宿に挑んだミュリエルは、テントの素敵さだけですっかりときめいてしまっていた。

「ミュリエル、ハンモックのロープは最初のうちはレインに頼むといい。慣れればできると思うが、少し特殊な結び方をするから」

サイラスからの説明を受けて、ミュリエルは笑顔で頷いた。使わない時に外周の柱に引っかけて畳んでいたのは、テント内を広く使う工夫だろう。夜になったら片側を中心の柱に結んで使うのだ。

「あ、レイン様、よろしくお願いします」

話しているところに、ちょうどレインティーナが荷物を運び込んでくる。

「お安いご用だ」

ミュリエルがお願いすれば、レインティーナも胸を軽く叩いて請け負ってくれた。

「あれ？　ですが、そうなると、レイン様はテントを張るといつもお一人なんですか？」

疑問がわいて聞いてみると、荷ほどきをしていたレインティーナは顔を向けず手も止めずに軽い感じで答えた。

「んー。先程も話した通りあまりテントを張る機会はないが、使用する時は誰かと同室だな」

男所帯に女性一人だと何かと不便なこともありそうだが、この麗しの騎士はあまり気にしていないらしい。そもそも、こんなに素敵なテントに泊まれることが稀ならば、ここはレインティーナと二人で楽しむべきだろう。ミュリエルは幸運に感謝しながらいったんテントを出る。

「ミュリエル、ここにいる間はこの笛を必ず携帯してほしい」

そう言ってサイラスから渡されたのは、紐に通された二つの笛だ。どちらも小指ほどの大きさの木製で、一方にだけ黒い線が入っている。

「こちらを吹けば、人の耳にも聞こえる音が鳴る。こちらは聖獣用だ。吹いても人の耳で拾える音は鳴らないが、より遠くにいる聖獣を呼ぶことができる」

サイラスの説明によると、黒い線が入っている方が聖獣用ということになる。

「ただし、どちらの使用も緊急時のみだ。かなり強い音が鳴るから、少々のことで吹くとアトラ達がとても怒る」

誰かが怒らせたことがあるのか、サイラスが思い出したように笑った。ミュリエルも想像して思わず笑う。ただ過去のことだから笑えるだけで、自分がしたのならまったく笑えない。よって、首にかけてもらった笛を摘まんで眺めながら、しっかりと頷いた。

「はい、わかりました」

案内はこれで一通りだろうか。ミュリエルは、自慢の拠点をお披露目できて満足そうにしているレジーとノアを振り返った。

「あ、あの、レジー様、ノア様、お二人のパートナーにもご挨拶をしなければと思っているのですが、こちらに戻られたら、お声をかけていただいてもよろしいでしょうか？」

騎士には挨拶をしたのに、パートナーである聖獣にはまだである。ここで長く一緒にいることになるのだから、やはり最初が肝心だ。

「ん？　あぁ、やっぱり気になってたよね？　えっと、俺のパートナーは、実はずっとここにいるんだけど」

「えっ？」

ここ、と言いながらレジーが指をさしているのは真下、要するに足もとだ。素直にウッドデッキに視線を落としたミュリエルだが、そこには何もない。するとレジーは、ベルトに差してあった棒を取り出した。先にピンクのフワフワがついている棒はとても細く、よくしなりそうだ。何がはじまるのか見つめるばかりのミュリエルに、レジーはパチンとウィンクをする。

それからピンクのフワフワを、ウッドデッキの隙間へめがけて跳ねるように何度も差し込んだ。

ガコン、と床に渡してある角材が音を立てる。ピンクのフワフワは一瞬音がした場所で引っかかったが、レジーは気にすることなく棒をしならせた。まるで生き物みたいにピンクのフワフワを動かしながら、ウッドデッキの端まで移動していき、最後は手すりになっているところから身を乗り出す。終始視線はウッドデッキの下だ。

その体勢のまましばらく似たような動きを繰り返していたのだが、突如大きく腕を振り上げた。振り上げた腕はそのまま反動を利用して、持っていた棒を放り投げる。

「ミュリエルちゃん、続きは頼んだ！」

「っ!?」

ピンクのフワフワつきの棒は、真っ直ぐミュリエルに向かって飛んでくる。前振りなしに求められてミュリエルは当然慌てたのだが、それよりももっと慌てたのが、棒を追うように大きな影もこちらに向かって跳躍してきたことだ。気になっても棒から目が離せないため、影の正体をしかと確認できない。しかし、まずは棒をしっかり受け止めるのが先決だと、ミュリエルは目標物との距離を測った。

周りで見ていた者は予想していただろう。こういったことが得意ではないミュリエルならば、棒をつかみ損ねてしまうことを。右手で弾き、弾いた先へ急いで手を伸ばしすぎて今度は高く上げ、落ち際を左手でつかもうとしてまた弾き、中途半端に指先で触れてしまった棒はクルクルと回転がかかる。

ミュリエルが下手だからこそ予測不能な動きになった棒を、大きな影も見失ったようだった。影の背中に落ちて跳ねた棒は、運よくもう一度ミュリエルに向かって落ちてくる。今度こそキャッチするぞ、と両手を伸ばした。だが。

パシィッと小気味よい音を立てながら、肉球つきの前脚が横から獲物をかっさらっていく。ミュリエルが手にすることなく、棒は誰かの前脚の下だ。

横取りしていった相手をミュリエルは見上げる。そこには、勝ち誇った顔をしたネコの聖獣がいた。毛並みは灰色で、瞳は黄緑と青が混じった綺麗な色だ。

「あっ、ライカさん、ですね。ミュリエル・ノルトと申します。どうぞよろしくお願いいたします」

棒を追いかける必要のなくなったミュリエルは、やっと影の正体を認識した。すぐさま挨拶をすれば、長い尻尾をもったいぶって揺らすライカは、アーモンド型の瞳を細めている。

「ニャーン、ウニャ、ニャウンニャニャー」

『棒を振るのなかなか上手いから、いいよ、よろしくしてあげる』

ふふん、と得意満面な様子で言ったライカは、よって来たレジーを見ると、踏み潰していたピンクのフワフワから前脚をどかした。しかし、レジーが拾おうとかがんだところで、前脚を使ってウッドデッキの隙間から下に落としてしまう。

『あ、ボクのお気に入り落ちちゃった。ねぇ、取って？　レジー』

「あー。また落としちゃったか。大丈夫大丈夫、取れる取れる」

ミュリエルは見ていた。ライカは完全にわざと落としていた。しかし、その後の甘えた鳴き声とすりよる仕草に騙されて、レジーはデレデレと色艶のいい灰色の毛並みを堪能している。なんという小悪魔だ、とミュリエルは思った。眺めていれば、ライカはこちらに向かって笑う。レジーには見えない角度で浮かべたその笑顔は、牙をわざと見せつけたものだ。

軽く釘を刺されたことを理解したミュリエルは、口をすぼめることで黙認する意思を伝える。それに満足したのかライカはレジーに身をよせたまま、尻尾の先でミュリエルの頬からあごにかけてを一瞬だけなでていった。極上の肌触りに、ミュリエルもあえなく陥落する。

「どうやら、ライカとも仲良くやれそうだな。彼は気分屋のようだから、なかなか距離感をつかむのが難しい」

ここまでのやり取りを見守っていたサイラスは、ミュリエルの隣にいたにも関わらずライカの尻尾に素通りされたため苦笑いをしている。

「では、私の方も呼んでいいですか？　ちょっと落ち着きがないので驚かせてしまうかもしれませんが、悪気はまったくないので大目に見てもらえると嬉しいです」

同時に紹介することはせずに順番を待っていたノアが、全員から距離をとりながら口を開いた。どちらから姿を現すかわからないため、ミュリエルは辺りを見回す。その間にノアは湖を背に立つと、親指と人差し指で作った輪っかを唇にあてる。そして、ピュイッと指笛を吹いた。

しばしの沈黙を挟み、向こうの林がガサガサと揺れる。そう思った時には、大きな黒い塊が飛び出していた。脇目も振らずに突っ込んでくるのは、黒い毛並みに茶色い眉毛、口もと胸と四肢の先だけ白い、イヌの聖獣だ。黒々としたおめめはキラキラと、クルンと巻いた尻尾は全力で振られている。全身で好意を表現しているのがよく伝わってきて、ミュリエルも笑顔になった。

「ルゥ・ルダーさん、こんにち……」

「待てっ!! ルゥ、待てーっ!!」

しかし、かけた声はノアによって遮られる。ルゥの勢いに負けないほどの全力で、声を張ったのだ。しかも、格好もおかしい。遠目に確認できるほどの距離がまだあるというのに、中腰になって腕を伸ばして掌を向け、全身で押しとどめる体勢になっている。

「待て！ ルゥ、待てだよ、待ぁて！ わかってるから、嬉しいね、わかってる。だから、落ち着こう。ほら、止まって？ 止まろうか、ねっ!? お、お座りでもいいよ!? おーすーわーりー！ ……あぁ」

どれだけ制止の言葉を重ねたか。しかし、ルゥはいっさいスピードを落とさずに、しかも最後の距離は最大の笑顔で跳躍した。その瞬間、ノアは諦めたように全身の力を抜いてぶつかってくる毛玉を受け入れた。両者はそのまま吹っ飛ぶように、ウッドデッキの手すりを越えて湖に落っこちる。なかなかの滞空時間を経て、派手な水しぶきがあがった。

為す術もなく一部始終を見送ってしまったミュリエルは、そこで慌てて手すりに駆けよる。サイラスと一緒にのぞき込めば、ルゥがお尻だけを高く上げて高速で尻尾を振っていた。

「いつであっても、君達は熱烈だな。ノア、大丈夫か？」

「は、はい！　だい、うぷっ、大丈、あっぷ、待て、待てって、わ、わかったから！　だ、団長、大丈夫、ですので！　うっわ！」

ルゥのお尻しか見えないのだが、容赦(ようしゃ)なく舐(な)め回されているのがわかる。落ちた湖は深いものではないらしいが、軽く見積もってもノアは全身びしょ濡(ぬ)れだろう。先に落ち着きがないとは聞いていたが、意味がわかった。これは激しい。

（ルゥさんの後ろ姿が大変可愛らしいから、いくらでも待てるし見ていられるけれど……。このまま助けずにいても、いいのかしら……？）

大丈夫だと言ったきり、進展がまったくない。落ち着くためのきっかけが必要なのでは、と思っていると、頭上をヒラリと大きな影が飛び越えていった。身軽な動作でルゥのお尻に着地し、体勢が崩れる前に再び踏み台にしてウッドデッキまで帰ってきたのは、ライカだ。

『ねぇ、いい加減にしなよ。馬鹿なの？』

ライカは冷ややかな眼差(まなざ)しで、同じ体格のため不意打ちには耐えきれずに湖にベチャリとお尻をつけてしまったルゥに向かい、ひと鳴きする。それから、褒(ほ)めてとレジーに身をすりつけて甘えた。

「ライカ、ありがとう、助かりました。ルゥ、ご挨拶しようか？」

やっと立ち上がったノアは髪の毛まで水を滴(したた)らせていたが、少しも怒った様子はなく笑っている。ルゥもようやく周りが見えたようで、ブルブルっと水を振り落としてからこちらに顔を向けてくれた。目が合えば口を開いて舌をのぞかせ、笑顔を見せてくれる。

ノアがウッドデッキの手すりに湖側から手をかけて乗り越えようとすると、ルゥがすかさず鼻先を使って援護した。ノアがウッドデッキに上がってから、ルゥもジャンプで帰ってくる。

「ルゥ・ルダーさん、ミュリエル・ノルトと申します。よろしくお願いいたします」

やっとウッドデッキの上で対面できて、ミュリエルはいつも通り軽く膝を折って挨拶をした。

「ワン！　ワン、ワンワン！　ワンワン、ワンワンワンッ！」

『こんにちは！　オイラ、ルゥ・ルダー！　ミュリエルの姐さん、よろしくお願いします！』

「ん？」

元気な挨拶を途中まで笑顔で受け取っていたミュリエルだったが、自分に対する呼称におかしさを感じて首を傾げた。しかし、聞き返すことはできない。ミュリエルが聖獣の言葉がわかることを知っているのは、当の聖獣達に加えサイラスとリュカエルだけだからだ。

『スジオの兄貴から話は聞いてます！　オイラの一番はノアですけど、これからはミュリエルの姐さんのことも気にかけさせてもらいますね！　だって、オイラの尊敬するスジオの兄貴が大切にしているパートナーのリュカエルさんのお姉さんで、しかもこの聖獣騎士団の頭であるダンチョーのツガイなんでしょ？　それってある意味誰よりも偉いんじゃないかと思ったんですよね！　なんで、どうぞオイラのことは気軽にあごで使ってやってください！　ん？　あれ、なんで黙ってるんですか？　えぇと、今まで言ったことあってますよね？　ね？　姐さん？』

「えっ……」

怒涛の勢いでワンワンクンクンキャンキャンと言われ、ミュリエルは答えにつまった。どれも一つずつ聞いてもらえれば簡単な返事ですませることができるが、一気に聞かれると言葉にするのが難しい。それに質問に答えるより先に、こちらから聞き返したい部分が多すぎる。

『ほんと、馬鹿なの？　そんなにまくしたてられたら、返事できるわけないじゃん。話せるの秘密だってアトラさんが言ってたでしょ。ミュリエルを困らせるなよ。ね？』

有り難いことにライカが助け舟を出してくれたのだが、言い口がとても厳しい。しかも最後に同意を求められたことで、ミュリエルは瞬間的に二匹の間で板挟みとなった。ルゥもあんなに笑顔だったのに、ライカの言い方が攻撃的だったからか口を閉じて茶色い眉毛をキュッとよせてしまっている。

「そ、そ、そういえば！　お会いした瞬間に感じたので、絶対にお伝えしなくちゃと思ったことがあるのですが！　お、お二方とも、とってもキュートですね！　耳に尻尾におててと、素敵だと褒めたいところしかありませんが、私としましてはライカさんもルゥさんも、お口もとが大変魅力的です！　ね？」

元引きこもりのミュリエルの、精一杯のとりなしだ。これ以上の険悪な雰囲気にならないよう、あえて同じ部分を褒めて同意をそれぞれのパートナーに求める。

「あ、わかる!?　このもちっとしてそうな口もと、最高に可愛いよね!?」

「そうなんですよ！　このあご下の部分とか、ずっと見ていられると思いませんか!?」

即座に返ってきたレジーとノアの言葉に、ミュリエルは大きく頷きながら同意した。もとの話に戻らないでほしい気持ちもあるが、口もとが可愛いと思っているのも本当だ。

そこから、いかに己のパートナーが可愛いかを話しはじめたレジーとノアは止まらない。しかし、べた褒め合戦というよりは個人戦の様相で、これなら変な争いには発展しないだろう。ライカとルゥもそれぞれらしい反応をしながら、おおいに喜んでいる。

ミュリエルはホッと息をついた。だが、一つの騒ぎが過ぎたところでまた次の騒ぎが来るというのは、この面々が集まっている場ではありがちなことである。

「ちょっとー!!　皆さんっ!!　見て、見てください!!　コレ、コレーっ!!」

荷物の整理をしていたはずのリーンが、なぜそちらから姿を現したのか。湖のなかをバッシャバッシャと突っ切ってくる。ロロが関係すると急激に興奮して奇行に走るリーンだが、今回に限っては周りに偏愛しているモグラの姿はない。

「ほら、コレ！　だって、コレ！　とにかくもう！　見てくださいコレっ!!」

学者を生業としているのに、リーンは興奮しすぎて語彙を消失させていた。コレコレ言うばかりで何も伝わってこない。しかし、サイラスの手を借りながらウッドデッキの手すりを越えてこちら側にたどり着くと、ゼイゼイと四つん這いで息をつきながらバッと片手を上げた。

「菱の花、ですっ!!　しかも白ではなく、青っ!!　古い文献に登場するだけで、今はどんな図鑑にも載っていない、青っ!!」

掲げられた右手には、四つの青い花弁を開き、中心に黄色い雄しべと雌しべを持つ菱の花が握られていた。気持ちの高まりによって、リーンの手は震えている。

「大発見じゃないですかーっ!!」

震えで言うことを聞かない右手を左手で押さえながら、リーンは這いつくばっていた姿勢からペタンと床に座り直した。そして空に向かって叫ぶ。

「あっちにまだまだいっぱい咲いているんですよ！　下流の方は咲いていなかったと思うんですけど、上流の方はどうでしょうかっ⁉　確認してます？　してないですか？　ねぇ、どっちですかっ⁉」

なぜか膝で床を移動しながら、リーンはレジーの腰もとにしがみついた。移動した床に這うような水の跡が残っていて、なんだか怖い。

「えぇと、どうだったっけ……？」

「うーん。見たような見なかったような……？」

尋常（じんじょう）ではないリーンの様子に気（け）おされたのは、ミュリエルだけではない。すがりつかれているレジーは腰が引けているし、ノアは自分の方に手が伸びてこない距離まで離れた。

「上流の方がここより水温が上がるからか、水中に植物はなかった気も……」

「ぬるいけど温泉だー、とそちらにばかり夢中になっていましたからね……」

「で、では！　今すぐ確認に行きましょう！」

膝立ちのまま、リーンが腕の力に任せてガクガクと揺さぶれば、レジーはされるがままになっている。

「リーン殿、落ち着いてほしい」

こんな時はやはり、けして慌てないサイラスの穏やかな語り口が最適だ。声の調子が大きいわけでも強いわけでもないのに、全員の視線を集める力がある。

「まず確認なのだが、上流で温泉だと喜んだのにこちらに拠点を置いたということは、理由があるのだろう？」

サイラスが微かに首を傾げると、黒髪が柔らかく揺れる。そんな穏やかな様子に引き込まれるように、リーンの勢いに気おされていたレジーとノアがまず落ち着きを取り戻した。

「えぇと、上に行くほど草木が少なく岩が多くなって、足場がよくないんですよね。そのさらに上になると、岩の隙間から白煙もあがってるし」

「人間の鼻では微かに臭いがする程度なのですが、聖獣達は気になるようです。嫌がりましたので、あちらに拠点を置くのは不適切だと判断しました」

一瞬前のちょっとした混乱と要領を得ない報告が嘘のように、二人からは問いに対して正確な答えが返る。サイラスは納得したように頷いた。

「風が下から上に流れているから、か……」

紫の瞳が向けられたものを、ミュリエルも一緒になって見る。石灰棚の中層は傾斜がなだらかだ。よって、木々に隠れて上層との継ぎ目はここからでは見えない。ただ、木々の上にのぞく峰はぐるりと切り立った岩山で、低い雲に混じるように白煙をたなびかせている。

サイラスが言った通り風は下から上、山の傾斜に沿って流れているのだろう。立ち昇る白煙は、真っ直ぐというよりは山肌に沿うようにあがっていた。

「リーン殿、我々は今年、夏合宿の他にこの地の調査も任務として受けている。だから貴方が気のすむように、隅々まで調べることになるだろう。ただそれは、一日二日で成せることではない」

先程までの我を忘れた状態では聞く耳があったかどうか、しかしサイラスらしい間の取り方が挟まれたためか、リーンも正気を取り戻したようだ。レジーにすがりついていた手を放し、ペタンと床に胡坐をかいた。

「あー……、申し訳ないです。我を忘れました……」

頬を指でかきながら、リーンが反省を示した。

「とりあえず、リーン殿とノアは着替えた方がいい」

座り込んでいるリーンに手を貸して、サイラスが引っ張り起こす。

「それとこれ以降の予定だが、アトラ達には明日一日を休んでもらい、明後日から順次調査に協力してもらおうと思う。我々も今日はゆっくりするが、明日は……」

ほんのりと微笑んだサイラスは、視線をレジーとノアに向けた。含みをもって見つめられた二人は、目に見えて笑顔を引きつらせている。

「団長のその感じは、明日から即体力づくりするつもりなんだ……」

「わかっていたでしょう、レジー。今年も一緒に頑張りましょう……」

励ますように、ポンッとレジーの肩にノアが手を置いた。その途端、やや涙目になったレジーがノアを恨みがましくにらんだ。

「そう言って、ノアだって最終的には俺のこと置いていくじゃん⁉」

「どうにもきつくて、私も自分一人の身で精一杯になるんですよ。わかるでしょう?」

二人のやり取りを聞いて、サイラスが「ふっ」と小さく笑う。零れた笑い声を拾って瞬時に視線をやれば、目が合った途端にサイラスは拳で口もとを隠して咳払いをした。

「君達の実力を見誤ることのないよう、私も気を引き締める。今年の夏合宿も、皆で有意義なものにしていこう」

サイラスらしい穏やかな口ぶりに、ミュリエルも微力ながらお手伝いができたらいいなと微笑みを浮かべた。しかし、肝心のレジーとノアはなんとも言えない顔をしているし、リーンは苦笑いをしている。かけられた言葉と応える表情に温度差を感じたミュリエルは、その場で一人状況が理解できず首を傾げた。

◇◇◇

いつもであれば、夢の世界に旅立っているであろう深夜。ミュリエルはレインティーナに唆されて、うっすらと明かりが漏れている男子用テントの前に若干の後悔と共に立っていた。目が爛々に冴えてしまっているのをレインティーナに気づかれ、女子トークが弾んだ結果、今がある。

そもそも到着以降、上げ膳据え膳で楽をさせてもらった挙げ句、ハンモックの試乗を勧められてうっかり昼寝などしてしまったのがいけなかったのだ。起きて以降も流れるように熱を加

える工夫がなされたホカホカと湯気が立ちのぼる温泉へと案内され、なんの苦労もなく極楽気分で身綺麗にし、さらには後片付けなど湯冷めのもとだと許されず、そんな厚遇の末に女子用テントに押し込まれてしまえば、疲れる要素がないままなのだから眠れるはずもない。

「あ、あの、レイン様、本当に突入するのですか……？」

「もちろんだ！」

レインティーナの話によれば今年だけというわけではなく、どうも遅くまで起きている面子で毎年隠れて何かをしているらしい。しかし、ミュリエル同様寝つきのよい彼女は毎回参加することも確認することもできず、それどころか聞いても教えてもらえないのだそうだ。

「私が予想するに、こっそり夜食パーティーをしているのではないかと思うんだ」

「えっ……」

違う気がする、そう思ったがレインティーナが神妙な様子を崩さないので、なんとなく否定するのが憚られた。

「私に秘密にするということは、私がいては都合の悪いことなのだと思う。となると、食べ物か酒か……」

「あ、あー……」

お酒が入ると予測不能な行動にでるレインティーナに、誰もが摂取を遠ざけているのは知っている。よって先程とは違って、今度は納得の相槌(あいづち)を打った。

「とにかく！　仲間外れにされることも秘密にされることも、悲しすぎるんだ！」

「っ⁉　そ、それは、確かに！」

さらにはおおいに納得と共感ができる訴えがなされ、ミュリエルもしっかりと頷いてしまう。

「だから、ミュリエル！　今夜しかない！　一緒に突入しよう！」

クイッと親指で突入することを示すレインティーナに、ミュリエルは羽織っているケープの前をかき合わせたままコクリと頷いた。ノリで出てきてしまったため、この時点でやや後悔もあったのだが、ここまで来てはもう共に踏み込むしかない。ふっ、と息を軽く吐いたレインティーナが、これまでの慎重な動きから打って変わって大胆に天幕を跳ね上げた。

「こらーっ‼」

もっと他に言うことがあった気がしないでもないが、気合の一声を響かせる。遠慮なく踏み込んだレインティーナの背に隠れながら、ミュリエルもテント内をのぞき込んだ。

上から布をかぶせて、光量を落としたランプが床に置かれているのがまず見えた。それを囲んで床に座っている人物が五人。ラグが敷かれ、人数ぶんのコップと包み紙を皿代わりにしたつまみも並んでいるが、夜食パーティーと呼ぶには質素すぎる。そして中心にあるテーブルについているのが二人。こちらの手もとにあるのは、カップのみだ。

光の加減で表情がはっきりわからないが、誰が誰であるのかは間違いようがない。ただ、全員そろって乱入者、つまりレインティーナとおまけのミュリエルを見ていた。

床に座っているのは、サイラス、スタン、シーギス、レジー、ノアの五人。テーブルについているのがリーンとプフナーの二人だ。目がテント内の明かりに慣れてくれれば、だんだんと状うだ。
況がわかってくる。前者はカードゲームをしているようで、後者はボードゲームをしているよ

「あれ？　夜食パーティーでは、ない……？」

コテンと首を傾げたレインティーナに、まず反応したのはスタンだ。

「お、おまっ、お前！　なんで起きてんだよ！　いや、その前に何勝手に入ってきてんだっ⁉」

「む、寝なきゃいけない規則も入ってはいけない規則もないだろう！」

「ぐっ、た、確かにない、けど……。ミ、ミュリエルさんまで、連れて……」

チラリとミュリエルに視線を送ったスタンは、だらしなさが漂う自身の周りをそそくさと片付けはじめた。男性しかいない場所で寝る前ということもあり、そもそも全員がそろって砕けた格好になっている。いくつかボタンが外れたシャツ、ベルトも通していないズボン、洗いざらしの髪に、適当に床に座った気の抜けたその姿勢。

しかと目が明かりに慣れた今、テント内の隅々まで見えてしまう。見たら危険だと本能が叫ぶが、ミュリエルの目はどうしてもサイラスに引きよせられた。

「うっ……」

光量を落としたランプが、サイラスの顔や首筋、鎖骨の形を艶(なま)めかしく照らしている。オレンジ色にぼんやりと浮かび上がる肌と、男らしい体に添って落ちる影が、ありえないほどの色気を生み出していた。久々に気絶の危機に瀕(ひん)したミュリエルは、息をつめてよろめいた。そのふらつく姿に、すぐさま叫び声がかかる。

「あっ！　やっぱり男臭い⁉　身汚いところ見せてごめんね⁉　とりあえず換気しよう！」

「男だけで集まっていると気づかないものですからね！　少々お待ちください！」

勘違いをしてバタバタと動き出したのはレジーとノアで、それに触発されてシャツをはだけていた面々がいそいそとボタンを留めだす。荷物に肘を乗せてくつろいでいたサイラスも、身を起こして持っていたカードを置くと二つほどあいていたボタンを留めようとした。

そこまで見るとはなしに見ていたミュリエルは、足を踏ん張ることでなんとか正気を繋ぎ止めた。気づけば気楽に楽しんでいたはずの場が、自分の登場によって俄(にわ)かに緊張感の漂う場に変わってしまっている。こうなると急激にわき上がってくるのは、申し訳ない気持ちだ。

「い、いいえ！　ち、違っ、違います！　そういったことは、まったくありませんのでっ！」

息をつめて固まっていたところから一転して声を張ったミュリエルに、全員が動きを止めてこちらを見た。

「す、す、すみません……！　あ、あの、お邪魔でしたね！　はしたないことをして、申し訳ありませんでした！　その、すぐ帰りますので……」

ミュリエルは急いでレインティーナの袖を引いた。

「いいや！　絶対に帰らない！　食べ物も酒も思ったほどなかったが、せっかくだし、混ぜてもらおう！」

「えっ⁉」

足を踏ん張って仁王立ちしたレインティーナを、すでに出口の方を向きかけていたミュリエルは二度見した。

「レインさん、ルールわかりますか？」

「いや、まったくわからない！」

「……ふふっ」

リーンの問いに堂々と否と答えたレインティーナを、プフナーが堪えきれずに笑う。一瞬プフナーの笑いで空気が凪いだのだが、レジーとノアが口を開いたことで再び会話が流れだす。

「でも、せめてルールは知っておいてほしいかなぁ。だってレインてば何もわからない顔して勝つんでしょ？」

「あぁ、それはすごく想像がつきます。確かに、何もわからない人に負けるのは嫌ですよね」

のんびりと言いながら、二人は互いの主張に納得し合った。

「とりあえず、シグバート呼んでこようぜ」

「だが、寝てるところを起こすのは可哀想だ」

困った時のシグバート、とレインティーナのお目付け役を呼ぼうとスタンがすれば、シーギスがすかさず待ったをかけた。

「ちゃんと睡眠時間取らせないと倒れちゃうもんな、シグバート」

「とはいえ、私とレジーも似たようなものですけどね」

短い会話に、聖獣騎士団の夏合宿模様が見て取れる。弟のリュカエルを含めてこの場にいない者達のことが気になっていたが、明日からのことを考えて睡眠時間を優先したようだ。

「まぁまぁ、女性をいつまでも立たせておくのもなんですし、せっかく来たんです。少しくらい遊んでいってはいかがでしょう」

「えぇ、そうでございますね。お嬢さん方がいるとなれば、場も華やぎますし。何より男臭さもやわらぐでしょう」

立っていてもとくに苦ではなかったが、リーンとプフナーの言葉を合図に、カード遊びをしている床の方へ二人分の座る隙間が作られた。

「で、ですが、あのっ、私もルールを知りませんし……」

レインティーナと違って、ルールがわからないのに勝つ才能はミュリエルにはない。場を盛り下げては申し訳ないという思いのもと、一人であっても帰ろうとしたのだが。

「ミュリエル、おいで」

ポンポンと手で自身の隣を示すサイラスを見て、気持ちが揺らぐ。帰って一人寂しくテントで寝るか、今しばらくサイラスの隣に座り、皆でカードを楽しむか。どうしたって後者の方がずっと魅力的だ。

ミュリエルが誘われるままに隣に収まると、サイラスはこれまで自分が持っていたカードをミュリエルに渡した。今進んでいるゲームから譲ってくれるらしい。

「……よし、わかった。レインには、俺の手札をやろう」

はじめは強い拒否の姿勢を見せていたのに、スタンが親切だ。なんだかんだやはり仲良しなのだとミュリエルは見ていたのだが、どうやらそれは違った。

「おい、スタン。お前、負けが込んできたからレインの運に頼ろうとしてるだろう？」

「えぇー、それはずるいんじゃない？」

「ここまでずっと団長の一人勝ちですしね」

自分本位な理由からレインティーナにカードを譲ったスタンへ、批判的な視線が集まる。

ミュリエルはルールがわからないのでカードの良し悪しもわからないが、スタンの目が泳いだところを見るに、あの手札は弱いに違いない。しかし、スタンがたじろいだのは一瞬だ。

「俺の運のなさを舐めるなよ？　レインと足してイーブンだ」

「……」

声の調子と言い回しの妙で、なぜか格好のいい雰囲気があるが、よく考えずとも内容は大変格好悪い。全員を黙らせたことに納得したのか、スタンは笑顔で大きく頷くと中央で山になっているカードから一枚引いた。途端に真顔になるが、そのカードをレインティーナに渡す。

何はともあれ、これをもってゲームは再開だ。テーブル席でも、リーンとプフナーが駒を動かしはじめている。

「あっ、そうでした。サイラス様、私、虫刺されの薬を持ってきたんです」

「ん？　虫刺され？」

自分の番はまだ回ってこないと、ミュリエルは思い出したように羽織っていたケープのポケットから、平たく丸い缶を取り出した。中身は虫刺されの軟膏だ。

「は、はい。ずっと右耳を触っていらしたから、虫に刺されたのだと思っていたのですが……。

けたら、と……」

えっと、痒(かゆ)み止めでもあるので、虫に刺されていなくとも気になるようであれば使っていただ

　夏合宿に出発してから、ミュリエルは何度か気になる場面を目にしていた。はじめは黒髪を気にしているのかと思ったのだが、普段にない仕草だったため、サイラスが本当に気にしているのは右耳ではないかと思ったのだ。

「右耳……」

　ここでまた、サイラスが黒髪越しに右耳に触れる。

「あの、見ましょうか？」

「いや……」

　自分ではよく見えなかろうと申し出たのだが、サイラスが何やら言い淀む。ところがすぐに思い直したように頷いた。

「やはり、お願いしてもいいだろうか」

「はい、もちろんです！」

　痛いのも困るが、痒いのだってつらいものだ。不快な思いはすぐにでも改善すべきだろう。

ミュリエルは体を傾けてきたサイラスに向かって膝立ちをし、黒髪の隙間から右耳を確かめた。

「っ!?　サイラス様、こ、これっ……」

「えっ!?　何、なんなの!?　そんな驚くほどヤバイ虫刺され？　変な虫飛んでるっ!?」

「い、いえっ！　そ、そうでは、なく……！」

ちょうど隣でカードを捨てていたレジーが、サイラスとミュリエルのやり取りに驚いている。虫への恐怖に駆られたのか、身を縮めて辺りを見回した。そんな過剰な反応に、どうしたって視線が集まる。どう切り抜ければいいのだと、ミュリエルはサイラスをうかがった。しかし、事の張本人は大変涼しい顔をしている。

（ど、どうしましょう……。だ、だって、サイラス様ったら……）

ミュリエルは黒髪に隠れて見えないサイラスの右耳に視線をやった。そこには間違いなく、ミュリエルが贈った時には左耳に着けたはずのエメラルドのイヤーカフが輝いていた。

（お、お仕事中は外してください、って言ったのに……。黒髪に、隠して着けているだなんて……）

自分の瞳の色とよく似た石を相手に身に着けてもらうのは、どんなに回りくどく言い換えようと独占欲の表れに他ならない。プライベートならいざ知らず、仕事の時までそれを身に着けてもらうのはミュリエルには恥ずかしすぎた。だからミュリエルも、本音を言えばぬいぐるみのコトラごと携えてきたかったアメシストの指輪を、部屋に置いてきている。それなのに。

ミュリエルが悶々と悩んでいると、サイラスが中央の山札からカードを一枚引いた。隣のレジーがカードを捨て終えているのだから、次はミュリエルの番だ。

ゲームの進行を滞らせてはいけないと、とりあえずミュリエルはサイラスが渡してきたカードを自らの手札に加えて持ち直す。もちろん、ルールはわかっていないので次に捨てるカードなど選べない。すると、サイラスが内緒話をするようにミュリエルの耳もとに顔をよせた。

「外すのが忍びなくて、着けてきてしまったんだ。だが、よく考えれば置いてくるべきだったな」

カードとはまったく関係のない耳打ちに、ミュリエルはカチンと固まった。

「ミュリエル、夏合宿の間は君が預かっていてくれないか？」

ほんの少しだけ身を離したサイラスがミュリエルをのぞき込んでくる。ミュリエルはコクコクと頷いた。微笑んだサイラスは考えるふりをしながら、ミュリエルの膝に乗っている虫刺されの軟膏が入った缶を手に取る。そして蓋をあけて中身を指ですくうふりだけをして、自らの右耳に触れた。

ミュリエルはサイラスの一挙手一投足に神経を集中する。いらないカードを捨て終えるまでは、不意に距離が近づいたり耳もとで囁かれる可能性が大だ。

「とても大切にしているから、肌身離さず身に着けていてほしい」

そして予想した通り、サイラスがもう一度ミュリエルの耳もとに顔をよせてくる。しかし今回は、ミュリエルの耳と自身の口もとが見えないように手を添えていた。その隙に、ミュリエルの耳にイヤーカフが着けられる。優しく触れた指先の感触は、瞬き一回にも満たない時間だ。しかしそのわずかな時間が、ミュリエルがギリギリ自分を保つことができる限界の時間でもあった。ただ気づかなくていいことに、こういう時に限って思い至ってしまう。

銀でできたイヤーカフは、本来であれば温度を持たない。それなのに耳に確かな重みと共にあるそれは、柔らかなぬくもりを含んでいる。このぬくもりは紛れもなく、サイラスの体温だ。

それに気づいた途端、一度はやり過ごした熱が一気に全身を火照らせる。ミュリエルはフルフルと震えながら、涙目をサイラスに向けた。もうこれ以上は、無理だ。

しかし、あくまでサイラスは穏やかな様子を崩さない。表で皆に見せている動きがゆったりとしたものであるため、陰でそんなことが行われているとは気づかれないだろう。そんな余裕を持った態度だ。

「……捨てるのは、右から二枚目にするといい」

最後にようやっと捨てるカードの指示が出て、ミュリエルはかなりぎこちない動きでそれに従った。ギシギシと音がしそうな動きだが、なんとか場にカードを捨てる。

わずかな身じろぎが命取りになるだろう。サイラスがいまだ顔をよせているため、今にも唇が耳に触れてしまいそうなのだ。現に微かに笑う吐息で、髪が震えている。

ただ幸いだったのが、サイラスの指示で捨てたカードが重要なものだったようで、それを見た面々が混乱により大騒ぎをはじめる。俄かに場が活気づいたため、ミュリエルの不審な発言も怪しい動きも、それ以上注目を浴びなかった。

最終的なゲームの行方は、サイラスとミュリエルの圧勝で終わる。相手に予想の隙を与えないサイラスの計算され尽くした気ままな手と、ミュリエルのビギナーズラックが見事に噛み合った結果だ。

はじめてのカードゲームは大変楽しかったが、ミュリエルがドキドキとしたのは結局、サイラスとの距離の近さの方であった。それはいついかなる時も、動かせぬ事実である。

３章　大自然に囲まれいつにも増して自然体

寝坊した。ミュリエルは飛び起きた瞬間にそれを自覚した。

（なんてことなの！　昨日遅くまで起きて、カードゲームをしていたからだわ！）

当然、テント内にレインティーナの姿はない。慣れないハンモックから慌てておりようとしたミュリエルは、バランスを崩し危うく顔から落ちそうになった。しかし、ヒヤリとしたことで冷静さを取り戻す。

（と、とりあえず、しっかりと身支度を……）

脇によせられた荷物をゴソゴソと漁りながら、テントを出た瞬間に誰かに会っても見苦しくないよう、ミュリエルは念入りに身なりを整えた。聖獣番の緑の制服に茶色い革のエプロンを重ねて、ケープもしっかりと羽織る。

テントの入り口をふさぐ垂れ幕は、外気の侵入を防ぐため厚手で重い。隙間からすり抜けるように外に出たミュリエルは、眩しさにしかめっ面をした。一瞬白んだ視界はすぐに色を取り戻し、眼前には昨日見たのと変わらない美しい景色が広がっている。しかし、誰もいない。

いかに綺麗な場所と言えど、慣れない場所にポツンと一人というのはかなりの疎外感をもたらすものだ。こうなってくると、完璧な身支度をしたことさえ少々悲しくなってくる。

ミュリエルは仕方なく、辺りをウロウロと歩きはじめた。あまり遠くに行くことは度胸がなくてできないため、拠点からつかず離れずの位置をぐるりと周る。もちろん、その程度の移動で誰かが見つかるのなら、テントから出た時点で気づけただろう。せっかく夏合宿に参加したというのに、初日の朝から一人になるなど想像もしていなかった。

肩を落としたミュリエルは、一周近場を歩くとウッドデッキまで戻る。そして、景色でも眺めて気を落ち着けようと顔を上げた。すると視線の先にあった椅子に、先程まではなかった自分とよく似た背中が座り込んでいるのを見つける。喜び勇んでパタパタと駆けよれば、見慣れた顔がこちらを向いた。

「……おはようございます、姉上」

「っ!? お、お、おはよう、ござい、ます……」

先んじて声をかけられたから、どもったわけではない。リュカエルの朝の挨拶にこもっていた嫌味の気配と、肩口に振り返った顔の恨みがましさに気づいたからだ。

軽かった足取りは止まってしまったが、ここで立ち尽くしているわけにもいかないだろう。ミュリエルがおずおずと近づけば、リュカエルは向かいにある席をあごで示す。アトラがするのならいざ知らず、弟がこんなにもぞんざいな仕草をするところをはじめて見たミュリエルは驚いた。なんだか座ることが躊躇われる。

しかもよく見れば、リュカエルはベストを着ていないどころかネクタイもせず、ボタンの一番上も外していた。だからだろうか、全体的にやさぐれ度がひどい。いったい朝から何があったのだと、ミュリエルはもう一度辺りを見回した。リュカエルがいるのだから他の面々もいるかもしれないと思ったのだが、やはり誰の姿も見えない。

「あ、あの、リュカエルはどうぞゆっくりしていてください。わ、私は、やっぱり聖獣番としてのお仕事をしに……」

「姉上は聖獣達同様休暇でしょう。ここにいる間は、パートナー間ですべて完結するって団長が言っていたではありませんか。まぁ、クロキリさんについては、姉上が見てあげるといいとは思いますが」

　勧められた席を遠回しに辞退しようとすれば視線で制され、その目で再び座れと示される。観念したミュリエルは大人しく着席した。

「そもそも、クロキリさんも含め、そろって遊びに行ってしまいましたよ。気の向くまま方々に散って行ったので、自分から帰ってくるまでは見つからないと思います」

　心持ちのせいか、はっきりと責められているわけでもなければ休暇だとも言ってもらっているのに、大変肩身が狭い。

「僕のスヴェンですら、一度も振り返らず行きましたからね。尻尾をピンと立てたまま跳ねるように駆け去る後ろ姿なんて、はじめて見せられました」

「えっ。ス、スジオさんも？　そ、それは……」

　正式名はスヴェラータ・ジ・オルグレン、名をつけたリュカエルだけはスヴェンと呼ぶが、ミュリエル達の間ではスジオで通っている。スジオはパートナーであるリュカエルのことが大好きだ。もちろん、どの騎士と聖獣の組み合わせも仲良しではあるのだが、絆を結んで日が浅いからかこの両者の距離は他と比べるとかなり近い。それなのに脇目も振らずに遊びに行ってしまったとは、かなりの驚きだ。ただ言い換えれば、それほどまでに聖獣達が大自然に飢えていたということにもなる。

ここで会話が途切れ、沈黙が落ちる。ミュリエルはご機嫌のよろしくない弟の顔をうかがった。姉からの視線に気づいているだろうに、リュカエルからの反応はない。

「じ、実は、昨日、夜更かしをしてしまいまして……」

いたたまれなくなったミュリエルは、懺悔のように寝坊した原因を口にした。それ以外、提供できる話題がなかったこともある。

「あぁ、姉上は付き合ったんですか？　僕は今日がつらくなるのが嫌だったので、断ったんですけど」

リュカエルの言う内容は、昨夜予想した通りのものだ。そして、続く気配をみせた会話に、こっそり息をつく。

「やっぱり基礎体力の問題なのか……。ちゃんと寝た僕より、ほぼ徹夜した先輩達の方が断然元気なんですよね……」

リュカエルはげんなりとテーブルに頬杖をついた。ため息までおまけについて、湖を斜めに見る横顔には哀愁のようなものが漂っている。

「……ん？　あっ！　シグバート様、お疲れ様です！」

居心地がいいとは言えない空気が流れていたため、第三の人物の登場を受けたミュリエルは瞬時に反応した。しかしシグバートからの返事はすぐにはなく、ヘロヘロとした足取りでウッドデッキをのぼって来る。階段の段差さえ足が上がりきらないらしく、何度もつま先を引っかけていた。

「シ、シグバート様、あの、大丈夫ですか……？」

「はぁはぁ……、はぁ、ふぅ……、どうぞ、お気遣い、なく……」

そして人が通る時に邪魔にならない位置まで来ると、七三の騎士はパタリと倒れる。かっちりとした印象のあるシグバートだが、リュカエル同様ネクタイもしていなければ一番上のボタンも外している。どうやらなりふりを構っていられる余裕がないようだ。軽く遠慮されたものの、そんな様子を見せられては放置しておくのは難しい。ただ、小走りで駆けよったとて次に何をすればいいのかわからず、結局ミュリエルはおろおろとするばかりだ。

その隙に、いつの間にかリュカエルがお茶をついだ木のコップを持ってくる。水分補給を目的としたできる弟の素早い仕事に、ミュリエルはなんの役にも立たない己にしょんぼりした。

息の整ったシグバートが椅子に移動するようなので、あとに続く。リュカエルが先んじてシグバートのために椅子を引くと、軽く手を挙げることをお礼の代わりにして、乱れた七三の騎士はドサリと座った。三人でしばし無言のままテーブルを囲む。

「リュカエル……。たぶん君は次から、一周追加になるでしょう……」

「やっぱり、そうなりますよね……」

「ええ、常にギリギリを攻めてくる団長が、見逃すはずがありません……」

「手を抜いても隠しても怒らず、ただ微笑みながら必ず追加をかけてきますからね……」

はぁ、と同時にため息をついた二人は、そろって両肘をテーブルにつけると組んだ指先におでこを預けた。ミュリエルは口を挟みづらい空気に、肩をすぼめて背筋を伸ばす。

微笑みながらちょっとした無茶を言ってくるサイラスの姿は、想像がつく。だが、それには常に甘い空気が伴っており、肉体的酷使による厳しさを感じている二人とは、根本的なところでわかり合えないものがあった。明るい陽射しを受けているはずなのに、リュカエルもシグバートも深い影を背負っている。

「私が一番だ!!」

「いや、俺だ!!」

どっちだった!?　と駆け込んできたと同時に叫びつつ、バッとこちらを向いたのはレインティーナとスタンだ。銀髪を一つに結ったレインティーナもネクタイをしておらず、スタンに至ってはシャツのボタンが全開で、裾の半分がかろうじてズボンにしまわれているだけである。そんな二人は肩ではぁはぁと息をして汗もびっしょりとかいているが、弾けるほどいい笑顔だ。

「えっ！　ど、どっち、と言われましても……」

ミュリエルが目を向けたのは、ウッドデッキの縁に二人が激突するようにタッチをしたあとだった。

「同時でしたよ。真横から見たなら、違ったかもしれませんが」

無難なリュカエルの返答に、二人は不服そうに唇を曲げてから横目で牽制し合った。しかし、リュカエルが用意したお茶を受け取ると、仲良く飲み干す。

「姉上、トレーごと持ってきてください」

弟に言われてテーブルを見れば、トレーにからのコップが並んでいる。慌ててトレーを手に立ち上がってリュカエルの傍へ行けば、ポットから次々にお茶が注がれた。

「渡してきてください」

リュカエルの視線の先を追えば、サイラスがちょうど帰ってきたところだ。徐々に走るスピードを落として、ウッドデッキの手前にて足を止める。前かがみになって膝に手をつき弾む呼吸を整えていると、黒髪に汗の雫が光って零れるのがここからも見えた。

さらに後方には、ニコとシーギスの姿がある。ほんのわずかに遅れてプフナーの姿も見えた。ニコとシーギスに関しては残りの距離を張り合って走っているらしく、最後流したサイラスとは違って二人とも全力疾走だ。僅差で勝ったのはニコだ。勢いに任せてウッドデッキの縁に引っかかる。対してシーギスはバタンと仰向けに転がった。続けて駆け込んできたプフナーは倒れはしなかったものの、腰に両手をあててウロウロしつつ荒い呼吸を整えている。

「み、皆様、お疲れ様です。よろしければ、お茶をどうぞ」

零さないように慎重に階段をおりてから、まず一番手前にいたニコに勧め、次に倒れているシーギスに渡し、さらには立ってはいるもののその場から動けないプフナーのもとを順に周っていく。それから、ミュリエルがお茶を配っているのに気づいて身を起こしたサイラスのもとへ近づいた。

サイラスは肩口でグイッと汗を拭うと、張りつく黒髪をかき上げた。水分を含む髪は手櫛の跡を残しつつ、後ろにキッチリとなでつけられる。いつもよりスッキリと顔が見えて、なんだかちょっと恥ずかしい。呼吸が整っても汗は引かないらしく、新しい雫があごを伝う。それを手の甲で押さえると、サイラスはそっと視線を伏せた。

ミュリエルがおずおずとお茶を勧めれば、仕草からしてサイラスも恥ずかしさを感じているのだろう。お礼を言いながらコップを手に取ったものの、すぐに数歩後退してしまった。

「レジーとノアにも、渡してやってほしい……」

「は、はい、ただいま……」

なんとなく微妙な距離感を保ったまま、さらには視線も合わせないまま、ミュリエルは力ない足取りでやって来た二人の方へと向かう。

「はぁ、もう限界、です……。レジー、生きていますか……？」

「はぁ、はぁ……、もう、死ぬ、死んじゃう、ぜぃ、はぁ……」

ノアは多少ましだが、レジーのヘロヘロ具合はシグバートといい勝負だ。そんな二人はウッドデッキまで到達しない場所で、地面へと崩れ落ちた。膝から砕けたレジーは下半身が正座状態で両手を前方に出して潰れているため、まるで平伏しているような体勢だ。一方ノアは悲劇のヒロインのように両手をつき、横座りしている。なるべく速足で傍まで行きお茶を勧めたが、コップまで伸ばす手が二人とも震えてしまっていた。

この様子だと、体が冷えない程度にしばし休憩となるだろう。ミュリエルはその間に飲み終えたコップを回収すると、湖で軽くゆすぐ。指先に触れた水の温度は、予測していたより温かい。苦もなく人数分のコップを綺麗にし、ウッドデッキの手すりに逆さまに並べれば、それだけで片付けは終了だ。

エプロンで手を拭いつつ、皆が集まっている場に戻る。するとどうやら、早々に休憩は終わりらしい。移動しようとしている姿を見て、ミュリエルは慌てて声をかけた。

「あの、サイラス様！　私に何か、お手伝いできるようなことはありませんか？」

「ん？　いや、そんなことは気にせず、ゆっくりしているといい」

帯同を許可しても、聖獣番はあくまで休暇だ。そのためサイラスには、はなから仕事をさせるつもりがない。とはいえ、アトラ達の姿もまったく見えない今、ミュリエルは大変手持無沙汰だ。思いやり溢れる言葉に本来であれば感謝すべきなのだが、かなり寂しい。

「い、いいえ、あのっ、私からついて来たいとお願いした身ですから、何かお仕事をさせてください。あっ……、お邪魔でしたら、そうおっしゃっていただければ、その……」

ただ、ない仕事を強請るのは逆に迷惑になると心得てはいる。次の訓練に移動しようとしていたところを引き止めてしまっていることも、すでに心苦しくなってきた。

「そうだな、では……」

だが、サイラスが何か考えてくれているようなので、ミュリエルは期待に両手を祈りの形に組むと、身を乗り出した。

「これから水練をするから、手伝ってもらえるだろうか？」

「っ！　は、はい！　喜んで！」

　どんな手伝いか聞く前に、ミュリエルは喜び勇んで快諾した。


　場所は変わって低層の大きく深い湖の前。ミュリエルはラテルの隣で、適度に熱が冷めた体を再び準備運動で温めはじめた面々を見ていた。すると突如、スタンとシーギスが気合の雄叫びをあげる。

「今年こそ勝つ!!」

「いや、俺が勝つ!!」

　思わず目を向け、しかし急いで両手で顔を覆う。ボタンが弾け飛ぶ勢いで、二人がシャツを脱ぎ捨てたからだ。だが、すぐに思い直した。水練の手伝いを買って出たのに、目を背けていては何もできない。ミュリエルはまず指の間からそろそろと確認すると、ゆっくりと両手をおろした。スタンもシーギスも発達した筋肉の隆起がすごい。

（とっさに、殿方の肌を見るなんて！　と思ったけれど、これは……、完成された美術品を見る感覚、と言えばいいのかしら。冷静になると、意外と平気だわ……）

　平常心を取り戻したミュリエルは、分析を経て納得した。そもそもスタンとシーギスの二人は己の肉体を誇っているようで、鑑賞の対象となることも喜んでいるし、むしろ存分に見てほしいと自ら望んでもいると見受けられる。きっとこれからも、事あるごとに脱ぐだろう。ならば早々に慣れてしまった方がいい。

「またお二人は、そのように乱暴に服を扱って……。わたくし、故意に取れたボタンは縫って差し上げませんよ？」

乱雑な二人と違って、プフナーは優雅にシャツを脱いでから長い髪を結い直している。スタンとシーギスは指摘された途端、バッと投げ捨てたシャツを慌てて拾い、ボタンの無事を確かめた。流れるように脱いでいたためなんの抵抗もなく見てしまったが、痩身なプフナーも引き締まった美しい体をしている。

ただ、ここまで来てミュリエルは思った。これは全員脱ぐ流れなのか、と。

「あっ！　レイン様……っ！」

ボタンを外すのが面倒だったのか、レインティーナはシャツを上からスッポリと脱ごうとしていた。ミュリエルは手を伸ばして慌てて止めようとしたが、空色の瞳が向けられたのは脱ぎ終わったあとだ。しかし、心配していた事態にはならなかった。

「ん？　あぁ、格好いいだろう？　女性騎士専用の補助ベストで、なんと完全オーダーメイドなんだ！」

腰に両手をあてたレインティーナは、誇らしげに胸を張った。肌に直接着ているライトグレーのベストは、補正と補助を目的とした複雑な継ぎ方がされており、布地に走る縫い目も独特だ。しかし、それがレインティーナの言う通りとても格好いい。

「脱いだ方が泳ぐ際には格段に楽なのです。水温が低い場合は着ているべきなのですが、ここの湖はぬるいですから。これも、当たり年と言える所以ですね」

レインティーナが適当に置いたシャツをシグバートは拾い、自分のものを畳むついでに一緒に畳む。そして銀縁眼鏡を外して、丁寧にその上に乗せた。

驚くほどに力の強いレインティーナだが、肩も腕も引き締まっているだけでほっそりとしている。あの怪力はどこから出ているのかと不思議になるほどだ。隣に並んだシグバートは、ひ弱とまではいかないが今までの言動から予想される通り細身だった。

躊躇いなくそこまでしっかり見ていたミュリエルは、三度ほど深呼吸を挟むと、そろりと視線を横へずらした。ここまであえて避けていたが、確認しないわけにもいかない。

「リュカエルは泳げると聞いてはいるが、初回はシグバートと共に浮きの使用を許可する」

最上の警戒をもって視界にとらえるは、サイラスの姿だ。久しぶりに、遠くを見る目で視界をぼやけさせる技の準備もする。しかし、サイラスはベストとネクタイの着用はないが、シャツに関してはしっかりと着ている。ただ、ボタンが一つほどあいているだけだ。

ミュリエルは緊張を解いて息をつく。すぐ近くにいた、こちらもシャツは着たままのリュカエルとニコのやり取りに意識を向けた。

「……リュカ、はい。浮き、これがよさそう」

「ありがとう、ニコ」

仲良しな様子を見せられて、なごむ。ウッドデッキを作った時の余りだろうか。ニコが浮きによさそうな角材をリュカエルに渡していた。

「えぇー！　団長、俺も！　俺も浮きが欲しいです！」

「レジー、できることはなるべく頑張りましょう？　先輩として、後輩に一生懸命な姿を見せないと」

色んなタイプの上半身を一気に並べられたからか、レジーとノアの平均的な体をなんの感慨もなくミュリエルは見た。

「だってリュカエル、俺が必死になってると鼻で笑うじゃん……」

チラリと横目でレジーが確認した瞬間、はかったようにリュカエルが鼻を鳴らした。馬鹿にしたというよりは期待に応えた感じの対応だったが、もしかしたらそれはミュリエルにしかわからないかもしれない。

「あ、ほらぁ！　見た⁉　あの顔！　あ、ひどい、ニコも笑ってる！」

「……僕は、いつも笑顔、だから」

確かにニコはいつも笑顔だが、今は明らかにいつもより深い微笑みになっていた。

「ミュリエル」

呼ばれて気づくと、サイラスがすぐ近くまで来ている。向かい合うと、サイラスは自身の首の後ろに両手を回し、ネックレスの鎖を外した。後ろ手でも簡単に留め金を外したサイラスは、そのままネックレスをミュリエルに差し出してくる。

「預かってくれないか？」

「は、はい……」

返事をすると、サイラスは青林檎のチャームがついたネックレスの留め金をミュリエルの首に回した。ポケットで預かるのではなく、つけて預かってほしいらしい。抱きしめられているわけではないが視界がサイラスの広い胸で埋まってしまい、ミュリエルは思わず下を向いた。

「こちらも、隠してくれると嬉しい」

「は、はは、はい……」

今度の返事はどもるだけではなく、声までひっくり返る。留め金をかけ終わったサイラスが、栗色の髪が鎖に絡まないように、うなじからすくいあげて背中に流してくれたのだ。なでられたのは首だけのはずなのに、優しい手つきの感触が背中から腰へと伝っていったように感じられて、ミュリエルは思わず背筋を伸ばして顔を上げた。

至近距離で目が合えば、サイラスは柔らかく微笑みながら何かを待っている。隠してくれと言われて返事をしたのだったと思い出したミュリエルは、青林檎のチャームを襟もとから服の下へと忍ばせた。服越しに掌で押さえれば、もとよりしていた葡萄のチャームと預かったばかりの青林檎のチャームが隣り合い、素肌の上で転がる。

イヤーカフを預けられた時と同じだ。サイラスの体温を残したままのそれは、ミュリエルの肌に触れた瞬間から互いの温度を交換するように溶けて混ざる。

「むふふ。若いっていいのう」

ニンマリとした表情を隠しもしないラテルにからかわれ、ハッとする。ラテルだけではなく、いつの間にか全員の視線が集中していた。

「ミュリエルちゃんが離れないと、ラス坊も動きださんからの。ささっ、わしとこっちじゃよ！」

言葉もなく顔を真っ赤にしているミュリエルの手を引っ張って、ラテルが湖岸につけていた小舟に乗る。乗り込めば、たちまち静かな湖面に小舟が切り開くような波を立たせた。ありえない速度により出た風で、羞恥に火照る肌もすぐに冷める。

向かいに座るラテルはのんびり座っているだけで、船を漕いでなどいない。ミュリエルが驚愕の眼差しを向けていると、ラテルはご満悦な笑顔を浮かべてちょちょいと下を指さした。

透き通る水のなかに長い影が見える。よくよく観察すれば長い影は深みの方へと繋がっていた。これは、ヨンの長い尻尾だ。肝心の本体はずっと先に沈んでいるが、尻尾を使って船を運んでくれているらしい。

小舟は湖の中心まで来ると、緩やかに減速して止まる。すると、すぐ近くの水面にポコポコと空気の泡が立った。控えめな感じで、ヨンの鼻先が出現する。スピスピと動く鼻の穴をまじまじと見てしまってから、ミュリエルは声をかけた。

「ヨンさん、お舟の移動をありがとうございます」

『……んん？　はぁて、なぁんじゃってぇ？』

スピプシュゥ、という鼻息と共にのんびりとした応えがあり、ミュリエルは大きな声で言い直す。

「ヨンさん！　ありがとうございます！」

『ふぉふぉふぉ、ここのぉ水はぁ、うんまいわい～』

完全一方通行の会話になってしまったが、ヨンがご機嫌なのでそれでもいいか、とミュリエルは思った。ラテルも好々爺(こうこうや)という言葉が似合いの笑顔を浮かべている。

ゆらゆらと深みに沈んでいってしまったヨンを見送ってから、ふと顔を上げる。すると、対岸にリーンの姿を発見した。ずっと姿が見えなかったため、誰に聞かずとも青い菱(ひし)の花を調べているのだと思っていたが、どうやらその予想は正しかったらしい。

距離があるため声を張らなければ届かないかもしれないが、顔がこちらを向いたので大きく右手を振ってみる。

「リーン様ー！　お疲れ様ですー！」

目が合った気がしたのだが、無反応だ。もう一度名前を呼びながら、今度は両手を振ってみた。やはり反応がない。

「菱の花に夢中で、気づかないのでしょうか……」

大きく呼びかけたにも関わらず相手に届かないのは、なかなかに切ない。少々の気恥ずかしさと共に呟(つぶや)くと、ラテルが気を取り直せとでも言うように白く長いひげをしごきながら笑った。

リーンを眺めるのをやめてラテルの方を向けば、視界の端にサイラス達の姿も映る。そろそろ泳ぎはじめる頃だろう。

「それじゃあ、ミュリエルちゃん。お仕事じゃよ。コレ、その辺に放ってくれるかの？」

「えっ？　水のなかに、ですか？」

「そうそう」

お仕事と言うほどではないが、ラテルから白くて丸い石を数個渡される。キラキラとしていて、なかなか綺麗だ。ミュリエルは首を傾げながら、ポチャンと目の前に投げ入れた。するとラテルからもっと方々に投げろと言われてしまい、なるべくあっちこっちに散るように投げてみる。

湖は透明度が高いため、浅瀬ならば白い水底には揺れる日の光さえ届くのだが、さすがに今いる辺りの深さになるとそれは確認できない。小舟の縁につかまってのぞき込んでも、もちろん白い石の在処などわかりようもなかった。

そうこうしているうちに、バシャバシャと水を跳ね上げる音が聞こえる。とうとう水練が開始されたようだ。

「皆様、頑張ってー！」

両手を口もとに添えて、思わず声援を送る。先頭はニコで、続くのは意外にもレジーとノアだ。しかし、ミュリエルのいる小舟まで半分の距離を残したところで順位が入れ替わる。ニコは先頭を守ってはいるが、レジーとノアが失速しはじめたのだ。代わりにあがって来たのはサイラス、レインティーナ、スタンの三人。そこから少し遅れてシーギスが、誰よりも激しく水しぶきをあげながら泳いでいる。

開始より変わらず最後尾に固まっているのがリュカエル、シグバート、プフナーの三人だ。

リュカエルとシグバートは木の浮きにつかまっているので、バタ足のみの泳ぎ方なのだが、そんな二人と肩を並べているプフナーの泳ぎ方が変わっている。蛙のような動きだ。先を行く者達と同じ泳ぎをすれば上位に食い込めそうだと思えるほど、一人だけ動きに余裕がある。

そうこうしているうちに、ニコを先頭にサイラス達が小舟付近まで到達した。

「頑張ってください！　サイラス様、頑張って！　レイン様も、ニコ様も、スタン様にシーギス様も、頑張ってー！」

「可愛い声援つきで、今年は頑張り甲斐があるのう」

名前を呼んだ面々は、こちらに視線を投げて笑顔を見せる余裕がまだある。これならば残り半分も、問題なく泳ぎきるだろう。だが、ここに来て全員が予想外の行動にでる。息を大きく吸って勢いをつけると、ザバンと深く潜水していったのだ。波立つ五つの輪は、時間経過と共に静かになる。しかし、誰も浮いてこない。

「っ!?　こ、これっ……、ラ、ラテル様、み、皆様、大丈夫でしょうか!?」

「大丈夫じゃよ。石を取りに潜っただけじゃし」

「石……」

用途を聞かないまま先程石を投げ入れたが、潜って探してくるためだったらしい。ミュリエルは平面になってしまった湖面を凝視した。大丈夫と言われても、浮き上がってくるまで心配で仕方がない。気づけば、なぜかミュリエルも息を止めている。息苦しくなっても、一緒になって息を止め続けた。

そろそろもう限界だ、と思ったところで湖面にコポコポと空気の泡が立ち、多少前後したが五人全員がザバッと顔を出す。そしてすぐさまもといた湖岸に向かって泳ぎだした。蹴り上げる水しぶきが重なり合って、離れていく姿が舟の上からでは判別しづらい。

潜っていないのにはぁはぁと息継ぎをしたミュリエルは、呼吸が整ったところでもう一度サイラス達に声援を送ろうとした。しかし、近場から声がかかる。

「ミュリエルちゃーん、応援、お願いっ！」

最初の勢いを失い、遅れて到着したレジーとノアだ。潜水手前の立ち泳ぎで、気合を入れるきっかけを待っている。

「レジー様、ノア様、頑張ってください！」

「うん、頑張るっ！」

「はい、頑張ります！」

大きく息を吸って二人が潜ったところへ、今度は浮きを使用した二人とプフナーが到着した。

「リュカエル、シグバート、ほれ！」

浮きを放して潜水などできるのだろうかと心配したのだが、ラテルが余っていた石を放ってよこす。受け取る余裕のないリュカエルとシグバートだったが、石は寸分の狂いなく角材の上に落ちた。

「わしってば優しい。ま、いいとこ見せたかったら潜るんじゃなー！」

「いえ、結構です」

ラテルの言葉を、二人は同時に同じ台詞で辞退した。角材が手放せないために他の者達より緩慢になってしまう回旋を経て、湖岸に戻っていく。そこから数拍遅れて水面に顔を出したレジーとノアも浮きを使う二人に続いた。驚いたのはついたばかりだと思っていたプフナーがすでに潜水を終え、遅れなく岸に向けて泳いでいったことだ。

「あと半分、皆様、頑張ってください！」

返事はもとより求めていなかったが、プフナーだけは相変わらずの蛙泳ぎの合間に手を振ってくれた。器用だなと感心していると、突然ごく近くで激しい水しぶきがあがる。ミュリエルはビクリと体を跳ねさせた。

「くっそー！　なんで見つからねぇんだっ!!」

ツンツンとした赤髪が見えたと思えば、ひと声叫んでまた勢いよく潜水していく。てっきり先頭集団として湖岸に帰っていったと思っていたのに、スタンがまだ残っていたようだ。見逃していたことに、ミュリエルは二度驚く。

先頭の五人の顔が上がったところは確かに見たのに、なぜスタンだけを見失ったのか。あがる水しぶきに紛れてしまっていたのだろうか。叫んだ言葉から推測するに、スタンはどうやらまだ石が見つからないらしい。

「スタンのやつは、なんでいつも見つけられんのじゃろうな。あまりにも不憫じゃから、石を足してやるかの」

ラテルが手持ちの石を、さらに三つほど湖に投げ入れる。すると間髪入れず、ゴボォッと大きな空気の泡が上がってきた。そしてすぐに、溺れる手前のような必死さでスタンが顔を出す。

「な、なんでだっ⁉　石が頭に降ってきたんだがっ⁉」

「……はよ戻らんでいいのかの？」

「はっ‼」

昨晩のカードゲームでもそうだったのだが、スタンの勝負弱さは他に類を見ない。本人も自覚しているからか、筋肉にものを言わせるとばかりに、湖岸まであと半分ほど残している四人を猛追していった。


びしょ濡れになった面々は着替えに席を外している。またまた手持無沙汰になってしまうことを恐れたミュリエルだったが、シャツやズボンを干すお手伝いを手に入れていた。ウッドデッキの手すりから木の幹に繋いだロープに、自分なりに風通しを計算しながら干していく。

下着類は自分達でやるからと目にすることもなかったのだが、きっとこの役目をミュリエルが負わなければ一緒に干してしまっていただろう。その点については逆に気を遣わせてしまい、申し訳なく思う。しかし、やることがあるのは嬉しい。だからこそミュリエルは、少しでもしわが残らないように丁寧な仕事を心がけた。

「よしっ、綺麗に干せたわ！　次は、お昼ご飯の支度ね！」

ほどよく吹く風にはためく洗濯物を眺めて達成感を得たミュリエルは、落ちてきていた袖をもう一度まくった。昨日の昼と夜さらには今日の朝もだが、食事の準備に関われずにいる。せっかく事前に仕入れた知識があるのだから、披露したい気持ちがある。とはいえまずは、自分よりずっと忙しくしている皆の役に立ちたいところだ。

「ん？　もうこっちは終わっとるよ？」

それなのに、ラテルからは無情にも昼食の準備が終了していることを告げられた。ならばすぐ食事に移れるようにと、細々とした用意をしようと意識を切り替える。するとそこに、どやどやと騎士団の面々が帰ってきた。火にあたって濡れた体を温めるのではなく、立地を生かして湯につかってきたからか、全員が隊服を着崩してホカホカとしていた。首にタオルを引っかけたままにしている者もいる。だが、そんなほっこりした雰囲気とは裏腹にすることは早い。

ミュリエルを見つけて声はかけてくれるのだが、どっと押しよせたかと思えば波が引くようにいなくなる。そして各自の手には、食事を取るために必要となるものが不足なくそろっていた。

「ミュリエル、ここにいる者は皆食事に対して貪欲だ。見送ってばかりでは、君のぶんがなくなってしまう」

いつの間に用意してくれたのか。湯上がりだというのに隙のない出で立ちのサイラスが、ミュリエルのぶんも含めた二人ぶんの食事を手に目の前に立っていた。飲み物の入ったコップを二つ、スープの入った大ぶりなマグカップも二つ、そして肉の乗った平皿二枚を大きな手を使って危なげなく持っている。

「あ、ありがとうございます。すみませんっ、自分で運びます」

「いや、今渡す方が難しいから、席まで私に運ばせてほしい」

サイラスにこれだけ持たせておいて、自分だけ手ぶらなのは申し訳ない。そう思ってすぐに手を伸ばそうとしたミュリエルを、サイラスは穏やかに遮った。六つの食器はサイラスの指と手と腕の上で、熟練のウェイターが生み出す絶妙なバランスを保っているらしい。

「団長、パンもどうぞ！　ミュリエルちゃんは、焼き加減の好みはどんなもんかな？」

横から顔を出したのはレジーで、追加のパンが乗った籠を見せてくる。

「あ、いい匂いです」

ここに来てから食べた平パンはプレーンなものだったが、今見せてもらったものは生地に何かが練り込まれている。

「わ、嬉しい感想をありがとう！　材料がどうしても質素だから味も淡泊なんだけど、今日のは香草をいい感じに加えて風味を出してみたんだよね」

言葉通りに嬉しそうにニコニコとするレジーと、籠のなかのパンをミュリエルは見比べた。

「えっ！　このパン、レジー様が作っているんですか？」

「うん。全部、俺作。実家がパン屋なんだよね。まぁ、窯はノア作なんだけど」

焼きたてのパンが出てくるのだから誰かが作っているはずなのだが、レジーがすべて担っていたとは思っておらず、ミュリエルは驚いた。初日に口にした時も美味しいと思ったし、店に出せる品質だと思ったが実家がパン屋ならば納得だ。さらに言うと、窯がノア作だというのも驚きの内容である。石を組み上げて作られた窯はかなりの力業なので、てっきりスタンかシーギスによるものだと思っていたのだ。

「私は大工の息子ですからね。ちなみにレジーとは幼馴染です」

補足するように、通りがけに言い添えていったのはノアだ。そして幼馴染という新事実にミュリエルは大きく頷いた。確かに騎士団内は誰もがわけ隔てなく気安いが、レジーとノアの二人は息の合い方に年季を感じる。

料理の用意どころか配膳まで任せきりになってしまったミュリエルだが、サイラスに案内されるままにテーブルにつく。そしてここでは、そろって食事の挨拶を、などというお行儀のよい話はない。席についた者から適宜手をつけてしまうのがこの場の決まりだ。というわけで、ミュリエルも個人的に軽く挨拶をしてからスープに口をつけた。

誰と誰が話題を共有しているのか、その区切りも曖昧なほど飛び交う会話を興味深く見やる。そうしてやっと、一人足りないことに思い至った。

「あの、リーン様がお戻りになっていらっしゃいませんが、大丈夫でしょうか」

「あぁ、本人からきっと夢中になってしまうだろうから、ある程度は放っておいてくれ、と言われている。度がすぎるようであれば、止めてほしいとも言われたが……」

学者という言葉から想像する人物像に違わず、興味のあることに向けるリーンの集中力は凄まじい。そのことには本人の自覚もあるし、周囲も先刻承知ずみだ。ただ、度がすぎると判断すべき一線が曖昧ではなかろうか。

「水練の時に、向こう岸を歩いている姿をお見かけしたんです。すでに、かなり考え込んでいるご様子で……」

ミュリエルとしては、食事に遅刻するのは許容範囲だが、抜いてしまうのは駄目だと感じる。ただし先に思った通り、きっとこの判断は人によってまちまちだろう。

「暗くなっても帰ってこないようであれば、連れ戻さなくてはと思うが……。一食や二食忘れる程度なら、放っておくのがリーン殿にとっては親切になるのだろうな」

サイラスの言い回しに、ミュリエルはなるほどと頷いた。対象者がミュリエルであれば不適切だが、リーンであればその線引きが最適だろう。これがわかっていれば、様子のおかしいリーンを見かけてしまった時も対応を迷わずにすみそうだ。

ミュリエルは納得すると平パンに手を伸ばした。スープを吸って柔らかくなった部分と、香ばしい焼き目のついた部分を同時に口に運ぶと、大変美味しい。大変美味しいのだが、ミュリエルには量が多い。サイラスにパンの半分を手伝ってもらって、それで十分満腹だ。

騎士達の誰もが健啖家なことを知っているミュリエルだが、吸い込まれるようにスープや肉にパンがなくなるのを見るのは気持ちがいい。そして競うようにおなかを満たした面々は、このあと休憩時間となる。食後のお茶をゆっくりと楽しむ者、木陰に張られたハンモックで昼寝をする者、軽い散歩に出る者と、好き好きに過ごすらしい。

サイラスは書類仕事をすると言って、食器が片付けられたテーブルに向かっている。皆から提出された日報の確認と、午前の訓練における所見の記入を今のうちに終わらせてしまうようだ。しばらくこっそり見ていれば、時々口もとを押さえて微笑んでいる。提出している面子を考えると、記入内容も個性豊かになるのは想像に難くない。確認作業も絶対に楽しいはずだ。

「ミュリエル、一つ余っているぞ。一緒にどうだ？」

突っ立ったままサイラスを見ていたからか、レインティーナに声をかけられる。ハンモックに寝っ転がったレインティーナは、縁を指で押さえて顔を半分のぞかせていた。隣が余っているので、誘ってくれたらしい。

「あ、ありがとうございます。ですが、えっと、今は起きていたい気分なので、大丈夫です」

せっかくのお誘いだが、ミュリエルは丁重に辞退した。寝坊したうえに訓練もしておらず、たいした仕事もしていないミュリエルは疲れていない。回復する体力も何も、そもそも消費が普段と比べてもずっと少ないのだ。ここで寝たらまた夜眠れず、結果また寝坊する危険性が出てくる。

厳しい訓練ゆえに眠気がきたのか、はたまた昨日の夜更かしゆえに睡魔がやってきたのかは定かではない。しかし、レインティーナを含めハンモックに身を預けた面々は誰もがあっさりと夢の世界へ旅立ってしまった。サイラスも、まだ書類の文字を目で追いかけている。よって、ミュリエルは散歩へ出かけることにした。先を行く者達を追いかけようかとも思ったが、道を外れる方向へ突っ込んで行ったのを見ていたため断念した。仕方ないので大人しく一人、湖の縁をたどるように川下へと足を向ける。

景色が綺麗なため目には楽しい散歩だが、共有できる相手がいないというのは実に味気ない。

朝から方々に散ったらしい聖獣達のうち、誰か一匹でも会えたらいい。そう思ったが、なかなか上手くいかないものだ。ミュリエルは首にかけている木の笛をいじった。吹く気はないが朝からひと目も触れていないからか、猛烈にアトラ達に会いたい。目新しさと騒がしさに気が紛れていた先程までと違い、一人になってしまったことで寂しさが急激に募る。

(私ったら、暑さを気にせずアトラさん達と触れ合えると思って、夏合宿の参加を喜んだのに……。寝坊だなんて、なんて失態なの……。初日からすれ違ってしまったわ……)

誰の気配もない森のなか、ミュリエルは寝坊した己を悔いていた。いつもの庭ならともかく、勝手のわからないこの場所で聖獣達を見つけるのは不可能だろう。朝を逃してしまった今、起き抜けに弟から指摘された通りきっと日暮れまでは会えない。

それに、そもそも聖獣達は避暑としてだけではなく、久々の大自然をなんの制約もなく満喫しに来ているのだ。ならば、しばらくは勝手気ままに過ごすのを見守ることこそが、本当の思いやりというものだろう。とはいえ、賑やかな場から離れて一人自然に囲まれていると心細くもなってくる。

「アトラさん……」

『呼んだか？』

「っ!?」

いっさいの気配なく背後で鳴らされた歯音に、ミュリエルの心臓は止まりかけた。あまりに驚きすぎて悲鳴さえ出ない。

『なんで驚いてんだよ。オマエが呼んだんだろ。どうした？』

振り返れば、普段と何も変わらない白ウサギがいる。会いたいと思っていたアトラが、目の前にいるのだ。しかし、ミュリエルの口から出たのは喜びの言葉ではなく、謝罪の言葉だった。

「あの、す、すみません、用はなくて……。で、ですが、アトラさんのことを考えていて、それで、その、思わずお名前を呼んでしまいました……」

大自然を堪能しているアトラを、なんの用もなく呼びつける形となってしまったことを、ミュリエルは瞬間的に申し訳なく思った。自分勝手も甚だしい。これは特大の歯音、もしくは盛大なスタンピングを受けても仕方のない案件だ。

「ほ、本当に、すみません……。まさかこんな小さな声を拾ってくださるなんて、思わなかったものですから……」

フンッと鼻で笑ったアトラを、ミュリエルは上目遣いで見つめた。お叱りを受ける覚悟をもって唾を飲み込む。

『……オレだって、呼ばれなくてもオマエのこと考えてる』

「っ!?」

ミュリエルは自信なさげな眼差しを瞬き数度で追い払い、パッと顔を上げた。

『いつだって見つけてやってるし、来てやってるつもりだったが、違ったか？　楽しそうに夏合宿に参加したはずなのに、しょげてる足音を聞かされたら、ほっとくわけにはいかねぇだろ。で？　へこんでる理由は？』

　アトラの言いようからすると、名を呼ばれる前からミュリエルの沈んだ気配を察して傍まで来てくれていたことになる。そんなことを伝えられて、どうしていつまでも落ち込んでなどいられるだろう。

「あ、あの！　まだ暑いですか？　少しは涼めたでしょうか？」

　これ以上ない優しさを向けられていると知ったミュリエルは、笑顔を取り戻した。

『それが今したオレの質問に、なんの関係があるんだよ？』

「そ、その……。だ、抱き着きたくて……」

『……』

　しかし、スッと赤い目が細くなったのを見てしまったため、調子に乗りすぎただろうかと今度は眉を下げる。とはいえ、一度口に出してしまった言葉は戻らない。そうなると選べるのは、より詳しく白状することだけだろう。

「た、楽しみにしていたんです。涼しくなれば私が抱き着いても、アトラさんが押しやらないでいてくださると、思ったので……。そ、それに、もし、暑さが気にならないようであれば、せめて夏合宿の間だけでもお聞きせずに、抱き着く許可がいただけたら、なんて……」

　見下ろしてくる赤い目に、ミュリエルはどんどん縮こまる。だが、出しきってしまったためこれ以上は何も言えない。白い脚先に視線を落として、アトラからのお言葉を待つ。

『夏合宿が終わって帰ったら、ここと同じくらい庭だって過ごしやすくなってるだろ』

　ややずれた返事に思えて、ミュリエルはそろそろと視線を上げた。先程は気づけたが、今度は意味を量りかねる。するとアトラは焦れたように、ガチンと大きく歯を鳴らした。

『だから、いちいち聞くなって言ってんだよ！　好きにすればいいだろ！　確認はいらねぇ！』

普通に聞いたら恐ろしく感じるほどの歯音だが、その剣幕もなんのその。声から確かな照れを感じたミュリエルは、正確に今までの言葉の意味を受け取った。よって、大急ぎでアトラに突っ込み、リーンに負けないほどの高速で顔を右に左に白い毛へと擦りつけた。

ある程度擦りつけたところでピタリと止まったものの、アトラがじっとしていてくれるのをいいことにそのまま心行くまでスーハーと深呼吸までして堪能する。ここ数日どころか、暑くなってより減少していた触れ合いのぶんまで充填する構えだ。

『……おい、そろそろ離れろ』

ところが、さすがにしつこかったらしい。アトラの声がげんなりとしている。

「は、はい。すみません。あの、お付き合いいただき、ありがとうございました……」

『何言ってんだ、付き合うのはこれからだ』

「えっ？」

断腸の思いでふわふわの毛から体を離したミュリエルだったが、思ってもみないことを言われて目を瞬かせた。

『一緒に散歩しようぜ』

「ご、ご一緒しても、よろしいのですか……？」

のびのびと大自然を満喫しているアトラ達にとって、ミュリエルはさぞ足手まといだろう。そう思って赤い目を見上げれば、一歩離れたアトラはあご下でグリグリとミュリエルをなでくり回した。

『よくなきゃ誘わねぇよ』

そして慣れた仕草でミュリエルの襟をくわえると、耳の間からコロンと背中へ転がす。ぞんざいな扱いだがそれすら嬉しく感じたミュリエルは、背を伸ばして騎乗するのではなく、腹這いになるとアトラの後頭部に再び顔をグリグリと擦りつけた。

そんなふうにミュリエルがまったく前を向いておらずとも、アトラの歩みに問題はない。散歩は完全にお任せコースだ。うつ伏せ状態のミュリエルは顔だけ横に向け、頬で白い毛の柔らかさを絶えず楽しみながら景色も楽しんでいた。なんと贅沢な時間だろう。ミュリエルの気持ちはどこまでも上向いていく。

しかも、案内された場所がまた素敵だった。目の前の湖には、件の青い菱の花が群生していた。浅い湖は水の色が薄く、白い底に緩く連なる光の曲線をはっきりと映している。

「わぁ、すごいです……。気になってはいたのですが、こんなにいっぱい咲いているとは思いませんでした。連れてきてくださって、ありがとうございます。嬉しいです！」

やっと顔を上げたミュリエルを、アトラは地面に転がしてから鼻を鳴らした。そして、湖に入らずとも届く位置にある菱の花の茎を、噛みついて引きよせる。

「あっ！　そ、そんなことをして、怒られませんか……!?」

ブチブチブチッ、と茎が容赦(ようしゃ)なく千切(ちぎ)れる音がして、ミュリエルは両手を意味もなく振り回した。

地面にまで引きずり出してから、アトラがなんの感慨もなくペッと茎を吐き捨てる。そのいかにもなんとも思っていない対応に、ミュリエルもはたと動きを止めた。確かに、自由に生きる聖獣の休暇中の行動を咎(とが)めることができる者など、ここにはいない。歴史的大発見も、聖獣達にとってはただの花だ。リーンは悲しむかもしれないが。

『は？　誰にだよ』

『オレは今からここで昼寝する。その間オマエは、隣で花冠でも編んでろよ』

どっかりとアトラが寝転んでしまったので、ミュリエルは白いおなかと菱の花を見比べた。ミュリエルがなかなか座らないでいると、薄目でそれを確認したアトラが前脚を使って自らの腹へと引き倒す。適当に座らせられたにしては、かなりいい具合だ。アトラとしても収まりがついたようで、赤い目をもう閉じてしまっている。

しばしアトラを眺めてから、ミュリエルは青い菱の花に手を伸ばした。勧められた通りに花冠を作ろうと思ったのだ。何かしていないと、固く決意したにも関わらず一緒に寝てしまいそうだからでもある。

しかし、はじめて手にした菱の花は花冠に適さない茎の太さをしていた。ミュリエルは、可憐(かれん)な花をつけるわりには立派すぎる茎と精力的に茂る葉を前に、難しい顔をした。

（茎が太くて、編んだら縄になってしまいそうだわ……、……、……、はっ！）

しかし、あることを思い出す。「大自然満喫、おためし七日間無人島生活」の四章、知って得する基礎技術、のなかに書かれていた縄の編み方結び方だ。

（ここにきて、やっと事前に仕入れた知識を披露することができるわ……！）

ミュリエルはやる気をみなぎらせた。ちょっとやそっとじゃ千切れない、誰も作ったことも見たこともない丈夫な花冠をこの手で作ろうと。これはやり甲斐のある挑戦になりそうだ。

そう思って改めて菱の花を手に取ったものの、なかなかに難敵である。茎が硬くて何事にも力がいるため、座ったまま作業をしていたというのに汗ばんできた。茎は太いうえに濡れており、大変扱いにくい。エプロンごと握りしめて引っ張るという荒業でなければ、茎同士を思う方向へ絡めることもできなかった。

（だけれど、諦めるわけにはいかないわ！　無人島で生き抜くためには、この程度の困難は越えていかなくてはならないのよ……！）

誰も突っ込んでくれる人がいないため、ミュリエルは目的を見誤ったまま没頭する。

「……、……、……で、できました！　花冠！」

そして、とうとう作り上げたものを手にミュリエルは額の汗を拭った。一般的な花冠と比べると野性味が溢れすぎているが、だからこそ今この時に最も似合った出来だと思えた。

『……見せてみろ』

ミュリエルの声で目を覚ましたのか、横倒しに伸びてさっきまで寝息を立てていたアトラが顔を上げた。

「コレです！」

『ふーん、頑丈そうだな』

そもそも花に興味がないのか、見せてみろと言ったわりにはアトラの反応が薄い。しかも花冠に対する感想としては異例な返事だ。だが、確かに頑丈は一つの売り文句にはなるだろう。

ミュリエルは一人頷いた。

「実は、二つ作りました！」

名目上は花冠だが、一つはミュリエルがかぶれば頭を通り抜けて胸に収まる大きさで、もう一つは腕輪ほどの大きさだ。

「アトラさんと、おそろいにしようかと思いまして！　えっと、こちらの大きい方をお耳につけしても……、よろしいですか？」

『……嫌になったら、すぐ取るからな』

遠回しな了承を得たミュリエルは、いそいそと立ち上がる。そしてアトラが顔を傾けてくれたので、右耳の先から付け根へとスポンと花冠を滑らせた。

「ふふっ、お似合いです」

白ウサギには、緑の葉と青い花がよく映える。ミュリエルは大満足で笑顔を浮かべた。しかし、アトラは違和感があるのか耳を顔ごと振っている。

「あ、やはりお邪魔でしたね。煩わしかったら、我慢しないでください。あの、お取りしますので……」

『いや、今はいい。そのうち勝手に取る』

耳を動かしたことで着け心地の悪さが収まったのか、アトラは澄ました顔をした。一生懸命作ったものだから、身に着けていてくれるのなら嬉しい。ミュリエルもアトラとおそろいにすべく、自らの腕にも小さな花冠を通した。

「おそろいだと、幸せが二倍ですね！」

腕を顔の高さまで上げて返す返す眺めながら、青い菱の花の可憐さに魅入る。深い青色の花弁も太陽にかざせば空のように淡くなり、花脈を浮き上がらせながら柔らかい光を通す。飽きずに眺めていたのだが、アトラが後方へ顔を向けたのでミュリエルも何事かと振り返った。しばらくそのまま待っていれば、林を抜けてサイラスがこちらに歩いてくる。

「姿が見えないから、探しに来た。アトラと一緒だったのだな」

「は、はい。アトラさんが、お散歩に誘ってくださったので……」

傍まで来たサイラスはアトラをなでると、もの珍しいのか指先で花冠をつつく。するとアトラは、花冠を指から遠ざけるように耳を倒してしまった。少し残念そうにしたサイラスを見て、ミュリエルは右手を差し出す。アトラのものより小ぶりだが、花も葉も見てもらうぶんには十分だろう。何より本当は、この出来を見せびらかしたいし褒めてほしい。

ちょっと得意げな顔で右手を差し出したミュリエルに、サイラスは微笑むと優しく指先を取る。そして、そっと唇をよせた。

「っ⁉」

意図しない行動にでられたミュリエルがビクつけば、唇は離しても指先は握ったままのサイラスが首を傾げる。不思議そうな表情をしているが、ミュリエルの言動や思考を熟知しているサイラスが、右手を差し出した意味を見誤ることなどないはずだ。となればこれは、己に都合よく解釈したことをとぼけているだけだろう。

『よかったな。構ってもらえて。ついでに抱き着けよ。それがしょげてた理由だったもんな？』

「っ⁉ 違っ、ア、アトラさん、何を……！ だ、だって、あの時、私が言ったのは……！」

意地悪に笑ったアトラに、ミュリエルは言葉を途切らせた。ミュリエルが知らん顔をしていれば、サイラスはアトラが歯を鳴らしたことしかわからない。それなのに律儀に反応してしまったことで、察しのいいサイラスにはある程度内容が知れてしまっただろう。その証拠に笑みが深まる。こうなってしまえば、皆まで言わずともミュリエルの進退は決まってくる。

「アトラ、ここからは私がミュリエルの相手をしたい」

「サ、サイラス様っ⁉」

「着替えたから、やっと君に触れられる」

「っ⁉」

軽く指先だけを握られていたところから、突然横向きに抱き上げられたミュリエルは、視界が高くなったことに驚いて慌ててサイラスの首もとに腕を回した。顔が近くなって、揺れる互いの髪が触れ合う。紫の瞳と視線が絡めば、その深い色に途端に引き込まれてしまいそうになった。

『じゃあな』

「っ！　ア、アトラさん、ま、待ってください……！」

危うくサイラスの瞳に囚われかけたが、アトラのそっけない言葉で現実に立ち戻る。引き止めようとしたものの、背を向ける仕草はあっさりとしたものだった。ぴょこんと去って行く白ウサギのお尻は大変可愛らしいが、置いていく見切りのよさには容赦がない。ただし、ピルピルと振られた尻尾にだけは健闘を祈られた気がした。

白い体が木々の間にすべて紛れてしまうまで見送って、とりあえずミュリエルは深呼吸をした。抱っこはされたままだし、首に腕を回したままでもある。だからここから少しでも横を向けば、すぐさま至近距離で見つめ合うことになるだろう。ならば心の準備が必要だ。

「あ、あの、サイラス様、と、とりあえず、おろしていただけますか……？」

「なぜ？」

「えっ……」

性急とも思える返しに、ミュリエルは見つめ合う用意もそこそこに顔を上げてしまった。そこには当然、甘い色をしたサイラスの瞳がある。

途端にミュリエルは息がつまって、胸が苦しくなった。こうして見つめられる場面が増えても、なかなか慣れない。ミュリエル自身がサイラスを好きだと想いを深めたぶん、向けられる気持ちの深さもまた、身をもって量れてしまうからかもしれない。

目もとを柔らかく緩めたサイラスが、微笑みを浮かべたままミュリエルのおでこに自らのおでこをコツンとぶつける。前髪越しの紫の瞳は、ますます甘い。互いに好きだと思う気持ちに際限がないならば、ミュリエルの頬もいつまでたっても熱を持つだろう。一つ慣れても一歩深くなる関係は、いつだってミュリエルの翠の瞳を潤ませる。

「菱の花の飾り、よく似合っている。アトラと、おそろいにしたんだな」

「サ、サイラス様も、その、おそろいに、します、か……？」

「いや、いい」

おでこが離れ、細くなっていた息が幾分楽になる。しかし、はっきりと断られたのが不思議で、ミュリエルはまじまじとサイラスを見つめ返してしまった。アトラとミュリエルだけがおそろいにしていたら、あの寂しそうな顔をすると思っていたが、サイラスは変わらず微笑んでいる。

「私には、こちらがあるから」

「っ!?」

見つめ返した紫の瞳が、十分に甘さを含んでいる意味を考えるべきだったのだろう。長い睫毛を伏せながら綺麗な顔が近づいてきたと思った時には、髪に隠れた耳に唇がよせられたあとだった。

ふっ、とかけられた吐息は絶対に故意だ。サイラスの唇から生まれる微かな風は栗色の髪を優しく揺らし、隠れていたそこに日の光を届ける。エメラルドは綺麗に煌いたことだろう。しかし、それを身に着けたミュリエルの耳は真っ赤だ。

抱き上げる腕が揺るがないことを、今は有り難いと思った。ミュリエルは両手をサイラスの首から外すと、耳と同じく真っ赤になった顔を覆った。膝に顔を埋める勢いでうつむいて、体を丸くする。

「それに、こちらも」

「っ!!」

次に唇が降ってきたのは首筋だった。限界までうつむいたミュリエルの首筋は、サイラスにはとても無防備に映ったのだろう。差し出されたとさえ思ったかもしれない。

今まで一度も触れたことのない場所で感じてしまった柔らかさに、肌が震える。まるで冷えた体をバスタブにゆっくりと沈めた時のような痺れさえ伴って、ミュリエルの全身を満たした。体が余すところなくその感覚に沈み込めば、あとは止めようもなく熱い吐息が零れてしまう。

体を丸めて顔を両手で覆ったまままついたため息は、当然顔の周りに長くとどまる。もともと羞恥により顔を火照らせていたミュリエルは、すぎた熱にクラクラしてきてしまった。

「そういえば、君に預けて気づいたことがある」

ミュリエルが正常な意識を低下させると、決まってサイラスは少しだけ違う方向から話しかけてくる。ミュリエルはその手にあっさりつかまって、いつだって耳を傾けてしまうのだ。なんなら、隠したままでも構わない顔を上げてしまうほど簡単に。

「いつも身に着けていると、ふとした時に手が伸びるようになってしまうらしい。確かめてから預けていたのだと思い直して、少し気恥ずかしくなる」

身に覚えのある内容に、ミュリエルの両手は自然と胸もとを押さえる。いつもと素肌が拾う感触が違うのは、今だけ葡萄と青林檎が重なっているからだ。しかし、どちらもよくミュリエルの体温に馴染んでいる。

「だが、こうして君のもとにあると思うと……、心が高揚してしまうんだ。なぜだと思う？」

柔らかな微笑みを崩さないサイラスに聞かれ、ミュリエルは瞬いた。呼吸を三回ほどする間考え込めば、無意識に同じ時間だけ肌の上の葡萄と青林檎を手で転がしてしまっている。

サイラスの視線がミュリエルの手もとに留まる。それに気づいた時、ミュリエルは瞬間的に悟った。答えなど、聞かれる前に何気なくたどり着いてしまっていたのだから。しかし、意識した途端とてつもない羞恥に襲われる。

(む、紫と翠が、重なって……。それどころか、た、たた、体温さえも、馴染んで……)

しかも、いずれはサイラスに返すのだ。普段は見せぬミュリエルの肌、そのぬくもりを宿した青林檎のチャームを。

そこまで考えたところで、上昇し続けていた体温が限界に達する。プシュゥ、と湯気とも空気とも言えない何かがミュリエルの体から抜け、くたりと力を失った。

「……きっと、今考えたことで正解だ」

サイラスは、大変満足した様子で深く微笑んだ。軟体動物と化したミュリエルが、すべてをサイラスに委ねたからでもあるだろう。不可抗力なところもあるのだが、広い胸にしなだれかかってクッタリとしたミュリエルは大変大人しい。

「では、散歩をしようか」

ゆったりとした余裕のある動きで、サイラスが歩みだす。しかし、そんなことを言われたところでミュリエルの目に景色が映らないのは、決まりきっている。

この日の終わりも、ノア監修で造られた大変素敵な温泉施設を堪能したミュリエルは、その間に他の者達の手によりすっかり用意されてしまった夕食を日暮れ前に取り終えた。ここでの生活は、城でのものよりも朝も夜も早いようだ。そして現在ミュリエルは、夕日を背に拠点にある窯の前で二本の木の棒を手に立っている。いい感じの木の棒は、もちろん火を起こすために探してきたものだ。

(食事が終わったから窯の火は落ちてしまったけれど、これからもっと日が暮れれば、皆さんも熱いお茶が飲みたくなるはず、よね……？)

誰もが完全に休暇扱いしてくるため、ミュリエルが何もしておらずとも非難の目を向けてくる者はいない。しかし、それではミュリエルの気が収まらなかった。ならば他の者達が風呂に行っている間に、熱いお茶の準備くらいはしておきたいところだ。

そもそも、ミュリエルは個人的にも火起こしをしてみたかった。事前練習ではばたばたしてしまい火をつけるに至らなかったが、その後に頭のなかでした予行練習では完璧にこなしている。よって、あとは実践あるのみだ。

しかし、ここでもミュリエルのやる気が消化されることはなかった。いや、消化されることはなかったのだが、消火はされてしまった。思いの外風呂から早く帰ってきたスタンにシーギス、レジーにノア、そしてもともとミュリエルと一緒に先に戻っていたレインティーナにより、思わぬ方向に話が進んでしまったからだ。そしてはじまる有志の者達による着火大会。それを目にしたミュリエルの手は、完全に止まってしまっていた。

(えっ……。そ、そんなに激しく？　あんなに一心不乱に？　し、しかも延々と擦り続けなくてはならないなんて……。皆様、上級者を思わせる素早さなのに、まだ煙一つ立たないわ……。こ、これは、無理、無理、無理だわ。私がちょっと擦った程度では、どうにもならないのが、よくわかってしまったもの……)

発起人がミュリエルだと周囲が勘違いしたことにより、詳しい説明はなされなかった。だが、会話の端々から着火大会の変遷(へんせん)は知ることができる。

もともとは夏合宿時にやむにやまれぬ事情から、木を使って火起こしをしたのがはじまりらしい。その時の苦労が笑い話になり、夏合宿初参加者の洗礼となり、罰ゲームとなり、今でもこうして気が向くと突然大会が開催されてしまう程度には、定着してしまっているようだ。

「仲良しじゃのう。じゃが、ほれ、ミュリエルちゃんは可愛いおててが痛くなる前に、こっちにおいで」

ちょちょいと手招きされて顔を向ければ、首にタオルを引っかけたラテルが窯の前に座り込み、木でない棒状の何かを二、三度力を込めてすったところだった。パッと飛んだ火花に驚いた時には、置いてあった木くずに火がついている。

（いくら私でも、わかっていたわ……。便利な道具が、あることくらい。だけれど、せっかくの夏合宿だもの、形から入りたかったの。まさか木で火をつけるには、あんなに運動量がいるだなんて、本を読んだだけでは思いもしなかったから……）

チラリと視線を投げた先には風呂上がりだというのに、訓練に匹敵するほどの玉の汗をかいた着火大会の参加者達がいた。そして反対側には、涼しい顔で火の加減を見るラテルがいる。間に挟まれたミュリエルの火起こしへの情熱は、完全に鎮火した。文明の利器は偉大だ。今後は変な先入観やこだわりを持たず、快適なやり方を積極的に取り入れていきたい。

『帰ったぞ』

だから昼間に会って以来のアトラの声が聞こえた時、ミュリエルの萎えかけた気持ちは救われた。喜んで振り向き、今いる場所からやや離れたところにいるアトラに駆けよる。林のなかは影が広がっているが、白いウサギの姿は明るく見えた。

「アトラさん、お帰りなさ……」

しかし、傍まで来て白ウサギの顔を見たことで、思わず言葉を途切れさせた。

『なんだよ？』

ミュリエルは目をすがめ、白い毛に覆われた顔から目を離さないようにしてにじりよる。するとアトラは、視線こそそらさなかったが体を微妙に引いた。そんな態度に構わず背伸びをしたミュリエルは、とくに気になった眉間と目の下辺りに真剣な眼差しを向けた。息をつめるほどまじまじと観察し、見間違いではないことをよくよく確認する。納得いくまで凝視を続け、やっと姿勢を戻して口を開いた。

「あの、アトラさん、何を食べてきたんですか？　苺……？」

『……』

白い毛には、点々と赤いものが飛んでいる。苺の時期としてはかなり遅いが、ここの涼しさを考えればそうおかしなことでもない。はじめは血かと思って驚いたのだが、すぐに怪我にしては少量すぎるし、そもそも赤い色は毛の表面についていることに気がついた。何より、安心したところでした指摘にアトラが高速でペロペロと口周りを舐めはじめたのだから、問題ないのだと自信も持てる。

思うにアトラはお上品に一つずつ食べるのではなく、苺の茂みに顔から突っ込んだのだろう。だから舌で舐めて綺麗にするのでは届かない位置に、赤い汚れが残っているのだ。

まったく届く気配はないが一生懸命綺麗にしようとしている舌の動きが可愛くて、ミュリエルは熱い視線を送った。それに気づいたアトラが、一瞬動きを止める。しかしすぐに再開すると、開き直ったように両手まで使ってクルクルと顔を洗いはじめた。

「そのご様子ですと、いっぱいなっていたんですね。美味しかったですか？」

『……、……、……まぁ』

手を舐めようと舌を少し出した格好で、再びアトラが固まる。変な間に首を傾げながらも、ミュリエルは苺の汁が飛んだ場所を教えようと手を伸ばした。完全に乾いてしまっているので、ハンカチを濡らしてきて手伝った方が早いかもしれない。教えるように次々と赤い点をなでれば、アトラがギリッと歯ぎしりをした。

『……明日、時間があればオマエも連れてってやる。言っておくけどな、オレだけでこっそり食べようとか思ってたわけじゃねぇからな！』

パチパチと瞬きをしたミュリエルは、アトラの台詞にここまでの気持ちの流れを理解して笑った。とくに責めるような気持ちはなかったのだが、ご相伴（しょうばん）に与（あずか）れるのなら嬉しい。

『ただいまー！』

「レグさんも、お帰りな……、っ!?」

陰った林のなかから、ぬっと巨体が現れる。それだけであれば、聖獣番であるミュリエルは驚かない。

「こ、こ、これは、いったいどういうことですか……。だ、だって、こんな……」

茫然（ぼうぜん）としながらも、大きな体を隅々（すみずみ）まで見渡す。全身くまなく、いつもと色が違う。

「な、なんでこんなに泥だらけなんですかぁっ!?」

『うふ。いい泥場があってね、転がってきたの！　久々に全力出したのよー！　もう、大満足だわっ！』

ミュリエルの絶叫を褒め言葉と受け取ったレグは、その場でルンルンと一周した。脇腹からお尻、そして反対の脇腹と全部を見せられたが泥まみれだ。乾いた泥は薄い灰色なのだが、大変丁寧な仕事ぶりで隙間なく塗り込められているため、一見すると綺麗に見えなくもない。だが、泥は泥だ。

『戻ったっスー！』

「スジオさん……、っ!!」

たぶん、心のどこかでは理解していた。この流れが途中で止まることはないのだと。だがしかし、スジオだけはいつもの様子で帰ってきてくれるのではないかと淡い期待もあった。

スジオは全力の笑顔を浮かべていた。鼻先を重点的に、体に向かってグラデーション状に大量のくっつき虫をつけながら。

『ここ、いい感じの茂みがいっぱいあって、超絶楽しいっス！』

目を細め舌を出して笑うスジオを見て、ミュリエルはしょっぱい笑顔を浮かべた。楽しかったのなら何よりだ。ただ、このくっつき虫はレグの泥より格段に除去が大変だろう。

『皆さん、お早いお戻りでー』

「っ！　ロロさん！」

つい勢いよく名前を呼んでしまったミュリエルに対し、のそのそと地上を歩いてきたロロが首を傾げる。その様子をざっと確認して、ミュリエルは目を丸くした。ロロに関してのみ、いつもと変わらない姿だ。しかし、よい子のふりが上手なモグラのことだ。何かを隠している可能性は捨てきれない。そこでやや疑り深く見てみたが、別段変わったところはない。つぶらな瞳も清らかだ。

「お、おかえりなさい。あの、えっと、楽しめましたか？」

普段の行いにより怪しんだものの、濡れ衣となれば申し訳なさが募る。そして逆に、いつも通りの姿でありすぎることが不安になってきた。ロロもちゃんと楽しく過ごせたのだろうか。

『へ？　あぁ……、まぁ、それなりに？』

なぜか疑問形で返されてしまい、余計に戸惑う。するとロロは、何か勘違いしたらしい。

『あっ！　ちゃぁんと、穴掘りは自粛してますよ？』

「えっ。いえ、今はその心配をしたわけではなく……」

互いに真意を量りかねて変な顔になる。なんとなくロロの態度に違和感があるのだが、言葉にするのが難しい。しばし見つめ合い考えていると、後ろから声がかかった。

「温かいお茶が入ったと、君を呼びに来たのだが……。どうやら皆、存分に満喫できたようだな」

振り返れば、そこにはサイラスが立っていた。さすがと言ってよいのかわからないが、アトラ達のこの惨状を見てもサイラスは穏やかな様子を崩さない。

だが今は、それよりも違うことにミュリエルの意識は持っていかれていた。サイラスが凄まじい色気をまとっているのだ。湯上がりでほんのりと上気した肌は艶めかしく、シャツの袖を肘まで折り返した加減もさることながら、軽い水気を含んだ黒髪を何気なくかき上げる仕草までが、呼吸を忘れてしまうほど強烈な色香を放っている。いや、呼吸はむしろ忘れるくらいでちょうどよかったかもしれない。今息を吸えば、いつもよりさらに深い黒薔薇の香りに襲われたことだろう。昼間の湯上がり時は隙のない姿だったため、ミュリエルは完全に油断していた。

「……、……、……ガチンッ!!」

「っ⁉」

目をあけたまま意識を飛ばしていたミュリエルは、久方ぶりにアトラから歯音による気つけを受けた。意識は取り戻したものの体の硬直が解けなくて目だけで白ウサギを見れば、なんとも言い表し難い色をした鋭い眼差しがこちらに向けられている。

「あ、う、そ、その、えっと……」

ミュリエルが状況を思い起こすには、少々不自然な時間を要した。

「あ！　み、皆さんが、伸び伸びと楽しまれたようで、よかったなとは思っているのですが、あの……。コレ、どうしたらよいでしょうか？」

夕日がほとんど沈み、暗くなってきたことも救いとなった。細かなところは至近距離でなければ判別できなくなったことで、サイラスの色気から自然と意識をそらすことに成功する。よってミュリエルは、なんとか会話の続きを口にすることができた。

「ん？　あぁ、このままで構わない」

「えっ⁉」

しかし、思わぬ指示にサイラスを二度見する。

「夏合宿の間は、聖獣達に自然に近い状態で過ごしてもらうと言っただろう？　危険な場合を除いて、好きにさせておいていい」

「そ、それは、なんと言いますか……。と、とっても野性的、ですね……」

アトラの白い毛に苺の汁が飛んでいるのは、まぁいい。ロロもまったく問題ない。しかし、レグとスジオもこのままでいいとは、常に毛玉の色艶とフワフワ具合に注力している聖獣番としては、見るたびに落ち着かない気分になりそうだ。

「クロキリがまだ戻らないようだな」

「あ！　そうなんです！」

レグの次にスジオが戻ってきたことで、その時にいつもと順番が入れ替わったなと思ってはいた。だが、ロロが帰ってきてからも時間があいている。しかも、夕日はほとんど沈んでしまっていて、間もなく夜の暗闇が広がるだろう。順番の前後は置いておくにしても、これ以上遅くなるのは心配だ。

「もうかなり暗くなってきましたし、そろそろ……、あっ、戻ってきましたね！　……ん？」

夕焼けの微かな残りを翼に受けた、クロキリの姿を北の空に見つける。グングンと迫る姿は見慣れたものだが、ミュリエルは首を傾げた。夕日を弾くものなどクロキリの体にはないはずなのに、なぜか時々キラリと光っている。

クロキリが着地する体勢に入ったのでミュリエルが風圧に備えて身構えると、すかさずサイラスが支えてくれた。そのため余裕のできたミュリエルは、光のもとを探すために、滑空する勢いを殺そうとその場で羽ばたいたクロキリを、吹きつける風に目を細めながら眺めた。

するとクロキリは、右のかぎ爪で何かを持っている。その何かをクロキリはミュリエルの身長より高い位置から地面にまず落とし、それから自分も着地した。着地したと同時に、落とした何かを再び右脚で上からノシッと踏んで押さえつける。

「クロキリさん、おかえりなさい。いったい、何を持って帰って……、っ!?」

どうやら右脚の下に潰されているものは生き物だ。それに気づいてよく見ようと身を乗り出すと、かぎ爪の間から生き物が顔を出せるようにクロキリが押さえる力を調節した。

『ふっふっふっ。見たまえ！　ワタシの取ってきた獲物を！』

「こ、こ、これっ！　竜モドキ、ですかっ!?」

クロキリが右脚の下から逃がさないと信じて、サイラスと共に傍までよる。疑念はすぐに確信に変わった。大きなトカゲと見間違えているのではない。どこからどう見ても、角と翼がある竜モドキだ。

竜モドキとの邂逅(かいこう)は二度目となる。隣国の五妃殿下であるヘルトラウダが、サイラスの婿(むこ)入りと交換にしようと籠に入った竜モドキを見せてきた時以来だ。あの時と同じように、竜モドキは聞いたことのある声で「ギャギャギャ!!」と鳴きながらもがいている。

『……マジか。こんなヤツがいるなんて、全然気がつかなかった』

生き物の気配に敏感なアトラは、自分がそれを察知できなかったことに大きな衝撃を受けたようだ。カッと目も口も開いて、耳をピンと立てている。

『アトラが気づかないなら、あれじゃない？　臭いが嫌で近づいてない、上の方にいたとか』

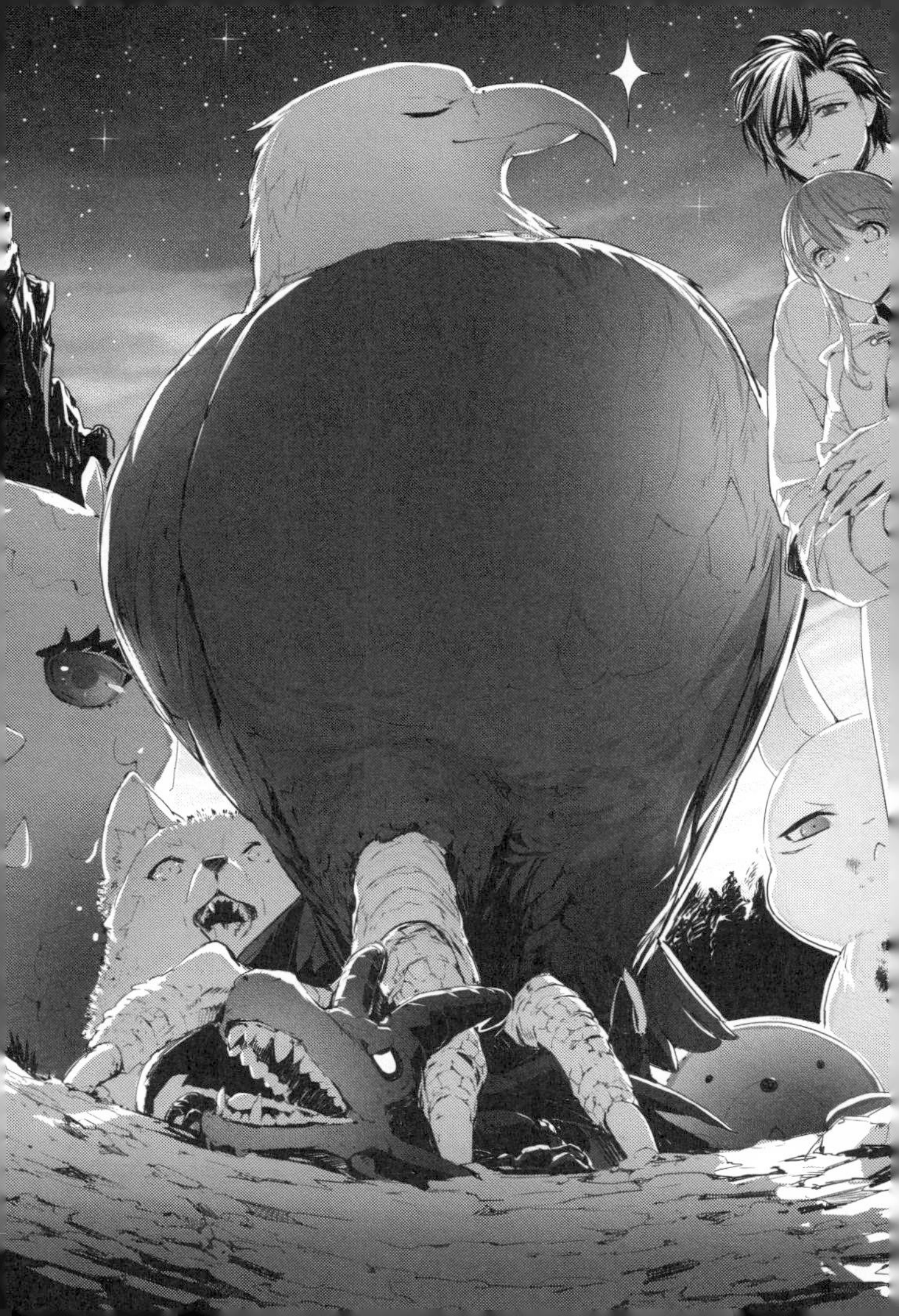

『ジブンも今日かなり広範囲を散歩したっスけど、確かに上の方は行ってないっスね』
『ここから下の湖の周りは、ボクも一日かけて見たんやけど。んー、たぶんおらへんかったと思います』

そこまで話すと、アトラ達の視線がクロキリに集まる。注目されたクロキリは、堂々と胸を張った。

『うむ。その通りだ。見つけたのは、ここよりずっと北だな。草木が生えている場所と、岩場だけの場所の境目の辺りだ。他にも何匹か見かけたぞ』

続々と集まる追加情報をサイラスに逐一(ちくいち)報告しながら、ミュリエルの目は竜モドキに釘(くぎ)づけだ。皆で夢中になるほどに、クロキリの胸毛はどんどんふくらんでいく。

「あっ！　ですがこの子、よく見ると角も翼も小さいですね。赤ちゃんなのでしょうか」

しかし、幼体にしては城で見た竜モドキと体長は同じくらいある。思ったことをすぐに口にするミュリエルと違って、サイラスは隣で考え込んでしまっていた。

「他の個体も見ないと、なんとも言えないが……」

あごに添えていた手をおろしたサイラスは、クロキリを見上げた。

「クロキリ、君の獲物であると皆に周知する。だから、この竜モドキをいったんこちらで預からせてもらえないだろうか？」

『ん？　あぁ、構わん。見せびらかしたあとは興味もないから、好きにしてくれたまえ。食べるにしても、コレはまずそうだ』

食料としての観点から竜モドキを見ていたことに、ひと言もの申したい。だが、快諾したと同時に脚から力を抜いたクロキリを見て、ミュリエルはそれを後回しにした。

「あっ！　待って、待ってください！　クロキリさん、脚はそのままで！　まだ押さえておいてくださいね⁉　は、早く、何か籠のようなものを……」

了承の返事があったことをサイラスに伝える前に、ミュリエルはあわあわと周りを見回した。

「クロキリ、聞き入れてくれてありがとう。ミュリエル、籠は私が持ってこよう。あと、リーン殿を呼ばなければ」

右往左往するミュリエルと違って流れですべてを察したサイラスは、簡潔にするべきことだけを述べた。その様子に落ち着きを取り戻したミュリエルは、無駄（むだ）な足踏みをやめる。

「そ、そうですね。あ、ですが、リーン様は今どちらにいるのか……」

籠の心配がなくなれば、次に心配するのはリーンのことだ。風呂どころか夕食もまだであるリーンの姿は、いまだウッドデッキにもない。

『ボク、リーンさんがどこにいるか知ってますよ』

パートナーの鑑（かがみ）のような発言を聞いて、ミュリエルは感心しながらロロに顔を向けた。

『せやけど、話しかけてちゃんと聞いてくれるかは、わかりませんけど』

しかし、すねたように続いた言葉に首を傾げる。

『湖の周りは見たって、ボクさっき言ったやないですか。実はリーンさんのあと、ずっとついて歩いてたんです。考えに没頭するリーンさん、目ぇ離すと危ない思うて。せやけど、これっぽちもボクのこと見てくれへんから……』

水練の途中で見かけたリーンの様子を思い出して、ミュリエルは納得した。だが、ロロがいたことは気づけなかった。ということは、考え事をしているリーンの邪魔をしないよう、つかず離れずの位置から見守っていたのだろう。チラチラと見え隠れしていたであろうモグラの姿を頭に思い描くと、その健気(けなげ)さと献身に胸が打たれる。

「では、迎えに行こうか。アトラ、乗せてもらってもいいか？　ロロ、君にも同行を頼みたい」

『おう、いいぜ』

『ほな、早う行きましょ』

打てば響く返事をした二匹に、サイラスは頷きを返す。そうこうしている間に、ウッドデッキの方では着火大会の優勝者が出たのか、歓声なのか悲鳴なのかわからない大きな声があがっていた。サイラスとミュリエルは報告のために一度、騒いでいる面々のもとへ戻る。

それから、せっかく入った温かいお茶を無駄にしないためにロにすると、ロロの案内にて暗くなった森へと足を向けた。

リーンを迎えに行くサイラスにくっついて、ミュリエルも一緒にアトラの背に乗せてもらう。途中で霧が出てしまったのだが、ロロの先導であっさりとリーンは見つかった。しかし、問題はそこからだ。

ケープのフードを目深にかぶったリーンは、しゃがんでブツブツと何事か呟いている。視線が足もとに不自然に並べられた菱の花に固定されていて、サイラスとミュリエルで正面に立とうがこちらにまったく意識を向けてくれないのだ。

霧に包まれた夜の森で、反応さえ乏しい姿は大変怪しい。親しいはずのリーンが得体の知れない何かに思えてきて、霧のせいだけではない肌寒さにミュリエルは両腕を擦った。

『あぁっ！　もう、あきません！　いい加減にしてください！　リーンさん、ボクを見てっ!!』

いくら夢中になっているとは言え、普段とはかけ離れた様子にサイラスとミュリエルが戸惑っていると、ロロが真っ先に痺れを切らした。今日一日ずっと我慢していたからか、反応の速度が短気なアトラよりも早い。

ロロはなんの思いやりもなく、ただ自身の思いの丈をぶつけるように真横からリーンに飛びついた。いっさいの抵抗なく毛玉に覆いかぶされたリーンは、まったく姿が見えなくなる。ただキュウキュウと可愛い鳴き声が、夜の森に響いた。

「ロ、ロロ、ご、ごめ、ん、なさい。し、幸せ、ですが、圧死、しそう、で、す……」

想いが重すぎてロロが加減を間違ったのか、リーンのうめき声は深刻だった。しかし、そこには先程までなかった理性がある。

「す、すみませんでした。えぇと、今どういう状況ですか？　止めに来てくれたんですよね？　ということは、僕、何食抜きました？」

這い出るように顔を出したリーンのいつもの糸目に、ミュリエルは安堵して脱力した。下半身をロロにしがみつかれたままの姿に、心底ホッとする。

「暗くなったから迎えに来た。報告したいこともできたから。食事で言えば、まだ一食だな。戻って今から遅めの夕食を口にすれば、の話だが」

腹這いのままのリーンを助け起こすこともせず、サイラスが説明をする。リーンも頷くだけで無理に起き上がろうとせず、ロロをなでている。

「何かわかったか？」

「えっ……。あー……、えぇと……」

こんなふうに言い淀むリーンは珍しい。フラフラと定まらない視線は何かを探しているようだった。

「何か問題でもあったか？」

リーンの様子がおかしいことに、サイラスが微かに眉をよせて質問を重ねる。

「い、いえ……。なんと言えばいいのか……。もう少しで何かつかめそうだったんですけど……。なんだろう……。見えていたものが……」

ロロをなでていた手を止めて、リーンは自分と同じように地面に転がっている青い菱の花に目を向けた。誘われるように手を伸ばし、千切れた花弁をひとひら摘まむ。

「溶けていって、しまった、よう、な……」

ひらり、と指から逃げた花弁は、視線の先にある湖に風もないのに舞い落ちた。重さのない花弁は、スッと縁から水を受け入れると、ゆっくりと密やかに水底へと沈んでいく。

「水に、還って……、巡る、の、は……」

『リーンさん！　ボクを見てっ！』

せっかく這い出ていたリーンを、ロロがおなかの下に引っ張り込む。

「あ、あぁ、ロロ、はい、大好きですよ。大丈夫です、めちゃくちゃ好きです」

また顔まで見えなくなってしまったが、先程と違って圧死の危機には瀕してはいないらしい。愛を告げる声は明瞭だ。

その後はなんとか正気を保ったままのリーンを拠点まで連れ帰ったのだが、竜モドキを見せたことで再び奇行を呼び起こすこととなる。ただ、それが陽気な奇行だったため、見慣れているせいか妙な怖さは感じなかった。

しかし、大興奮したリーンをテントに押し込めるのは容易ではなく、寝しなになってから大変疲れたのは誤算だ。道中にて竜モドキの存在を口にしなかったサイラスの選択が、英断であったことは間違いない。

明日、未調査となっている竜モドキの生息地に赴くとして、この場はお開きとなった。遠足前の気分になっているリーンは、きっと眠れないことだろう。しかし、ほどよく気疲れしたミュリエルはその範疇ではない。これなら絶対に寝坊しないぞ、という安心感を抱きながら二日目の晩は質のよい眠りについた。

4章　外界とは違う流れを持った場所

昨晩決まった通り、今日は朝から竜モドキの姿を求めて山をのぼる。のぼると言っても石灰棚の湖と緑が多いこの中層は、多少急な箇所(かしょ)があっても人の足でのぼることができる坂道だ。臭いを嫌がる聖獣と限界まで進んだことのある数人から聞いたところによると、地面に土の他に石が混ざりはじめ緑より岩の方が多くなっても、傾斜はたいしてきつくなってはこないらしい。急激にのぼるのが困難になるのは、すり鉢状にくぼんだここ中層をぐるりと囲む、高層から頂上に向かう部分だけだということだ。

今日は運のよいことに、下から上へと流れる風向きがやや強い。よって、温泉特有の臭いが強いと文句を言いながらも、アトラはサイラスとミュリエルを乗せて岩場への上り坂を進んでくれていた。共に向かうのは、リーンとロロ、それにプフナーとメルチョルだ。先導するように上空をクロキリが飛んでいる。人の足でも問題ないと言えど、移動するにはやはり聖獣達の脚の方が効率はいい。アトラ達の我慢が利(き)くうちは、なんとか頑張ってもらいたいところだ。

ミュリエルについては拠点での留守番という選択肢(し)もあったのだが、聖獣の言葉がわかることと、先行したクロキリが危険はないと言い切ったので同行する運びとなった。

ちなみに、珍しくリーンはロロの背に乗せてもらっている。菱(ひし)の花を見つけて以降、それにばかりかまけていたリーンに対し、ロロが譲らなかったのだ。意外にも、やる気になればモグラも地上を素早く移動する。予定が遅れるということはなさそうだ。

北の竜モドキがいる場所へは、サイラス達と共にこのような一行で目指しているのだが、西側へはレインティーナとレグ、スタンとチュエッカ、シーギスとキュレーネが、東側にはリュカエルとスジオ、レジーとライカ、ノアとルゥがそれぞれ調査に向かっていた。

進路を北に定めたまま、さらに進む。すると聞いていた通り、景色も徐々に変わっていく。幹も枝も立派な木々が若木へ、それと同時に生い茂っていた下草の類も少なくなっていった。木と呼べるものがなくなって視界が開けると、そこは大小入り混じる岩や石、それに隙間から生える草や小花ばかりの場所になる。

見通しがよいため自然と視線は北の山肌をのぼっていくが、そちらは完全に岩ばかりだ。ところどころから白煙が上がり、ずいぶんと低くあるように感じる雲のなかへ混じっていく。

『ミュリエル君、丘と呼ぶべきか山と呼ぶべきか、とにかく小石が積まれたそれらが見えるか？　どうやら竜モドキは、あれらを巣としているようだぞ』

上空よりアトラ達のほど近くにある、大きな岩の上に降り立ったクロキリが嘴を向ける。景色の一部として認識していたために気にも留めていなかったそれらへ、ミュリエルは視線をやった。見える範囲で最大の山は、カメのヨンよりも大きい。だが、それほど大きいものはその一つだけだ。あとはせいぜい丸まったアトラほどのもの、人の腰ほどのもの、または子供の悪戯程度の塊としか呼べない小さなものばかりだった。簡単に見た限りではこれらに規則性は見受けられず、気ままに点在している状況だ。しかし、どれも小石が積まれて造られていることに変わりはない。

「サイラス様、あの一番大きな小石の山に竜モドキの巣があるそうです」

小声で報告するミュリエルに、サイラスも小さく頷く。

「アトラ、鼻の調子は？」

『我慢できなくもない。嫌んなったら言う』

くれぐれも無理をしないようにと告げ、サイラスは振り返った。

「リーン殿、鳥の様子は？」

ここに来るにあたり、聖獣だけではなく人への白煙の影響を考えて、事前に捕まえた小鳥を急ごしらえの木でできた鳥籠に入れ連れてきている。知らず知らずのうちに有害物質を吸い込んで大きな被害とならないよう、体が小さく影響を受けやすい小鳥をもって周囲の安全を図るためだ。小鳥は籠のなかで、落ち着いた様子で止まり木にとまっている。

「今のところ大丈夫みたいです。周りに生えた緑の具合からしても、今すぐ人体に危険があるような感じはないですね。このまま進んでみましょう」

白煙の影響は植物にも及ぶ。大きな木はなくともある程度の下草と小花が生えているのだから、ここ最近に関してはこの辺りの環境は安定しているのだろう。

『十三、ってとこか』

絶えず長い耳を動かしていたアトラが、歯ぎしりをする。ミュリエルは脈絡のない言葉に反応が遅れたが、代わりにメルチョルが間髪入れずにシャシャと応えた。

『アタクシは石や岩が邪魔で、八までしかわかりません。鼻の調子もよくありませんし』

メルチョルは二股にわかれた舌を、何度もチロチロと伸ばす。一行が進むことにより後方に回っていたクロキリは、軽く羽ばたいて次の大岩に降り立つと再び先頭をとった。

『竜モドキの数の話だな。うむ。正解は、十四だ』

『あ？　十三、だろ？』

ここでやっとミュリエルは、会話の流れを把握した。その間にアトラは、クロキリの言葉に触発されて注意深く周囲を探ったあと、不機嫌に鼻の頭にしわをよせている。

『いや、十四だ。プフナー君が一匹連れているのを、忘れてはいけないぞ』

『ふふっ。ここで、まさかのとんち。アタクシ、そういうのも好きです』

得意げなクロキリにしてやられたアトラは、ギリッと舌打ちよろしく歯ぎしりをした。メルチョルの頭の上でありプフナーの足もとでもある場所に乗せられた籠には、クロキリが昨晩捕まえてきた竜モドキが入っている。

なるほどと思ったミュリエルだが、ここで無駄に口を挟むような命知らずではない。アトラが苛立たしげにピンっとひげを張っているうちは、触れずにいるのが賢い選択だ。ロロも我関せずの立ち位置で、こちらにまったく意識を向けていない。というよりは、リーンとの触れ合いに飢えているため、背中に意識を集中しているのだろう。

ある種自分本位に感じるほどの自由気ままな姿を見て、ミュリエルは口もとをむずむずさせた。仲良しだが単独行動も好むし尊重もする、そんな聖獣らしい態度が大変好ましい。何より、こうして誰かが何をしてどんな対応を取ろうが、彼らはすべてにおいて後腐れがないのが素敵だと思う。だからこそ元引きこもりのミュリエルも、自由に振る舞えるところがあった。

ふとした瞬間に感じる仲良しの証に、ついついほんわかとしてしまってから、ミュリエルはハッとする。サイラスへの通訳を怠ってはいけない。すぐさま振り返って竜モドキの存在を伝えるが、サイラスの返事を聞く前にアトラが歯を鳴らした。

『おい。サイラス、ミュー、そっちのデカイ岩の上だ。見てみろ』

ピタリと脚を止めてアトラが軽い警戒を示した先を、ミュリエルはサイラスと共に一拍遅れて見やった。なんの変化もないその場所を眺めていれば、しばらくしてからぴょこりぴょっこりと何かが見え隠れするようになる。辛抱強く待ちの姿勢をとっていれば、最終的にニュッと顔を出したのは竜モドキだった。口に小石をくわえている。

気が多いのか落ち着きのない動きをしている竜モドキだが、途中で見慣れぬミュリエル達に気づきピタリと固まった。お互いに固まったまま、しばし見つめ合う。思いがけず時間をもらえたおかげで、じっくり観察することができた。

（昨日クロキリさんが捕まえてきた竜モドキと、同じ姿だわ。角も翼も小さくて……。だけれど、あれで成体なのかしら……？）

小さい角は飾り程度で戦いには役に立ちそうもなく、翼に至っては空など絶対に飛べないだろう大きさだ。高いところから滑空するにしたって、これでは小さすぎるとミュリエルでもわかる。

竜モドキは意外と可愛らしい表情で、なおも口に石をくわえたままこちらを見ていた。ミュリエルは緊張感を持って相対する。しかし、竜モドキの方はそうでもなかったらしい。小刻みな瞬きと首を傾げる動作を挟んでから、なんの警戒もなくチョロチョロとこちらに近よってきてしまう。ミュリエルはアトラの背に乗り、サイラスの両腕の間にいるため一番安全だ。それなのに思わず体を引いてしまった。

アトラの脚もと間近まで来た竜モドキは「ギェ」と鳴く。すると、せっかくくわえていた石がポロリと落ちた。それに明らかにハッとした表情をした竜モドキは、慌てて石をくわえ直す。

（な、なんというか……。可愛いかも、しれない、わ……）

引いていた体をいつの間にか前傾姿勢に変え、ミュリエルは竜モドキをのぞき込んだ。

「逃げるどころか、怖がりもしないのだな」

サイラスが小さく呟く間に、竜モドキはアトラの顔をもっと近くで見ようとしたのか、後ろ脚だけで立ち上がっていた。そこへ赤い目をすがめたアトラが鼻先をよせていく。

白ウサギと竜モドキの邂逅。持っていた印象と違って、野生の竜モドキは案外可愛い。そう思ってしまったせいか、視線だけで異種族交流を試みている二者の姿に心が温まった。鼻先をよせて見つめ合うこの姿を絵にするのなら、ぜひ欲しい。

しかし、アトラの心中は違ったようで、フンッと邪険に鼻息を吹きかけた。風圧の直撃を目に受けてしまった竜モドキは、急いで瞬きをしている。そこでミュリエルは、竜モドキのまぶたが下から上に向かって閉じることを知った。

「簡単に捕まえられそうでございますね。今晩の夕飯にいたします？」

『あら、プフナーさん。それでは、アタクシがまず毒見をいたしましょうか？』

どちらも物腰は上品なのに、浮かべた微笑(ほほえ)みには邪悪な気配がある。言葉は通じないはずなのに何かを感じたのか、アトラを見つめていた竜モドキが機敏な動きでプフナーとメルチョルに顔を向けた。身の危険を感じたゆえの動きかと思ったのだが、竜モドキはそこからまたしばらく動かない。

その隙にロロの背から降りたリーンが、いつもよりずっとゆっくりとした歩調で竜モドキに近づき、さらにゆっくりとしゃがむ。

「どうやら地理的要因で外界から隔離され、長らく天敵に遭遇したことないみたいですね。だからきっと警戒心もなく、角や翼さえも退化してしまったのでしょう」

顔は興奮を抑えきれないようでキラキラとしているが、怖がらせない配慮をする余裕はまだ持ち合わせているらしい。リーンは手身近にあった小石を拾うと、ケープの裾(すそ)で手を保護しつつ期待の眼差(まなざ)しでもって差し出した。

竜モドキはリーンの糸目としっかり視線を合わせてから、石を見る。しかし、やはり自ら選んだ石の方が気に入っていたのだろう。石をくわえたまま喉の奥で「ギェ」と鳴いた。

そして思い立ったように背を向けると、チョロチョロと去って行く。行く先を目で追えば、一番大きな小石の山をのぼっていった。竜モドキを全員で見送っていると、リーンがしみじみと山を眺めながら呟いた。

「あの小さな石を積んで、この大きさの山を作ったとすると……。ずいぶんと長い時間、彼らはこの地に住んでいたことになりますねぇ。気の遠くなる話です……」

受け取ってもらえなかった小石を、リーンはポロンと落っことす。そしてどこか茫然としたまま、竜モドキのあとに続くように歩き出した。ロロが再び騎乗を促すために鼻先でつっついたが、リーンは笑いながらなでることで遠慮すると、仲良く並んで進んで行く。

一番大きな小石の山の麓に着き、なだらかな曲線を描く山の外周をミュリエルは目でたどった。少し離れたところから見た時はヨンほどだと思ったが、傍まで来て改めて見てみれば傾斜が緩やかなので直径だけを考えるとこちらの方が大きそうだ。

サイラスがアトラの背から降りたので、ミュリエルも手を借りて小石が散乱する地面へと慎重に足をつく。石ばかりが重なっていて足場が悪く、この辺りは人だけで移動するとなると大変そうだ。アトラ達が臭いに負けず乗せてきてくれたことに感謝しかない。そうしみじみ思っていると、ふとしゃがみ込んだサイラスが足もとの小石を一つ拾った。

「サイラス様？　どうしました？」

「これを見てくれないか」

すぐに立ち上がったサイラスは、ミュリエルを含めた全員によく見えるように、掌に小石を乗せた。

「こ、これはっ!?」

同時に驚愕の声があがる。小石には模様があった。その模様は自然にできたものではなく、人工的なものだとひと目でわかるものだ。

「ひ、菱の花、ですよね？」

口を両手で押さえながらミュリエルが呟けば、短い同意の声が次々にあがった。小石には、確かに四つの花弁を持つ菱の花が彫られている。小石を凝視してうつむいた面々のなかで、いち早く顔を上げたのはリーンだ。

「他にもあるでしょうかっ⁉」

バッと背中を向けると数歩進み、勢いよくしゃがむ。そして、足もとの石を手当たり次第見分しはじめた。リーンは身近なところにはないと判断したのか、小石の丘をのぼろうとザクッと足を踏み出す。しかし。

「うわっ‼」

小石が崩れて足が滑り、糸目の学者は顔からベシャッと転んだ。

「リ、リーン様！　大丈夫ですかっ⁉」

『んぎゃ⁉　リーンさんっ‼　あきません！　気をつけな！　怪我はありませんかぁっ⁉』

あまりにも見事な転びっぷりだ。すぐに駆けより助けたい思いはあるのだが、慌てれば即座に二の舞になるだろう。ロロは体の大きさにものを言わせて無理矢理リーンの傍まで進んだが、ミュリエルはサッと伸びてきたサイラスの手を頼りに足場を確かめながら近づいた。

「い、痛いですが、大丈夫です。滑りが思いの外よくて、手をつけませんでした……」

ガラガラと小石をさらに崩しながら起き上がったリーンは、鼻もしっかり打ってしまったようだ。鼻血が出ていないか手で擦って確かめたあと、今度はモノクルを外して袖で拭きつつ傷ができていないか日に透かしている。そしてそれを終えると、心配そうに顔をよせているロロの頬へ顔を埋めた。鼻の痛みを紛らわせるために、愛してやまないモグラの柔らかさに温かさ、さらには香りを堪能することにしたらしい。

とりあえず、リーンに大きな怪我はないようでひと安心だ。するとサイラスが、一人でミュリエルが立っていられることを確認してから繋いでいた手を放す。そして、長い足を小石の斜面にかけた。しかし、踏み出すそばから小石が崩れてしまい、やはりまったくのぼることができない。

「あ、あの、私でも駄目でしょうか？」

体重が軽い方が有利なのではと考えて、ミュリエルが名乗り出る。すると、一瞬考えたサイラスが手を差し出してくれた。

『おい、気をつけろよ』

かなり懐疑的な歯ぎしりをするアトラに頷きで応えたミュリエルは、サイラスの手につかまると斜面にそっと足をつけた。一歩目は問題なかったが、二歩目はわずかに滑って崩れる。より慎重に三歩目に進めば、雪崩れを起こした小石に足が埋まると同時に大きく体勢を崩してしまった。そして、支えに繋いでいた手が引かれたと思えば、気づいた時にはサイラスの腕のなかだ。

「す、すみません。ありがとうございます」

「どういたしまして」

高い位置で抱っこされたミュリエルが、見下ろす位置からお礼を言うと、サイラスは柔らかく微笑んでから足場のよい地面を選んでおろしてくれる。

「メルチョルさん、わたくし達も一応挑戦してみましょうか」

『プフナーさんがしたいのなら、いつでも協力いたしますよ』

互いに首を傾げながら言い合ったものの、プフナーとメルチョルはとくに相談もしないままに相手の意思を汲んで行動を起こした。普段の騎乗位置ではなく鼻先にプフナーを座らせたメルチョルは、ヘビの特性を遺憾なく発揮して長く体を伸ばす。体を支えられるギリギリまで小石の丘には触れないように伸びると、限界が訪れたところでプフナー共々着地した。

これは上手くいくか、と全員で見守っていたのだが、そのまま動かなくなってしまう。そして誰も何も言わない沈黙のなか、ズリズリと時間をかけて滑り落ちて下にグチャッと溜まった。それを見て、悲しげなため息を零したのはリーンだ。

「あぁ、なんということでしょう……。計算されたはずなんて絶対にないのに、軽い小石を積み上げた構造が侵入者を拒む役目を果たしてしまっているようです……。ここにいる面子で駄目なら、リュカエル君やニコ君でも駄目でしょうね。ラテル殿だとどうでしょうか。いや、さすがに頂上までは無理か。中腹までなんとか行っても……、そこから小石の見分なんて……」

がっかりしているリーンは、肩を落としながらサイラスが見つけた菱の花が描かれた小石に手を伸ばして受け取った。大事そうに両手で包むその姿は、たいそう切なげだ。

「……、……、……いや！　とりあえず、手の届く範囲だけでもっ!!」

しかし、探求心に底はないらしい。小石をポケットに入れると、目の前の丘へ決意みなぎる眼差しを向ける。だが、ここで地面が揺れる。この揺れは身に馴染みがあるものだ。

「団長ー！　みんなー、見てください！　いいもの拾いましたー！」

『やっほー！　西側楽しいのよー！　あら、でもここも楽しそう！』

地面を揺らしながら走ってくるのは、レインティーナを背に乗せたレグだ。男装の麗人は危なげなく両手を手綱から放し、頭上に顔ほどの大きさの石を掲げ持っている。

近くまで来て急停止したレグの背から、レインティーナは滑るように飛び降りた。そして、そのまま両手に持った石を突き出して見せてくる。全員でなんの石なのだとのぞき込めば、誰よりも先に反応したのはリーンだった。

「コ、コココ、コレはっ!!　っ!?　っ!!　っ!?」

糸目をこれ以上ないほどかっぴらいたリーンは、衝撃のあまり言葉を忘れ、興奮のしすぎで手どころか全身を震わせている。もちろん驚いているのは、糸目の学者だけではない。

なぜならレインティーナが手にしていたのはただの石ではなく石板で、文字と思われるものが彫られている。ミュリエルにその文字は読めないが、線の深さや太さそして石の材質から、先程の菱の花が描かれた小石と同じ系統のものに思えた。

「レイン、これはどこで見つけてきたものだ？」

基礎知識や性格の違いに基づき疑問の深さに差はあれど、全員そろって聞きたいことで頭がいっぱいだ。しかし、まずはサイラスが質問をする。

「西側の岩壁に横穴があいているのが見えたので、のぼってなかを確認したんです。そこで見つけました」

「他にはっ!? 他にもまだありましたかっ!?」

あっけらかんと言い放ったレインティーナに、食いつくリーンの勢いがすごい。糸目はいまだ開きっぱなしで、心なしか瞳孔も開いている。しかも、脳内に興奮物質がドバドバと分泌されていそうな呼吸の荒さが、なんだか怖い。

ミュリエルは己の言動の怪しさゆえに、リーンのこうした奇行もかなり理解しているつもりでいた。だが、今までで一番と思える興奮具合に若干腰が引く思いだ。その点、さすがなのはレインティーナだろう。一身にリーンの興奮を浴びせられていても、まったく動じていない。

「どうでしょう。私が見た穴には、これしかありませんでした。とりあえず報告に来たのですが、一緒に戻りますか?」

「はい! 戻ります行きます! 行きましょう! 今すぐ!」

レインティーナの言葉尻に、リーンはかなりかぶせて返事をする。ならばそんな勢いのままに移動するのかと思いきや、身を返そうとしたレインティーナをリーンが引き止めた。

いや、引き止めているのはレインティーナではなく、レインティーナが持つ石板だ。男装の麗人のしなやかな両手を、上から押さえるようにしっかりと握っている。しかし、色っぽい雰

囲気は皆無だ。

「僕が持ちます、持ちたいです」

「あぁ、はい」

見せびらかしたあとの戦利品に執着のないレインティーナは、石板をあっさり手放した。筋力に差がある二人なのに受け渡しが大雑把（おおざっぱ）で、ミュリエルはハラハラとする。だが、宝を前にリーンはへまなどしなかった。しかもすぐさまロロが傍に来て、鞍（くら）に乗せろと背をよせる。

「では、全員で西側に移動しようか。アトラ達もそろそろここを離れたいだろう？」

『あぁ、まぁな。慣れてきた気がしねぇでもねぇが、離れてもいいなら離れてぇ』

サイラスに聞かれたアトラがグッと眉間（みけん）と鼻の頭にしわをよせて言うので、ミュリエルは促される前に慌てて鞍へとよじのぼった。人間のミュリエルでは彼らの苦痛の半分もわからないが、だからといって思いやりまで忘れたくはない。


進路を西にとるうちに、数匹の竜モドキともすれ違う。どの個体も小さな角と翼を持ち、ついでに小石をくわえている。やはり警戒心はない。捕まえた一匹はリーンが生態を調べたいといまだ籠のなかだが、これならば早々に帰してしまっても観察するのに困らないかもしれない。

レインティーナとレグの先導にて進んでいると、途中から草木の多い景色が戻ってくる。緑や土の匂いを感じられるようになると、アトラも嗅覚（きゅうかく）の調子を確かめるためにしきりに鼻を動かしていた。

『アトラさん、みんな、お疲れー！』

『レグ姉、レイン姉、おかえりー！』

木々の切れ目からそそり立つ岩壁が見えると、すぐに明るい声があがる。スタンのパートナーであるネズミのチュエッカと、シーギスのパートナーであるリスのキュレーネだ。仲良しの二匹は、岩壁の中途半端な位置にへばりついている。

道中でレインティーナから説明があった通り、眼前の岩壁には横穴が無数にあいていた。スタンとシーギスの姿が見えないのは、穴のなかにいるからだろう。

「スタン！　シーギス！　帰ったぞー！　私のより大きいのは見つかったかー！」

レグから降りたレインティーナが口の横に両手を添えて、大きな声で呼びかける。先にアトラの背から降りたサイラスの手を借りて、ミュリエルもストンと地面に足をつけた。

「うるせー！　まだだっ！」

「っ⁉」

ビクッ、と体を跳ねさせながら驚いたミュリエルは、離す間際だったサイラスの手を強く握り直してしまった。真ん中やや上にある穴から、勢いよく身を乗り出したスタンが叫んだのだ。

「というか、一個もないんだが！」

「っ⁉」

今度は息を飲む程度に抑えたが、驚いたのには変わらない。左やや下の穴から、ぬっと現れたのはシーギスだ。そして二人は、少し遅れてレインティーナの後ろにいるサイラスやミュリエル達に気づくと、お疲れ様ですと平然と挨拶(あいさつ)をよこす。

「では、私の勝ちだな」

あごに指先を添えて軽く首を傾げたレインティーナは得意げに、されど爽(さわ)やかさは損なわずに微笑んだ。綺麗(きれい)な銀髪がサラリと肩から滑り落ちる。

「くっ。確かに石板はないっ！　けど、俺はもっといい発見をした！　見てろよ!?」

勝負弱いスタンの負け惜しみが、バッと身を翻(ひるがえ)して穴の奥に消える背中越しに響く。何がはじまるのかわからないため、全員が引き止めることなく見送ってしまった。

そんななか、チュエッカだけがへばりついていた岩壁をチョロチョロと移動する。そして一つの穴の前に来るとバシッと、穴の入り口を勢いよく叩(たた)いた。

「痛っ!?　チュエッカ、悪い。その遊び、いったんタンマ。素でくらうと痛すぎる……！」

『えっ!?　そうなの？　ごめん、スタン君。ゲーム再開だと思ったのー』

穴のなかに顔を突っ込んだチュエッカのせいで、スタンの声は遠い。されど、しっかり聞こえた。ミュリエルに至ってはチュエッカの返事もだ。

「お、おい、スタン！　声を落とせよ！　遊んでたのがバレるだろう！」

『あはは。シーギスさんこそ、黙ってればいいのにー！　全部聞こえちゃってるよ？』

ここの二人と二匹は大変平和に過ごしていたようだ。呑気(のんき)で仲良しな会話を耳にすれば、よい意味で気が抜ける。

「なるほど。わたくし、理解いたしましたよ。こちらは土竜叩きでございましょう？」

『まぁ、素敵。斬新さを感じる、さすがの配役でございますね』

そこにすかさず口を挟んだのは、プフナーとメルチョルだ。合いの手が手慣れていることに騎士達の関係性が垣間見える。しかし、そんな突っ込みを聞き流して、スタンはチュエッカがどいてくれた穴から身を乗り出した。

「見てくれ！　ここと！」

そして、短く叫んだのちに再び穴の奥へと戻っていく。

「ここと！」

別の穴からほどなくして姿を現し。

「ここ！　奥で繋がってるんだぜ！　どうだ！　すっげぇ楽しいし、すっげぇ発見だろ!?」

さらに、また別の穴から現れた。ここで打ち止めなのか、スタンはそれ以上移動せずに両手をブンブン振っている。

「ちなみに俺のところも他と繋がっているんだが、道が狭くて移動できん」

「おい、こらぁ！　誰がチビだっ!!」

お約束のオチがついたところで、チュエッカとキュレーネが鳴き声をそろえて笑った。曰く『そんなところも含めて好き』だそうだ。

「へぇ！　楽しそうだな！　私もやる！」

「言うと思ったぜ！　いいか、この辺りは俺の陣地だからな。自分の陣地を広げたいなら、そっち行け」

「む。わかった」

レインティーナも加わってしまえば、調査ではなく遊びの様相が増してくる。見ているだけで楽しいのでミュリエルは構わないのだが、このままでもいいのだろうか。そう思って隣のサイラスをうかがえば、興味深そうに眺めている。それでも、ミュリエルの視線にはすぐに気づいてくれた。

「チュエッカとキュレーネが楽しそうだからな。休暇の聖獣を、せかしてしまうのは忍びない」

ここまで連れてきてもらうことも、聖獣の厚意に甘えている。急ぐ旅ではない現状で、キビキビと仕事に追い立てては確かに興冷めだろう。

『おい、レグ。レインが出てくるところ、ふさがなくていいのか？』

だからなのか、アトラものんびり構えている。ひげをそよがせながら、なんの気なく男装の麗人のパートナーであるイノシシに話を振った。

『あ、やっぱりそういう流れよね？　それじゃ、期待に応えて……』

『いや、待ちたまえ。やめた方がいいのではないか。レグ君が鼻を突っ込むと、加減を誤って岩壁を崩しそうだ』

『それはあかん！　リーンさんのために、やめたってください。そもそも大発見の扱いが軽すぎます』

乗り気になったレグをクロキリとロロが大慌てで止めると、アトラは面白そうに一度だけ歯ぎしりをした。どうやらこの流れを見越して吹っかけたらしい。

「あったー！」

そんななか、陣地獲得に突入したはずのレインティーナが、入った穴から出てくる。ギョッとしたのはミュリエルだけではない。最初のものより小ぶりだが、手に同じような石板を持っていた。

「ち、ちょっと待ってください、レインさんっ!!　楽しんでいるところ申し訳ないのですが、僕の指示に従ってほしいです!!」

叫んでしまってから、リーンは指揮権をくれとサイラスに視線を送る。軽い感じでサイラスが頷いたのを確認してから、リーンはレインティーナ達に向き直った。

「まずはじめに、すべての横穴に番号をつけます。どの穴とどの穴が繋がっているのかも教えてください。紙に見取り図を描きますから。何か発見すれば都度すぐ教えてほしいですが、その際も絶対に触ったり動かしたりしないでください。なかで移動する時も慎重に丁寧に。走ってはいけませんよ！　これ、お約束です。いいですか？　とにかく、走らない触らない動かさない！　はい、復唱して！」

キリッとした顔で迫られた三人は、それぞれの穴にて背筋を伸ばして声をそろえた。

「走らない触らない動かさない！」

「はい、いいでしょう」

よい返事を聞いて、リーンは満足げに何度か頷いた。そして、自らも穴へと入るべくロロの助けを借りて岩壁へとよじのぼりはじめる。

その時その横を、別の穴から出てきた竜モドキが通りすぎていった。存在の確認が終わって多少見慣れていたせいか、誰もがとくに気を留めない。しかし、なんとなく眺めていたミュリエルだけは、あることに気がついた。

「あっ！　あ、あのっ、今の竜モドキがくわえていた小石に、何か書いてあったような……」

「えっ⁉」

捕まえるには、竜モドキの姿はもう遠い。ロロの介助があっても不器用な感じで岩壁にへばりついていたリーンが、かなり無理な体勢で振り返った。

「竜モドキは、ここからも小石を運んでいるようだな。材質的にも、今まで見た限りでは同じものに思える」

竜モドキが消えていった方を見て、サイラスが呟く。ここに来るまでにすれ違った竜モドキも、口に小石をくわえていた。ということは、難攻不落の小石の山の材料は、この場からも集められているとみて間違いないだろう。

「貴重な資料が……！　歴史的文化財が……！」

力が抜けてしまったのか、リーンはズルズルと岩壁をずり落ちていく。すぐさまお尻を支えるロロは、さすが優秀なパートナーだ。

「さっきいた、あの大きな小石の山ですよね？　私とレグで、ガーッとかきわけたり運んだりできませんか？」

大雑把なレインティーナらしい発言だ。地面まで落ちきったリーンは、胡坐をかいて肩を丸めている。

「あー……。お願いしたら、手を貸してもらえるのでしょうか……？　どこから手をつけても崩落の危険がある場所で、描かれた文字を損なわないように、丁寧に作業する集中力が求められるのですが……」

要求されているのが慎重かつ繊細な仕事だとわかった途端、レインティーナはスーッと目をそらした。少し考えただけでミュリエルにもわかる。あの膨大な小石のなかで文字や絵が彫られたものだけを見つけるなんて、大河で砂金を、干し草のなかで針を、砂漠でダイヤモンドを見つけるようなものだ。

「だが、やりたいのだろう？」

絶望感漂う場に流されず、なんでもないことのように聞いたのはサイラスだ。微かに首を傾げて微笑むその顔は、見えていた不可能の文字をやんわりと包んで霞ませる。だからなのか、リーンも自然と背筋を伸ばした。

「……えぇ、おっしゃる通りです。僕一人でも手をつけられるところから時間の許す限り、やります」

むん、と糸目の学者は拳を握る。手のつけどころがわからないほどの膨大な作業を前にして途方に暮れても、結局目の前の届く範囲から一つずつ地道にこなしていくしかない。

この地に拠点を置いてから、一か月。過ごす時間が長くなってくれば、万事危なっかしいミュリエルとて一人で出歩く程度には慣れてくる。今日は聖獣のみならず、騎士達もそろって休息日だ。

それなのになぜ、サイラスと一緒ではなく一人なのかと問われれば、我らが団長は休息日にも関わらず報告書の作成に励んでいた。休んでほしい気持ちもあるが、邪魔したくない気持ちもあるため無理は言えない。それに、時間を持て余していればサイラスの状況に気を揉んでしまうのだが、意外とミュリエルも忙しかった。あちらで呼ばれ、こちらで呼ばれ。

今日も午前中はアトラと一緒に散歩という名の苺食べ放題に出かけ、帰ってきてからは聖獣乙女三人組とのおしゃべりに興じ、レジーの手ほどきのもとジャムを煮て、昼食を終えて後片付けを買って出てみれば、もう午後だ。

後片付けはリュカエルとニコと一緒に行ったのだが、その後は一緒に行動していない。リュカエルとニコは仲がよく、連れ立ってどこかに行ってしまった。それをミュリエルは微笑ましく見送るのみだ。他の面々も惰眠を貪ったり、優雅に読書をしてみたり、個人鍛錬に明け暮れてみたりと休息日を堪能している。

ということでミュリエルも、一人でもちゃんと休息日を満喫しようと、中層と下層の間に向かっていた。そこにはよい泥場があるらしく、午前中のおしゃべりついでにレグから誘われたのだ。どの聖獣もいるところがその時々で変わるため見つけにくいが、目印がある場所ならば落ち合うのも容易だ。

「あっ！　レグさーん！」

遠くからでもよくわかる巨体が湖の縁に見えたので、手を振りながら呼んでみる。すぐに気づいてこちらを向いてくれるので、より大きく手を振った。すると、大きな茶色い体の陰からひょっこり別の黒に近い茶色の体が現れる。どうやら今日はロロも一緒らしい。

「ロロさんもご一緒だったんですね！　……あら？」

ロロが顔を見せたさらに奥、今度は二つの人影が見えた。

「プフナーさんとレジーさん？」

これは大変珍しい組み合わせだ。二人は浅瀬の湖岸にしゃがみ込んでいる。

「ミュリエル様、よい午後ですね」

「先程ぶりだね。一人で来たの？」

傍までたどり着いたミュリエルは、二人からの声かけに頷いた。少し手前から気づいていたのだが、まじまじと見て困惑する。プフナーとレジーはそろって顔に泥を塗りたくっていた。

プフナーは紫の長髪を綺麗に括り、前髪はレジーに借りたのか、ピンで後れ毛もなく留めている。一方レジーもいつもより多くのピンで顔に髪がかかる隙もなく留めていた。そしてすっきりと露出した顔にはたっぷりの灰色の泥が。上手い具合に目と鼻と口はよけているが、かなりの厚塗りだ。

「あ、あの、お二人とも、その泥は……」

「美肌効果がある泥のようでしたので、試しているのです」

「どうかな？　お肌ツルツルになったと思う？」

手に残っている泥をさらに頬に塗りながらプフナーが言い、あごに手をあてて決めポーズをしながらレジーが言う。ミュリエルは戸惑いが隠せなかった。もし美肌効果が本当にあったとしても、顔にべったり泥が付着した状態では確認のしようがない。

「ミュリエル様もご一緒にいかがですか？」

「いいね。俺、ヘアピン貸せるよ？」

まったくの善意の誘いに困惑は深まる。

『ここの泥、とってもオススメだからミューちゃんも誘ったんだけど……。乙女なら、綺麗になる努力は人の目のないところでしたいわよね？　あ、手の甲だけ試してみるのはどう？』

困惑しかなかったのだが、レグの勧めにより興味がわく。ミュリエルはレジーにヘアピンを渡される前に腕まくりをした。

「あ、あの、思い切りが足りなくて、顔に塗る勇気は持てそうにありません……。ですが、興味はありますので、今日は手だけ参加させていただいても、よろしいでしょうか？」

スカートを膝裏に挟んで隣にしゃがみ込めば、プフナーとレジーは笑顔で頷いた。泥のせいで同じ顔が二つ並んでいるように見えて、ちょっと面白い。

「レグ様、こちらに新鮮な泥をよせていただいてもよろしいでしょうか？」

『いいわよー。任せてちょうだい！』

「わお！　いっぱい来た！」

泥職人達の手により、厳選された上質な泥がミュリエルの前に集められる。絶妙な水加減にほどよく空気を混ぜ込んだ泥は、きめが細かく大変なめらかだ。

「わっ！　ミ、ミミズがいました！」

今更ミミズ程度で動揺するミュリエルではないが、いると思っていないところで姿を確認すれば多少は驚く。しかも普段見かけるミミズと違い、細くて長い。

「よいミミズでございますね。では、そちらのミミズはロロ様にお願いいたします」

「あはは。なんか俺達、めちゃくちゃいい感じに役割分担してるね？」

ここに来た時は意外な組み合わせだと思ったが、確かに役割分担は完璧だ。泥まみれになりたいレグが体を大胆に使って泥をよせ、三人でおこぼれに与り、出てきたミミズはロロの口へと運ばれる。

「ロロさん、大好きなミミズがいっぱいですね！」

体の大きさゆえに、大好物のミミズをおなかいっぱい食べられないことを常々嘆いているロロだ。この状況はたいそう喜んでいるだろう、とミュリエルは満面の笑みで振り返った。

「あ、あの、ロロさん？」

『ロロったら、リーンちゃんが気になって上の空なのよ。ここに誘ったら少しは気分が変わるかもと思ったんだけど、駄目だったみたい』

好物を前にしても上の空とは、それはかなりの重症だ。しかし反応の薄さにミュリエルがミミズを勧める手を止めれば、横からプフナーが一匹摘まんで口もとへと運んだ。給仕を受けて、ロロは無意識にも口を動かしている。

レジーが泥からミミズを引き抜き、プフナーに渡す。プフナーはそれをロロの口へ運ぶ。そんな連携を何往復かすると、見えていたミミズはあらかた姿を消した。口のなかが寂しくなったのか、ロロがもの悲しくキュウッと鳴く。

『リーンさん、今日も小石の山にいるんやけど……』

切ない鳴き声の理由がミミズとは無関係であることが、言葉の通じるミュリエルにはわかる。しかし、プフナーとレジーは勘違いしたようで、せっせと新しいミミズを探しはじめた。それなのにロロは、自分のパートナーでなくとも甲斐甲斐しい二人を視界にもとらえず、ぼんやりと言葉を続ける。

『なんや今日は、あの辺りの臭いがいつもよりきついんです。せやから、一緒にいるの厳しくて……。リーンさん帰っていい言うし、通りかかったレグはんも誘うてくれたから、今はここにおるんやけど……。ボク、やっぱりリーンさんのこと気になってしもうて……』

遠い目をしたロロを見て、ミュリエルはスクッと立ち上がって傍によった。そして、ミミズ探しに夢中な二人に聞こえないように、ごく小さな声で話しかける。

「リーン様のところに、行ってみませんか？　朝より風が出てきた気もするので、臭いも薄くなっているかもしれませんし。難しければ、途中で戻ってくればいいと思います」

顔をのぞき込むようにすれば、ここでやっとロロと目が合う。ミュリエルは頷きながら微笑みかけた。

『行ってらっしゃいよ？　気晴らしにならないなら、ここにいても仕方がないし。ミューちゃん、お願いね？』

まだらに泥に染まったレグの姿は愉快だが、言葉は思いやりに溢れている。ミュリエルは頷くことで引き受ける意思を伝えた。

「あの、プフナー様にレジー様、ご一緒してくださりありがとうございました。私、ロロさんとリーン様のところに行ってきます」

二人にも話を通さなければと、ミュリエルはそれまでより音量をあげて声をかける。すると二人も思うところがあったのか、すぐに納得する様子をみせた。

「ロロ様、少々元気がないと思っておりましたが、やはりリーン様が恋しかったのですね」

「食欲じゃ誤魔化されなかったか。あ、ミュリエルちゃん、手はどうする？　洗う？」

ミュリエルは自分の手の甲を見て、少々迷った。思ったより厚塗りしてしまった泥は、まだ乾かずにしっとりとしている。当然、効果もまだ薄いだろう。

「いえ、せっかくなのでもう少しこのままにしておきます。いつでも洗い流せますし」

ミュリエルは湖に視線をやる。道中もずっと水辺の横を歩いていくのだ。ならば、変化を実感するまではこのままでいたいと思う。その程度には元引きこもり令嬢のミュリエルだって、美肌には興味があるのだ。

ロロの背に乗せてもらって小石の山を目指す。しかし、途中で誰にも遭遇しない。聖獣達だけでなく、いかに各騎士達も自由に行動しているかがわかるというものだ。もちろん、そのなかでも一番自由に行動しているのは、今様子を見に行こうとしている糸目の学者だろう。

「リーン様の集中力って、本当にすごいですよね……」

『せやけど、そのぶん周りが見えへんようになるから、心配なんです……』

ロロの言うことはもっともだ。ミュリエルは乾いた笑いと共に頷いた。食事については言わずもがな、目先に夢中になっているリーンはその他の多くのことにも頓着がない。

なかでも困るのが、共用の場の占拠だろうか。その際たる場所はテントで、あの糸目の学者は悪意のないままに散らかしたい放題だ。乱雑でもどこに何があるかリーン自身は確実にわかっているらしいのだが、だからと言って黙認しては寝起きに支障が出る。よって、別段お役目のないミュリエルが整理整頓と掃除に名乗りを上げたのは、自然な流れだっただろう。

しかし、そんなミュリエルの力が及ばなくなるのはすぐのことだった。当初より散見する書き散らかした紙類や、難しそうな辞典に図鑑などは仕方ないと思う。水をはったスープ皿に浮かんだ菱の花も、別にいいだろう。文字の残る石板などは、竜モドキの生態や「竜と花嫁」に関する考察が書かれていたとあれば、持ち込むのは当然でさえある。さらには、色や形に差異を見出したと言って集められた何の変哲もない石に、その辺にいくらでも生えている草花を採取したもの、その辺りもまだ容認できた。

だが、ある日リーンが嬉々として持ち帰ったもの。ソレだけはいただけなかった。寸胴型の鍋のなかにつめられていた、ソレ。のぞき込んだ時、ミュリエルの息は確かに止まった。もしかしたら心臓も一瞬止まったかもしれない。目に飛び込んできたソレが、竜モドキの死骸だったから。これには色々と耐性のついたミュリエルも悲鳴をあげた。なんとなく見守っていたサイラスから指導が入ったのも、この時だ。とはいえ、リーンはソレを手放さなかったのだが。

そもそも、糸目学者の興味に果てはない。一つを納得するために五つ調べ、確認が取れたところからさらに十の疑問が生まれる。傍から見ればあっちこっちに飛んでいるように思える調べものも、リーンからすれば一本の筋道になっているらしかった。こうした成果が得られるかどうかわからない作業にも没頭できるところが、学者たる所以なのだろう。

「あ、ロロさん、そろそろ臭いがきつくなってきましたか？　確かに今日は、私もいつもより強く感じるかもしれません……」

わずかに上を向いたミュリエルは、空気に向かって鼻をスンスンと鳴らした。最近のリーンの行動に思いを馳せていれば、辺りの風景が開けたものに変わっている。常に下から上に向かって吹く風は、今も頬に感じる。だが、それにしては臭いが強い気がした。

『なんや、変な感じです。風が出てるはずやのに、臭いが流れきらへんような……』

これまでものんびり屋のロロにしては足早だったのだが、会話をきっかけに小走りへと変わる。人間のミュリエルでこれだけ臭気を感じるのだから、聖獣であるロロは絶対につらいだろう。それなのに臭いのもとへと向かう姿を見せられては、徐々に不安が首をもたげてくる。

「あら？　ロロさん、あちらではないのですか？」

ここのところリーンが通いつめていた方向からそれて走るロロに、ミュリエルは乗せてもらっている背中をポンポンと軽く叩いた。

『リーンさん、今日はあっちの小山を崩してて……、っ!?　リーンさんっ!?』

行くと思っていた方向を見ていたミュリエルは、反応が遅れた。突然あがったロロの悲鳴の先へ、慌てて視線を送る。そこにはリーンがうつ伏せに倒れていた。ごく細く、うっすらと白煙が立ち昇る崩れかけの小石の山に、もたれるような格好でピクリとも動かない。そして周りには、なぜか数匹の竜モドキがチョロチョロと忙しそうに動き回っていた。

『リーンさん！　リーンさんっ!?　リーンさんっ!!』

いつも通り口に小石をくわえた竜モドキを蹴散らして、ロロがリーンにすがりつく。最愛のモグラが泣き声混じりに呼びかけても、リーンはピクリとも動かなかった。ロロは背中に人を乗せていることを完全に忘れてしまっているため、ミュリエルはズルズルと不格好になりながら降りる。急いで残りの数歩を駆けよって、思わず袖で鼻と口を押さえた。ロロの背で感じるよりも、地面に近い場所の方が臭いがきつい。

しかし、それを我慢してリーンの傍にしゃがみ込んだ。そして、顔を見て気が動転する。こんなに血の気の引いた顔をミュリエルは見たことがなかった。明らかな緊急事態を前に、ロロだけではなくミュリエルもあっという間に冷静さを失った。

「リ、リーン様、リーン様！　しっかりしてくださいっ！」

絶えずロロが叫ぶ横で、ミュリエルも一緒になって名前を呼ぶ。しかしどうやってもリーンの意識は戻らず、途端に翠の瞳が涙でいっぱいになる。不安と焦りで呼吸が乱れ、眩暈がしてくるほどだ。

頭がクラリとしたミュリエルは、ふらついた体を支えるために前かがみになって地面に手をついた。その時、首からさげていた笛が揺れ、涙に霞む視界に飛び込んでくる。

その時ばかりはミュリエルの判断は早かった。どちらの笛をと選んでいる時間も惜しく、二本まとめてつかむと加減もせずに息を吹き込む。大きく息を吐き出したせいか、わずかに頭が痛んだ。しかし、息継ぎを挟んでもう一度鳴らそうと吹き込み口をくわえる。

ところが、息を吹き込む前に上空より笛に似た音が落ちてきた。クロキリの長く伸びる囀りだ。鳴き声のもとをたどって視線をやれば、東の空から軽く旋回したクロキリがスピードを落とさずに滑空してくる。

『ロロ君！　ミュリエル君とリーン君を抱えたまえ！』

警戒を含む突き刺さるような囀りに、リーンにだけ注がれていたロロの意識が周りに向けられた。それで十分だった。こちらへ鋭く突っ込んでくるクロキリに合わせて、いつにない素早い動きでロロがリーンとミュリエルを抱き込む。

すり抜けざまにロロの背中をかぎ爪でつかんだクロキリは、スピードを保つために上昇せず、地面スレスレをそのまま進む。軽く体が傾いたと思うと、進路が森に向かう方向から湖の上へと変わった。クロキリは階段状にくだっていく湖の上を、やはり一度も羽ばたかず、滑るように飛ぶ。障害物もないため、スピードはさらにあがった。

ロロがしっかり包んでくれているため恐怖心はやわらぐが、露出している顔にあたる風の強さは痛いほどで、薄目で見る景色は残像が後ろに伸びるほど早く移ろう。湖の照り返しがいやに眩しいが、強風に吹き飛ばされたように眩暈と頭痛は消えていた。

拠点とするテントが見えたのはすぐのことだった。再びやや体が傾いたかと思うと、クロキリは湖の上から地面へと旋回した。ロロの脚が地面についたのか、急激に速度が落ちる。限界まで勢いを殺したところで、クロキリはロロを離したらしい。惰性による移動は起きず、ボテッとリーンもろとも地面に着地した。ロロが最後の衝撃から庇ってくれたので、痛いところはどこもない。

ミュリエルはすぐさま起き上がると、リーンを仰向けに転がし直そうと手を伸ばした。細身に見えるリーンだが、意識のない体は思ったよりずっと重い。するとすぐさま、ロロが手伝ってくれる。

「リーン様！　聞こえますか!?　リーン様!?　しっかりしてくださいっ!!」

『うっ、グスッ、リーンさん、リーンさん！　聞こえへんの？　ねぇ、起きてください!!』

頬を両手で包んでのぞき込みながら、大きく呼びかける。少しの反応も得られないため、ミュリエルは頬をパシパシと叩きながら再度呼びかけた。

「リーン様！　リーン様!!　……誰か！　誰かいませんかっ!?　サイラス様っ!!」

「ミュリエル！　どうした!?」

もともと拠点にいたためか、はたまたクロキリの鳴き声が聞こえたのか、サイラスはミュリエルが呼びかけるより早い段階で外にいたようだ。その証拠に名を呼んだ時にはすぐそこまで来ている。

「サイラス様！　リーン様がっ！」

「ゆっくりでいい。何があったか説明できるか？」

最初ばかりは大きく呼ばれたものの、サイラスはすぐに落ち着いた話し方に戻った。それに励まされ、ミュリエルは何度か生唾を飲み込んでまず呼吸を整える。強い不安を感じているせいか、呼吸がいつもより早くなっていたことをやっと自覚した。

「ロ、ロロさんと、小石の山にうかがったら、リーン様が倒れているのを、み、見つけたんです。アトラさん達が嫌がる、あの臭いのもとを、吸ってしまったせいだと、思います。うっすらと白煙が見えて、私でも臭気を強く、感じたので……。そ、それで笛を吹いたら、クロキリさんが飛んできてくれて……」

ミュリエルが努めて冷静に話そうとする横で、サイラスの動きは淀みない。リーンの呼吸と脈を確認し、顔を横に向けさせると襟を緩める。他に外傷がないことも確かめていった。

「呼吸も脈も安定しているから、少しすれば目を覚ますとは思うが……。どのくらい吸ってしまったか、わからないからな……。とりあえず、テントまで運ぼう。体は温めた方がいい」

サイラスの指示に、すぐさまロロが腹這いに潰れる。なるべく動かさないように運ぼうとしているのだろう。寝心地の保証された背中へと、サイラスはリーンを担ぎ上げた。

「だが、白煙の量に変化があるのなら、この場にとどまることも考え直さなければ……」

慎重にテントに戻るその足で、サイラスが考え込むように呟いた。サイラスがいることで落ち着いてはきたものの、リーンの容態が気が気ではないミュリエルはまだそこまで頭が回らない。そのため、頷くにとどめた。

テントは目と鼻の先のためすぐに着くが、まずは顔から入り口に突っ込もうとするロロをなだめることになる。それからサイラスがリーンをなかへと運んだので、手のあいたミュリエルはここ一か月で完璧となったロープの結び方を披露し、先んじてハンモックを張った。

リーンを寝かせたところで改めて顔を見れば、徐々に顔色を取り戻している。ここから悪化することはなさそうだ。ミュリエルはやっとホッと息をつく。

「皆、戻ってきたようだな。私は説明に出てくる。リーン殿の傍についていてもらえるだろうか?」

「はい、もちろんです」

あれだけ目一杯笛を吹いたのだ。人の耳には聞こえないことはあっても、聖獣達にはあますことなく届いただろう。なんとなく騒がしい外をサイラスが出て行った入り口越しに見たミュリエルだったが、すぐにリーンへと向き直った。そして、サイラスが温かくと言っていたことを思い出し、予備の上がけを引っ張りだすと丁寧にリーンにかけた。

そのままミュリエルがリーンの傍についていることになると、サイラスは戻ってきた面々と共に上層の様子を見に行くこととなった。

白煙を吸うと意識障害を引き起こす恐れがあるため、二組ずつ前後の間隔をあけて進行し、少しでも危険を下げる方法を取ると言う。クロキリが上空より全体の警戒を引き受けてくれたので、万が一の事態になる可能性はさらに低くなるだろう。

それでも、正直なところミュリエルは心配だ。だが、この場に残る判断を含め、ある程度の安全の確認が最優先だとサイラスが判断したのならば、信じて従うのが望ましいのだろう。

出がけに慌てて、「竜モドキがいつもより集まっていました」と言い添えてしまったことも気になっている。目についたために報告したが、的外れだったら申し訳ない。

サイラスから「君の独自な視点には、いつも助けられている。気づいたことは何でも伝えてもらいたい」などと、恐縮してしまうような褒め言葉をもらってしまったからこそ、余計にだ。

サイラスがアトラに騎乗し、その他の面々と共に拠点を出発してからどれくらい時間がたっただろうか。常とは違う心境のせいか、ミュリエルは時間の感覚がいまいちつかめないでいた。

皆が出払っているため静かで、やはり少々心細い。ロロだけは留守番しているのだが、臭気を吸った影響が今頃出たのか、浅く掘った地面の下で伸びてしまっている。鼻の奥が痛いだけだと申告されたのだが、もう少ししたら様子を見に行こうと思っていた。

リーンは顔色も落ち着き、寝息も穏やかだ。少し前までは椅子をよせて寝顔をずっと見ていたミュリエルだったが、今はテント内の片付けに手を出している。かなりの頻度でハンモックのなかをのぞきに戻っているし、物音を絶対に立てないように片付けているので、たいして捗ってはいない。されど何かしていなければ、どうにも落ち着かなかった。

そんな時、ふと手を止めたのは雨の気配を感じたからだ。空耳に思えて一瞬考えたものの、すぐに立ち上がってテントの入り口から垂れ幕を上げて外へ顔を出す。空を見てからウッドデッキへと視線を落としてみれば、厚い雲の色に紛れて細い雨が降っている。ミュリエルは、ウッドデッキの色が次々と変わることでそれを確認した。

「あっ！　洗濯物！」

すぐさま飛び出そうとしたミュリエルだったが、思いとどまってテント内に引き返す。リーンの傍まで行って変わりがないことをよくよく確認すると、小さく断りを入れた。

「雨が降ってきてしまったので、洗濯物を取り込んできます。すぐ戻ってまいりますので、リーン様はそのまま寝ていらしてくださいね」

意識のない者に言っても無駄かもしれないが、黙って行くことができないのはミュリエルの性格ゆえだ。しかし、うっかり者のミュリエルはケープを忘れて外へ出て、雨に濡れるはめになる。とはいえ、さっさと洗濯物を取り込む方が早いだろう。

張ったロープにずらっとかかる洗濯物を、一箇所によせてから抱きかかえて一気に外す。かなりの量になって前を見るのも大変だ。

そのまま急いでリーンのいるテントへ戻ろうとしたのだが、ミュリエルは自分のテントへと方向を変えることにした。多少片付けたと言えど、テーブルの上はまだものが山積みだ。そして、洗ったばかりの洗濯物を床にドサッと置くのは気が引ける。

肩と背中で垂れ幕を押しのけて、ミュリエルは心なしか女子らしい空気が充満しているように感じる自分のテントのテーブルの上に、洗濯物をふわっとおろした。しわになるのも気になるが、今は具合の悪い者の傍にいることの方が重要だ。そのため、すぐさまリーンのいるテントへと戻る。

一瞬の間に雨足が強くなり、急いでテント内に駆け込んだがやはり濡れてしまった。少々の時間でもケープは羽織るべきだったと、ミュリエルはほんのりと後悔した。

「リーン様、ただいま戻り……、っ⁉」

肩の露を払いながら、ミュリエルはハンモックへ目を向け息を飲んだ。どう見ても布のたわみとふくらみが、人を乗せているものではない。ひと目でからだとわかるのに、ミュリエルは駆けよってハンモックの縁をつかんだ。

頭が真っ白になったミュリエルは呼吸三回ぶんほど固まってから、隠れるところなどないテント内を一周見回す。そして、再びテントを飛び出した。今度はかろうじてケープを手にすることを忘れない。絶対に遠くには行っていないはずだ。ケープを羽織ってフードをかぶりながら、ミュリエルは見渡せる限りに目を走らせた。

「リーン様！　リーン様、どこに……、あっ！」

大きく呼び続けようとしてすぐ、リーンの姿が目に留まる。今し方まで意識を失っていたくせに、何をしているのか。リーンはウッドデッキからおりた少し先、足首ほどまでしか水位のない浅瀬の湖のなかにポツンと立っていた。

ケープのフードを目深にかぶり、こちらからは表情をうかがい知ることはできない。糸のように細く降る雨のせいか、まとったケープの色がグレーなせいか、その姿はどこかかすんでみえた。

「リーン様ったら、なぜこんなところにいらっしゃるんですか！　具合は……、いえ、とにかく帰りましょう！」

ウッドデッキの階段を駆けおりて、湖岸に添うようにリーンのもとまで来たミュリエルは、水際から声をかけた。しかし、返事はない。

「あの、リーン様？」

ケープの裾からポタリと落ちた雫が、雨よりも強く湖面を打つ。こんな時でも湖は鏡のように澄んでいるが、雫が作った波紋によって映る世界はひどく歪んでみえた。波打ち広がる灰色が、ミュリエルの心にも不安を広げる。

いても立ってもいられなくなったミュリエルは、逆さ映りの世界を消すようにパシャパシャと湖に踏み入った。そして、雨を滴らせるリーンのケープの袖を引く。

「リーン様！」

どこか切羽詰まった声で名を呼べば、やっとこちらに顔を向けたリーンの動きは緩慢だ。

「……あぁ、そろそろ逝かねばならないか」

モノクルの向こうの薄く開いた眼差しが、ミュリエルを見る。その瞳と目が合った瞬間、ミュリエルの顔は隠しようもなく強張った。見慣れたはずの糸目から馴染みのない視線を注がれてしまい、一瞬にして口内が乾く。

「は、はい、そうですね。早く……、帰りましょう」

感じたものを押し込めて、ミュリエルは無理矢理笑った。引きつった顔にうわずった声で促せば、リーンはゆっくりと薄い微笑みを浮かべていく。

「逝くと言ったワタシに還るなどと、オマエが言うのだな」

（あ、これは駄目、だわ……）

瞬間的にミュリエルはそう思った。何が、と問われても明確に言葉にすることはできないが、リーンとの間で意思の疎通が成立していないことを肌で感じる。

薄い微笑みには親愛が込められているが、同時に己に向けられているものではないのだと悟らざるを得ない。リーンはミュリエルを通して別の誰かを想っているのだ、と。

「心が風にほどけ、体が土に還り、魂が水を巡る……」

声も出ないミュリエルに向けて、リーンはおもむろに呟いた。いや、視線が伏せられていたことを考えると、自らに向けての言葉だったのかもしれない。しかし、ミュリエルは出てこない言葉の代わりに必死に頭を働かせた。

（こ、この台詞って、『竜と花嫁』の劇をした時に、サイラス様とアトラさんが口にしたものだわ……）

その後、夏合宿への道すがら「なぜ」とリーンに問われて、確かな答えを出せなかった台詞でもある。その流れを思い出したミュリエルの頭には、ふと一つの可能性が浮かんだ。裏づけるものなど何もないが、妙な確信だけはある。そんな考えに至ったのは、奇しくもリーンが今、鱗（うろこ）の刺繍（ししゅう）がされたケープをまとって雨に濡れているせいかもしれない。

「水を巡った魂がいつか体に注がれ、心をまとえば……、ワタシとオマエはまた出会えるのだろう」

どうしたら正気に戻せるだろうかと考える前に、台詞の続きを聞かされたことでミュリエルの意識は引っ張り戻された。同時に見上げれば、モノクルの奥の瞳は真っ直（ま）ぐ（す）にこちらに注がれている。まじまじと見たことのなかったリーンの瞳は、思わぬ鋭さを持っていた。

「だが、水を巡った魂は、大きな流れのなかで混じり溶ける。なれば、再びまみえるそれは、今あるワタシではない。そして、ここにいるオマエでもない。それでも……」

言われたことを咀嚼（そしゃく）して理解する前に、言葉はほとんど動かない唇からとうとうと紡がれる。ただ聞き入ることしかできなくて、ミュリエルは見つめ返すばかりだ。

「覚えていてほしいのだ。ワタシの魂は、そのひと雫に至るまで……」

そっと伸ばされた手が、ミュリエルの頬に添えられる。体が跳ねてしまったのは、ヒヤリと冷たい指先のせいばかりではない。リーンの冷めた肌を滑る雨の雫が、まだ赤みの残るミュリエルの頬へと伝う。

「オマエが、好きだよ」

「っ!?」

息を飲んだミュリエルの頬を、雫が涙のように流れてあご先からポタリと落ちる。雫はひときわ煌いて湖面に冠の形の飛沫を残し、いやに澄んだ水の音を響かせた。耳の奥に木霊するその音は、ケープに守られて濡れていないはずの肌に、濃い水の気配を感じさせる。

（い、いいえ、違う、わ……。水の気配が強いのは、もっと、体の、奥の方……、……、……）

足もとからじわじわと染みていた水が体の芯へと込み上げる感覚に、ミュリエルは小さく震えた。内側から溢れた水は心音と混ざり、体を満たしていく。

灰色の世界では、キラ、キラ、と雨が降る。雨は体を巡る水と響き合って、チカ、チカ、と目を眩ませた。されどこの時のミュリエルは、ギュッと目を閉じると勢いよく首を振る。

「わ、私……！　私、は……、……、……」

何か言いたいのに言うべき言葉が浮かばないせいで、ミュリエルの声はすぐに勢いをなくした。されどその間も、鋭くも優しい眼差しは揺るがない。触れ合う肌の冷たさに反して、心にはぬくもりが灯っているのだと感じられた。

睫毛に落ちた雨のせいで、視界がにじむ。けして泣いているわけではない。言葉は出なくとも伝えたい気持ちはあるのだと、ミュリエルは力なくゆるゆると首を振った。すると、リーンは触れていただけの頬を微かになでる。ついで、ゆっくりとかがむように顔がよせられた。

この先を予感して止めなければと思うのに、水の温度に満たされたミュリエルの体は金縛りにあったように動かない。

「ミュリエル！　リーン殿！　こんなところで何をしているんだ！」

『なんで雨のなかでつっ立ってんだよ！　びしょ濡れじゃねぇか！』

ビクリ、と体が跳ねたおかげで金縛りが解ける。指先や足先が冷たい寒いと自覚できれば、感覚を失っていた体も動かし方を思い出す。ミュリエルは頬を包むリーンの手から逃れるように、振り返った。

「サ、サイラス様！　アトラさん！　リーン様の様子が、変なんです……！」

水際に並んで立つサイラスとアトラのもとへ行こうとしたミュリエルだったが、リーンに手を引かれて阻まれる。思わずよろめいてしまったが、転ぶことはなかった。その代わり、サイラスとはまったく違う香りと腕の感触が、後ろからミュリエルを包む。

「えっ⁉　あ、あのっ、リーン様、な、なぜ……っ⁉」

ほぼ反射で抜け出そうと身をよじる。しかし、思わぬほどの力強さで抱き込まれ、距離を取ることは叶わなかった。リーンの腕にしっかりと抱きしめられている状態で、サイラスやアトラと対面する形となる。

「リーン殿、正気ではない、のか……？　とにかく、ミュリエルを放してくれ」

『雨宿りしてるヤツら置いて、先に帰ってきて正解だったな。駄目だろ、コレ』

パシャリ、と水の音を立てながら、サイラスとアトラは二人を引き戻そうと湖に足を踏み入れた。しかし、その動きはリーンに頑なな態度を取らせる結果となった。

「返してやるつもりだったのだが……。この命が尽きるその時を、ワタシはこの娘と共にありたいと願うことにした」

さらにきつく抱き込まれたミュリエルは、身を縮こまらせた。驚きと戸惑いで顔が強張っているのが自分でもわかる。しかし、サイラスとアトラの表情とてひと言で言い表せないほど複雑だ。そのためリーンとの密着は不可抗力だとしても、大変気まずい思いでいっぱいになる。

「許せ、騎士よ。これは竜であるワタシの、ワタシだけの花嫁だ。オマエの手には、戻らない」

しかし、続くリーンの言葉を聞いた時、ミュリエルはハッとした。向かいにいるサイラスも同時に目を見張ったのだから、同じことを思ったはずだ。だからこそ一瞬の間に、紫と翠の瞳が互いの考えを読み合い、答え合わせが行われる。現実から離れたリーンが身を置いている場は、「竜と花嫁」に出てくるうちの一節なのではないか、と。

「……獣風情が、薄汚い手で私の婚約者に触るな」

『は？　おい、サイラス、急に何言い出してんだよ』

状況の読めないアトラから突っ込みが入るが、ミュリエルはこの時あえて白ウサギに、補足しなかった。サイラスの台詞は、この場面では唸(うな)り声しかあげない竜に向かい、花嫁を助けに来た騎士が口にするものだ。ならばサイラスから目配せをもらったミュリエルも、余計な言葉は挟まず、ここは流れに乗って花嫁の役を引き受けるべきだろう。

「そ、そのようなことをおっしゃるのは、おやめください。このお方は、雨を望んだ人のため、お力を貸してくださるのですから……！」

『あ？　なんだ、コレ』

怪訝(けげん)そうに眉間にしわをよせたアトラに向かって、ミュリエルは一生懸命ウィンクをする。

何かを言ったり動いたりができないため、片目をつぶることで意図のあることなのだと伝えようとしたのだ。しかし、その小さくとも必死すぎる動きに気づいたアトラは、鼻の頭にもしわをよせてしまう。

「だからと言って、そなたが生贄になることを、私は看過できない！」

『……、……、……なんでもいいけどよ。早めに終わらせてくれよな』

とんだ茶番に付き合わされていると言わんばかりに、変な顔をしたままアトラがおすわりをした。雨は小降りになってきたが、濡れるのを厭わず駆けつけてくれた白ウサギを長々と待たせるのは申し訳ない。寸劇の行きつく先がどこかはサイラスに任せることにして、ミュリエルは少しでも事態が早く打開するように台詞に力を込める。

「よいのです！　わたくしは、生贄ではなく竜の花嫁となるために、この地にまいりました！　わたくしのことなど忘れ、どうか貴方様は人の世界にお帰りください！」

ここまでサイラスが口にした台詞は、おおよその筋はあっているが細部が違う。しかし、さすがと言うべきか違和感はまったくない。それに対するミュリエルは、本で覚えている台詞をそのまま口にしていた。だが、そのおかげか二人の会話はいつもよりずっと流暢だ。

「そのようなことはできない！　やっと想いの通じた君との未来を、簡単に諦めることなど……！」

色々な派生がある「竜と花嫁」の物語のなかで、ミュリエルが今頭に思い浮かべているものは次に竜の唸り声が入る。牙を見せ、爪を光らせ騎士を牽制するのだ。そのため、リーンがどんな言動を取るか固唾を飲みながら待つ。

「……では、どうする？」

たっぷりと間を取ってリーンの口から紡がれたのは、唸り声ではなく意味のある言葉だった。

この状況がサイラスの思う方に進んでいるのかどうか、ミュリエルにはわからない。だが、何か動きがあった時に乗り遅れないよう、息を潜めつつ集中する。

「人の脆弱な身で、ワタシに向かってくるとでも言うのか？」

後ろから抱きしめられてしまっているミュリエルに、リーンの表情は見えない。よって、向き合うサイラスとアトラとの目配せにて様子を察するばかりだ。

「この爪を軽く振り、この牙を気まぐれにかけただけで、その身がどうなるかなどわかろうものなのに」

リーンのそこで言葉を切ると、小馬鹿にするように鼻で笑う。もし、今の台詞が牙や爪を誇示することの代替であるのなら、ここで竜の台詞はひと区切りだ。次は騎士の台詞となる。しかし、サイラスはそれまでの芝居に合わせた厳しい表情から、いつもの感じで優しく目もとを緩めた。

「……貴方のどこに、爪や牙がある？　リーン殿」

「何を……、……、……」

ミュリエルを抱きしめて離さないままに、言い淀んだリーンは手をピクリと動かした。言葉が続かずに身を硬くしてしまったリーンを、ミュリエルは首だけで精一杯振り仰いだ。ついでに鋭い爪などない、人のものでしかない指先に触れる。

「し、しっかりしてください、リーン様！　早くサイラス様のところへ戻りましょう！」

このまま芋づる式に正気に戻ってくれればと、ミュリエルはサイラスに加勢するつもりで声をあげた。

「……、……、……我が花嫁よ、この腕に抱かれながら他の雄の名前を呼ぶなど、愚かなことをするな。竜に悋気を求めると、ろくなことにはならないぞ？」

しかし、どうやらそれは余計なことだったらしい。人の手の形を思い出してくれればと触れていた手は逆に握られてしまい、抱く腕にもより力が込められていく。それどころか同時に聞かされた台詞は、ミュリエルが知るどの物語からも逸脱したものだった。

「この地に来た折に、可愛らしく頰をふくらませながら憤っていたではないか。その相手とは、今目の前にいるこの騎士のことであったのだろう？　オマエの可憐な唇から出てきた言葉には、驚いたものだ。『人の話をまったく聞かない、勘違いなクソ野郎だ』などと」

「……は？」

さらに思ってもみない台詞は続く。ミュリエルは目が点になった。慌てて記憶を探るも、やはりこんなことを言い出す竜はどの本にも登場しない。そして、困惑に眉をよせたミュリエルを気にすることもなく、竜は暴露の調子をどんどん上げていった。

「確か、こうも言っていたな。顔がよいことを鼻にかけ、あからさまな決め顔を見せられるとげんなりする。生まれを誇るくせに低能で、周りが尻ぬぐいする量がえげつない。自分が一番大好きで、幸も不幸もすべての事象に酔う姿は鳥肌ものだ、だったか？　他にも聞いたが……」

（い、い、言ってない言ってない、言っていないです！　わ、私、そんなこと、ひと言も言っていないですっ！）

びっくりしすぎて声の出ないミュリエルは、大慌てで首を振った。なぜならば、もの問いたげな紫と赤の瞳が同時に向けられていたからだ。思いもしなかった方向からのあんまりな冤罪に、翠の瞳には涙が盛り上がる。

「なぁ、我が花嫁よ。この際だから、オマエからも言ってやればよい。ワタシに愛を語ったその口で、この愚かな騎士に真実を。無理矢理婚約者になどされて、迷惑千万だったのだ、と」

絶対にありえないことなのに、紫の瞳は不安げに揺れ、赤の瞳は疑わしく細められる。違うと叫べるのは心のなかだけだ。おおいに焦ったミュリエルの口はあうあうと開いたり閉じたりを繰り返すばかりで、役に立たない。

「言えぬのか？　ならば、見せつけるとしよう」

言葉と同時に頬がよせられ、モノクルがあたる。あえて見ないように前方へ視線を固定しても、冷たい金属の感触が近すぎる距離を如実に突きつけてくる。ミュリエルは今までも十分固まっていた体を、さらに硬直させた。紫と赤の瞳が驚愕に見開かれれば、冤罪に加え、謂れのない浮気をも上乗せされた気分になる。

「恥ずかしがることなどない。いつも喜んで応えるではないか」

（そ、そんな事実はっ！　いっさいっ！　ございま、せんっ!!）

心で大絶叫したミュリエルは決壊ギリギリまで涙を溜めた目で、絶対に勘違いされたくないサイラスとアトラを力一杯見つめた。されどリーンがこれ見よがしによせた頬を、すりすりと擦りつけてくる。少し乾燥気味の肌だが、別段触り心地が悪いというほどではない。しかし。

（な、な、なんという、か……、……、……）

触れた部分から首筋に向けて、無視できない何かが走った。震えを伴う緊張感とでも呼ぶべきか。さらに、触れた頬からリーンが笑みを深めた感触も伝わってくる。抱きすくめていた片手を解き、あいた手がスルリとミュリエルのあごをなでた。その手つきは、いかにも愛しげだ。リーンの意図は定かではない。しかし、あごの形を確かめていた手が不意に喉をかすめ、首筋に触れ、たどる。その瞬間、ミュリエルに限界が訪れた。

「む、むむ、無理、無理ですーっ!!」

「ぐっ!?」

ミュリエルは、おろしていた両手を万歳の要領で真上に突き上げた。ゾワゾワとした震えで全身に鳥肌が立ち、これは如何ともし難い。

そして、ミュリエルのそんな衝動的な行動により、掌底が見事にリーンのあごをとらえる。のけぞったリーンの腕が緩んだ瞬間、ミュリエルは一目散に逃げだした。自由になってまず目に飛び込んできたのは、迎え入れるように両手をこちらに伸ばしたサイラスだ。

水しぶきがスカートに跳ね上がるのも気に留めず、迷わずそこに飛び込んでしがみつくと、ミュリエルは高速で顔を擦りつける。包んでくれる香りと腕の感触がいつものものであること

に、深い安心感がわいた。なんとなくぞわぞわする頬に耳、そして首を中心的に、さらにグリグリと広い胸に押しつける。応えてくれるように、フードの隙間から滑り込んできた大きな手が頬をなで、ついでに乱れた髪を耳にかけてくれた。ミュリエルはますますサイラスにきつく抱き着く。

「なぜ、だ……」

ところが、背後から茫然と呟くリーンの声が聞こえて、びくりと体を跳ねさせた。得体の知れない存在になってしまったリーンを、ミュリエルは絶対の安全圏から恐る恐る振り返る。モノクルの奥の瞳が、切なげに歪められていた。

サイラスの腕に力がこもるのと、アトラが一歩前に踏み出したのは同時だった。そして、それを見たリーンが再び口を開こうとしたのも。しかし、リーンの口が言葉を発することはなかった。視界の端に映ったものに、全員そろって顔を向けたから。

『リーンさんっ！　さっきまで倒れてたお人が、何してますのっ⁉』

モグラってこんなに速く地上を走れるのか、と思うくらいには速い。そんな速度でロロが突っ込んでくる。そのため、誰も口を挟むことができなかった。

『起きてても平気ですかぁ⁉　せやけど、平気なんやったら、まずボクのところに来てくれんとっ‼　だって浮気！　これは浮気です！　いくらミューさんが相手かて、それは、それだけは、絶対に、どうあっても、嫌やーっ‼』

モグラってこんなにジャンプできるのか、と思うくらいには飛んだ。黒い天鵞絨（ビロード）のような毛皮は綺麗に水を弾き、雨粒でキラキラと軌跡を描きながら過ぎていく。

これ以上ないほど美しい、宙を舞う黒パン。あんぐりと口をあけてミュリエルが見送ると、その横でアトラが歯を鳴らした。

『お、おい！　待て、ロロ！　その向きだと……、あっ！』

バッチャーン!!　と、なかなかの滞空時間を経てから、大きな水しぶきが飛び散った。飛び込んだ先は立っていた浅瀬ではなく、さらに後方に広がる深い湖だ。そのため、浮かんで来るまでもそれなりの時間を要す。自然の浮力に任せたその動きは、場違いなほど穏やかだ。

それをなんとなく眺めてしまってから、ミュリエルはハッとした。震えや鳥肌などとうに忘れた首筋に、いまだに置かれたサイラスの手を握る。

「あ、あの！　早くリーン様を……！」

離す間際に、サイラスの手はミュリエルの頬に残る雨の雫を拭う。

「……アトラ、すまない。手伝ってくれるか」

『……おう、ここまで濡れちまえば同じだしな』

ミュリエルも手伝おうと進みかければ、アトラに襟首をくわえられて持ち上げられる。おろされたのは雨で濡れてはいるが、靴が浸水することのない土の上だ。どうやら手伝いは不要と、暗に言われたらしい。

キュウキュウと可愛らしいロロの鳴き声が響き続け、辺りはすっかり平常の空気だ。気づいてみれば厚い雨雲も、もうほとんどが山の向こうに流れている。空に残る雲の色は白く、隙間からは青い空がのぞいていた。どこに目を向けても、灰色の世界はない。


冷えてしまった体を温めるため、着替えたうえで毛布をかぶらされたミュリエルは、自分のテントにて桶(おけ)に張った湯に足をつけていた。リーンの意識は戻らないままだが、ロロがまったく離さないためテントにはいない。サイラスがなんとか上半身の服を引っぺがし、乾いたタオルやら毛布やらでグルグル巻きにだけして、あとはロロに抱かせて温めることにしたようだ。

「ミュリエル、入ってもいいだろうか。温かいお茶を入れてきた」

「えっ！　は、はい！　す、すみません、ありがとうございます……」

他の面々が帰ってこないため、サイラスが甲斐甲斐しく動き回ってくれている。ミュリエルも自分の身は自分で世話できると訴えたのだが、やんわりと、されどきっぱり却下されてしまった。よって着替えたあとは、毛布に足湯にお茶の用意と、すべてサイラスが行ってくれている。


カップから伝わるお茶の温かさを両手で感じていると、ミュリエルの足もとにサイラスが片膝をつく。そして軽く袖を引いて、湯の温度を手で確かめた。

「あ、あの、大丈夫ですので、その……」

この夏合宿の期間中、ノアが造ってくれた風呂のみならず、足湯を皆で楽しんだのは数知れない。大自然に囲まれた解放感から、一部の男性陣がおおっぴらに露出しはじめた場にも幾度となく遭遇した。なんなら寝起きや寝しなで無防備だったり、さらには水練で濡れた服を張りつかせていたり、極めつきは湯上がりでほんのり肌を上気させているという、最大級に危険なサイラスとの鉢合わせだって何度かあった。だから、それらに接触する場面を乗り越えてきたミュリエルとしては、恥ずかしさの耐性がとても上がった気でいたのだ。

「私がやりたくてしていることだから、気にする必要はない」

柔らかく微笑んだサイラスは、やかんから熱い湯を少量足しながら手で優しく混ぜていく。それだけのことがミュリエルは無性に恥ずかしくなって、湯のなかでつま先を丸めた。寝るだけではなく腰かけることもお手のものとなったハンモックだが、体に変な力が加わったので軽く揺れる。それに合わせて湯をかいたつま先が、チャプンと音を立てた。

「熱かったか？」

「い、いい、いえ、ち、ちょうどいい、です。あ、ありがとう、ござい、ます……」

「どういたしまして」

体勢が変わったことで出てしまった足首に、サイラスが湯をかけてくれる。ミュリエルは強烈な羞恥に襲われ、ずいぶんと直っていたはずのどもり癖を瞬間的に悪化させた。

しかし、身もだえんばかりの恥ずかしさを感じながら、ふと思う。上がったはずの耐性が、役に立たない理由についてだ。

夏合宿の間、二人で過ごす時間はもちろんあった。それなりに甘やかな雰囲気にもなったし、触れ合ってしまうこともあった。だが、全員が自由に行動していることで、いつどこで誰の目にさらされるか読めず、そのためミュリエルはいつも気もそぞろだった。ゆえに接触は今思えば軽めだったのかもしれない。

　ところが、今この時は違う。リーンの意識はなく、その他の面々もまだ帰ってはいない。こうして女子用テントで二人きりになること自体も、夏合宿に来て以降はじめてだ。ということは、久方ぶりに真実二人っきりで過ごしていることになる。ならばご無沙汰となっていた深い触れ合いをするにも、うってつけの時間だと言えよう。

　意識してしまえば、途端に体温が上昇する。ミュリエルを温めるのに一番効果的なのは、毛布でも足湯でもお茶でもなく、サイラスの存在だった。

「やはり、熱すぎただろうか。頬の赤みが……」

「い、い、いえ！　だ、だだ、大丈夫、ですので、どうぞお構い、なく……！」

　的確な観察眼を持つサイラスに早々に指摘されてしまったミュリエルは、肩にかけていた毛布を引っ張って顔を隠した。そんなミュリエルの反応に首を傾げたサイラスだったが、一つ頷くと足を上げるためにタオルを用意してくれる。しかも、あろうことかサイラスは、手ずから拭こうと手を伸ばした。ミュリエルは慌てて足を引っ込める。ハンモックや服が濡れるとか、そんなことを言っている場合ではない。

　何か言おうと口を開きかけたサイラスは、されど外から漏れ聞こえてくる叫びに振り返った。ミュリエルの耳にも同時に届いた声は、どうやらリーンのものだ。ロロに全力で謝罪と愛を訴えかけているらしい。ミュリエルの身構えた時間は早々に終わりを告げたようだ。

声の調子から、元気な様子が伝わってくる。同時に普段通りのやり取りが容易に思い浮かんで、ミュリエルはホッと息をついた。しかし、ややしてから声が途切れる。

「すみません。団長殿とミュリエルさん、こちらにいらっしゃいます？　お邪魔しても、よろしいでしょうか……？」

サイラスに様子を見てきてほしいとお願いする前に、リーンの方からこちらにやって来たらしい。テントの外から入室を求める声がする。先程の全力発声と違い、今度はずいぶんと意気消沈した声だ。

サイラスに視線で問われたミュリエルは、コクコクと頷いた。するとサイラスは入り口に向かう前に、はみ出るミュリエルのスカートを綺麗にハンモックのなかに収め、かぶっている毛布の形をしっかり整えた。そうしてやっと入り口に向かい、垂れ幕を片手で持ち上げる。

「団長殿、ミュリエルさん……」

リーンは頼りない感じで佇んでいた。どうやって形を保っているのか、顔だけ出して何重にもグルグルに巻かれたタオルや毛布が、逆にわびしい。しかも、すぐになかに入ってくるようなことはせず、その場で両膝を地面についた。そしてどこの神への祈りなのか、大げさな動きで土下座する。

「申し訳、ありませんでしたぁ……」

「っ!?　あ、あの、リーン様！　そ、そんなこと、しないでください……！」

慌てたのはミュリエルだけで、サイラスは冷静に眺めている。

「そ、そんなところにうずくまっていたら、お体に障りますす！　ですので、どうぞこちらにいらしてください！」

顔を上げてさえくれないリーンに、ミュリエルはすぐに途方に暮れる。本当は駆けよりたいところだが、あいにく素足だ。サイラスがこちらを見てくれたので、助けを求めるように目で訴えた。

「私は途中から見聞きしただけだから、体調が許すのなら、リーン殿の口から状況の説明をしてもらいたいのだが……」

「は、はい！　それは、もう……！」

やっと顔を上げたリーンを、サイラスがなかへと促す。椅子もあるのでそこに座ってくれて構わなかったし、サイラスとてリーンの椅子を用意した。だが、この病み上がりの学者はわざわざ床に膝をつく。敷物まで折りたたんでよける徹底ぶりに、ミュリエルの方がいたたまれなくなってしまった。一方、サイラスは気のすむようにさせるつもりらしい。無理強いはしない。

それでも気になってしまったミュリエルは、普通にしてください、と口にしようとした。だが、サイラスがミュリエルの横の椅子に腰をおろしたところで、リーンの方が先に話しはじめてしまう。

「えぇと、そうですね。どこからお話しするべきか……」

はじめこそ話しにくそうにしていたものの、口を挟む隙もなくリーンによる説明は進む。まず、小石の山での出来事は予想通りであった。よって、問題はそのあとだ。ミュリエルが湖のなかに立つリーンに気づく前から、ロロに激突するように抱き着かれて気を失うまで。

リーンは夢のなかにいるような感覚で、ものごとを見ていたらしい。薄皮一枚張ったように隔てた景色のなかに、見ているものはわかっていても理解できない状態で立っている。

「言ったことも、取った行動も、もちろんわかっていました。ただ、今思い返して理解した感じなんですよね。ですが、あの時あの瞬間、あの場に立っていた僕にとっては、すべての流れが当然の帰結であったんです。それというのも……、ええと……」

あらぬ方向へ視線を彷徨わせたリーンが、はじめて言い淀む。

「僕、学者として対外的に検証と立証ができないことを、仮説として話すのはいいのですが、真実だと語ってしまうにはかなり抵抗がありまして……」

回りくどい言い方をされて、ミュリエルは首を傾げた。

「ここに来る前にした、あの発言に繋がることだろう？」

それなのにサイラスはあっさりと頷いていて、ミュリエルだけが置いてけぼりだ。

「あ、はい、そうです。さすが団長殿」

「私がいなかった間の会話も含めれば、今のリーン殿の発言で察するものがあったからな。私としては、これ以上先のことは無理にとは言わないが……」

そこでなぜか、二つの視線がミュリエルに向く。

「ミュリエルさん、聞きたいですか……？」

「えっ!?」

決定権を委ねられたミュリエルは、サイラスとリーンを何往復も見比べた。二人とも気長に、ミュリエルが希望を口にするのを待ってくれている。

「あ、えっと、そ、その……、……、……、け、結構です」

そう断ってから、自身にだけ面目が立つように後づけの理由を考えてみる。そもそもリーンが話したくないようであること、サイラスが把握しておく必要性を深く感じていないようであること。その二つがそろえば、己にとっては理由として十分だ。よって、ミュリエルは一人で勝手に納得に至った。

「……では、ここまでが僕の主観を混ぜた状況の説明ということで。えぇと、それで、ですね。あの、ここからは釈明を……、あー……、させていただいても？」

報告中は気を引き締めていたのか、ここで急に情けない顔になったリーンに、サイラスはことさら鷹揚に頷いた。

「許可しよう」

短くサイラスが言った途端、リーンは再び床にガバッと額づく。

「本当にごめんなさい！　ほんっとぉに、ごめんなさいっ！　あの時の僕にとってはアレが真実でしたけど、今の僕にとっては事実無根の発言でしたのでお詫びして訂正を！　お二人の信用と名誉のためにもう一度叫びますが、アレは現在の事実とは異なりますっ!!　そして僕はミュリエルさんに対して、邪な思いを抱いたことは誓って一度もありませんっ！　馴れ馴れしく触れてしまい申し訳ない！　普段の僕をよくご存じなお二人なら、僕の言っていることをわかってくださると思うのですがっ！　ただ気持ちのうえでは潔白でも、やってしまった事実があるので、こうしてやり場のない自己嫌悪と罪悪感に苛まれつつ謝り倒しているんですけどっ！」

鉄砲水のような怒涛の勢いで、謝罪と自己弁護がなされる。しかし、ミュリエルとしてはリーンが正気を取り戻してくれたのならいいと思えるし、これだけ力強く否定してくれれば十分だ。だからこんなに必死になって叫び続ける必要はないのだが、口を挟む隙間が見つからなかった。どこで息継ぎをしているのかわからないほど、リーンの独壇場は続いている。

「ただいまー！」

そんななか、天幕を跳ね上げながら明るく帰宅を告げたのはレインティーナだ。気づかなかったが、どうやら他の面々も戻ってきたらしい。

「ミュリエル、帰って……、ん？　あれ、団長とリーン殿？　何をしているんですか？　……、……、……はっ⁉」

止めようのない流れを切ってくれたレインティーナに、ミュリエルはまず救いを見出した。しかし、言動に雲行きの怪しさを感じて思い直す。そのため、すぐさまレインティーナの走り出したであろう思考を止めようと声をあげた。

「ま、待ってください、レイン様！　ち、違っ……！」

「こんなの絶対にいけませんっ‼　耐えられないっ‼」

しかし、時すでに遅し。そして、この男装の麗人は何をどう見てどう解釈したのか。ただ、よろしくないことを想像したのだけは確かだろう。何しろレインティーナの曇りなき眼に映るのは、床に這いつくばって頭を下げ、大声で謝罪を口にする毛布グルグル巻きの糸目学者と、まるで巣で待つ頼りない雛のようにハンモックに収まったミュリエル、そして足を組んで椅子に座り、リーンとミュリエルの間に陣取ったサイラスなのだから。さらに嬉しくないことに、レインティーナが何を想像したかはすぐに知れることとなる。

「有閑マダムの大好きな昼オペラ展開を、敬愛する団長にリーン殿、そして可愛いミュリエルの配役で見ることになるなんて……、……、……、なんという、絶、望っ!!」

「あ、いや、レインさん、今ある罪状を越えての罪の捏造は、ちょっと勘弁してほしいです」

さすがにリーンが訂正を入れるが、床についた膝に毛布が取られたせいで、振り返りざまにズルリとはだける。のぞいた肌色に、レインティーナが空色の瞳を大きく見開いた。

「リーン殿、まさか……っ!? 思ったより、深夜向け……っ!?」

しかもリーンに向けて叫んだはずのレインティーナの視線は、なぜかミュリエルに向けられる。ミュリエルはかぶった毛布をギュッと握りしめ、プルプルと首を振った。それ以上どうしようもなくなって、サイラスに無言で助けを求める。

「レインの想像したものが何か、私にはわからない。だが……」

混迷する場の空気を落ち着けるためか、サイラスはゆっくりと足を組み替えた。これでひと安心だとミュリエルは思った。しかし、甘かった。

「確かに私にとっては、あまり面白い内容ではなかった」

「えっ？」

「えぇ、えぇ、それはそうでしょうとも！　だってテントに入った途端、すぐにわかりましたからね！　団長がご機嫌ナナメだな、って！」

「えっ⁉」

うんうん、と深く同意するレインティーナの台詞を聞いて、ミュリエルは大慌てでサイラスを見た。己の目からはどこをどう見てもいつも通りにしか見えないが、鋭い野性の勘でも働いているのか、レインティーナからすれば我らが団長は機嫌を損ねて見えるらしい。

「そして、私が察するに……」

空気は読むものではなく壊すものだと覚えていそうなレインティーナだが、この時は探偵のような眼差しをリーンに向ける。あごに手を添えて探る目つきをした男装の麗人は、サイラスの不機嫌の原因を明らかにこの糸目の学者に見出していた。一方、疑いをかけられたリーンは反論もせず、弱りきった泣き笑いを浮かべている。どうやらリーンも、サイラスが不機嫌であることについては同意見らしい。

「問題に至るまでの原因の一端が、私にもあることは承知しているのだが……」

「いやいやいや、団長が周りに気づかれるくらい機嫌が悪いって大事件ですよ！　こんな時くらいは吐き出してください！　ちゃんと第三者の立場で聞きますから！」

とはいえ、親身なレインティーナに「ありがとう」と礼を告げ、のんびりと眉を下げたサイラスの顔のどこに機嫌の悪さを見出せというのだろう。ミュリエルはいささか混乱した。

「気になる点はいくつかある。しかし、大前提としてまず念頭に置いてもらいたいことは、この夏合宿の間、私はミュリエルとの触れ合いを十分に持てていない、ということだ」

「っ⁉　そ、そんなことないと思います！　だ、だって……」

サイラスが不機嫌であることも半信半疑なところに、急に自分の名前を出されたミュリエルは思わず口を挟んだ。混乱が深まれば、すぐさま頭のなかでグルグルと申し開きが回りだす。

（た、確かに深さでいったら、軽めかも？　と思っていたけれど……。ぜ、絶対に不足はしていないと思うの！　だって、お城では昼だけだったのに、ここでは三食隣で取っていたし、「おはようございます」も「おやすみなさい」もこれ以上ないほど最適な時間にかわしていたわ。だ、だから、いつもよりずっとずっと長い時間を一緒にいられたなって、私は思っていて……）

ただ、それらを順序立ててすぐに上手に説明することができなくて、ミュリエルは口をむぐむぐとさせる。すると、サイラスは頷いてくれた。だが、次に続く言葉には忖度(そんたく)などない。

「異論は認めよう。これは、あくまで私個人の主張だから」

「大丈夫です、団長！　私は中立の立場を保持していますよ。ですので、どうぞ続きを聞かせてください！」

力強い合いの手を挟むレインティーナを恨みがましく見つめてしまったのは、致し方ないことだろう。ミュリエルの翠の瞳が徐々に潤(うる)みはじめたことに気づきながらも、サイラスはレインティーナの勧めに乗り続ける。いや、そもそもここで止めるのなら、最初から口になどしなかったのだろう。どことなく話の向かう先がおかしくなってきていることを感じつつ、ミュリエルはここからの己の進退を思い、キュッと口をすぼめた。

「ミュリエルは人前での触れ合いを、極端に避ける。もちろん、私も節度は保つつもりだ。しかし、リーン殿に許すのなら、まず私にこそ許すべきだと思う」

「なるほど。それは、その通りだと思います」

話がおかしい、と確信した時には大抵手遅れだ。そもそもレインティーナの推理によると、サイラスの不機嫌の矢印はリーンに向かっていたのではなかったか。それなのに解消の手段はミュリエルにあるとは、とんだとばっちりだ。よって、素早くリーンに視線を投げたのだが、サッと糸目をそらされる。

「では、構わないな?」

「っ!?」

サイラスが聞いたのはミュリエルに向かってなのに、別の方向からレインティーナが頷く。

「はい、構いません」

「っ!!」

椅子からおもむろに立ち上がったサイラスが、ハンモックの上で座っているために大きく動くことができないミュリエルに向かって手を伸ばす。

「ま、まま、待ってください、サイラス様！　こ、こんなの……！」

体を引こうとしても、中心に向かってたわむハンモックの上では無駄な抵抗だ。しかもサイラスが同乗すれば、その重みがかかった場所にさらに布地が取られる。反動で軽いミュリエルが倒れ込んでしまうのは、火を見るより明らかだった。

広い胸でミュリエルを受け止めたサイラスは、スリスリとミュリエルのあごをなでる。反対の手で腰を支えられてしまえば、いよいよ逃げ場はない。

「想いが通じ合う恋人同士で、この程度の触れ合いは挨拶と同義だと思う」

遠慮なく近づいてくる綺麗な顔に、ミュリエルは覚悟を決めてギュッと目を閉じた。しかし、触れたのは互いの頬だ。ミュリエルは思わずパチクリと瞬いた。

「口づけの方が、よかったか?」

サイラスの囁きは、ミュリエルだけが拾った。

「人前だからな。今はこれで我慢してほしい」

柔らかい唇が触れたのは、エメラルドのイヤーカフを預かった耳だ。囁きと同じ大きさのリップ音を耳に直接流し込まれたミュリエルは、ボンッと勢いよく発火する。しかも、なんたる言い草なのだろう。まるで物足りないと言ったのは、ミュリエルのようではないか。

されど、触れ合い続ける頬は柔らかく滑らかで、鼻先をくすぐる黒髪も、思わずつかまってしまったたくましい肩も、サイラスを形作るすべてのものがミュリエルにとっては一点の曇りなく好ましい。さらに言えば、耳によせられる唇も、腰を支える大きく温かな手も、こうして恥ずかしい思いをさせられることさえ。

しかし、そこまで考えてミュリエルはハッとした。体はいっさい動かさずに、視線だけをそっと移動させる。

「あ、私のことは気にしないでくれ。ここで観客をしているから、節度を保って続けるといい。団長の機嫌が直って、何よりだ」

「あ、僕もレインさんと同じくです。それと余談になりますが、頬をよせあう挨拶って、西方の国に本当にありますよ」

そんな言葉をかけられてしまい、ミュリエルは思い出したようにもがいてみる。だが、心の底から嫌がっているわけではない動きなど、サイラスにとっていなすのは簡単なことだ。しかも、たいして嫌がっていないことをちゃんとわかっているサイラスは、リーンからの自己保身混じりの情報により今度は反対の頬をくっつけてくる。

ただ、そのおかげでミュリエルは、二人の視線から隠れることができた。そして、ほんのわずかに生まれた余裕とここまで成長してきたのだという自負が、ミュリエルにちょっとした悪戯心を芽生えさせた。

（わ、私だって……！）

身じろぎに見せかけて、ミュリエルは唇をサイラスの耳によせた。リップ音は上手く鳴らすことはできなかったし、唇だってお遊び程度に軽くかすめただけだ。されど、確かに小さくサイラスの体が跳ねた。気づいたのは、広い肩につかまっているミュリエルだけだっただろう。

しかし、サイラス相手にこんなことをしておいてタダですむはずがない。とはいえ、ミュリエルが仕返しを受けるのは忘れた頃、つまり日をまたいでからになるのだが。

その時になってから気づいても、もちろんあとの祭りだ。人目があるからこそ渡り合える攻防だったのだ、などとは。いついかなる時も忘れるべきではない。サイラスが本領を発揮するのは、いつだって抜かりなく二人きりの時なのだから。

周りは就寝を迎えたが、サイラスのテントではランプの火が落ちない。

「リーン様、もう寝てくださいよ。あとちょっと、と言ってからが長すぎます。だいたい、少しの間とはいえ意識不明になっていた体ですよね？　今日の今でお忘れですか？」

痺れを切らしたのはリュカエルだ。リーンが遅くまで灯りを消さなかったり、テント内が乱雑だったりするため、サイラス以外の同室者はずっと輪番となっていた。そのため、今日一緒になってしまったリュカエルは、ハンモックから起き上がりもせずに抗議をしている。

「うっ。す、すみません。帰城の日が迫っていると思うと、寝る間が惜しくて」

時間に猶予がある頃から寝る間を惜しんでいたので、まったくの詭弁だ。サイラスは寝返りを打って仰向けになると、天井を眺めながら二人の会話を聞く。

「基本的に他人の迷惑にならず自分で責任を負えるなら、なんだって個人の好きにすればいいと思いますけど。命を削るようなものだけは、聞いたり見たりしてしまえば僕だって止めますよ。もちろん、これから先も」

　文句を言われていても崩れることのなかった、ペンを走らせる音と本をめくる音が途切れる。衣擦れの気配で、リーンがハンモックに包まれて顔など見えるはずのないリュカエルを振り返ったのがわかった。

「それって……、えぇと……。あれ、おかしいな。リュカエル君、どこまで把握しているんですか？　誰から聞きました？」

「私だ。リーン殿から聞いた話と、あった事実だけを伝えてある」

　リュカエルと同じく寝転がったままながら、サイラスは隠すことなく答えた。

「えっ。それは、参りましたね……。だって、リュカエル君に筒抜けになってしまったってことでしょう……？」

　珍しく本当に困っているらしいリーンの声色に、サイラスはリュカエルにも聞かせたのはいい判断だったと思った。

「僕は何も知りませんよ。だって、上辺しか聞いていないので」

　それに、年若い部下のこうした察しのよさにも頬が緩む。考察しなければ達することができない結論をサイラスが口にしなかったことで、気づいていない体をしっかりと取ってくるのだから。しかし、リーンには有り難くないようだ。膝を机にあてたのか、ガタッと音を鳴らした。

「うわっ、白々しい！　安全地帯から石だけ投げる気ですね!?　僕、リュカエル君をそんな子に育てた覚えはありませんよ！」

「……育てられた覚えがありません」

「えぇー、またまたぁ」

気安い雰囲気は心地よいが、冗談を言ってうやむやにしようとしているのを感じたサイラスは、きっちりと釘を刺すことにした。

「リーン殿、こればかりは私も目をつぶれない。何より、友人としても絶対にやめてほしい」

しばしの沈黙があったのは、葛藤ゆえだろう。

「あー……。なんだか、本当にすみません。ご心配いただきまして」

サイラスがリーンの口から聞きたいのは、謝罪の言葉ではない。そのため、あえて相槌を打たずに続きを待った。

「もし……、もし、僕が独りだったら……、見つけてしまった道を進んでしまったのでしょうけど……。こんな僕のことでも想ってくださる方々がいるので……、ええ、あの、自重しますよ。お約束します」

欲しかった言葉は、深いため息のあと諦めたようによこされた。学者として生きているリーンにとっては、苦渋の決断なのだろう。それでもサイラスは、もしリーンが望んでしまったとしても全力をもって引き止めるつもりだった。

(自らの身を研究の対価とするのなら、やはりそれは見逃せない……)

リーンが正気を失ってミュリエルを腕に抱いていた時、もちろん最初はすぐに二人を引き離そうとした。しかし、自分の感情を抜きにして状況をつかめば、真相解明のために動くのが有意義だとすぐに考えを改めた。そして、かわした会話とその後聞かされた話をまとめることで見えたのは、多くの者が信じている当たり前を覆しかねない真実の片鱗だ。それは一個人の手に負えるものではない。

(竜の血を引く存在であるはずの聖獣が、一滴もその血を受け継いでおらず、ましてや……。身にそそがれた竜の魂こそが、聖獣たらしめるのだ、などと……)

異端、この考えをそう言わずしてなんと言えるのか。

それでももし、どうしても証明したいのだとなれば検証が必要になる。そうなった時、リーンは手を抜かないだろう。時、場所、状況、それらはすでに見聞きしたいくつかの場面により、ある程度限定されてきている。だからこそサイラスは、段階を踏んでいく手段の行き着く先に、よくない未来を見た。

己が気づいているのだから、間違いなくリーンもわかっているだろう。竜の魂を持っているのは聖獣だけでなく、我々騎士もなのだということを。聖獣愛の強い学者ならば、傷をつけるなら間違いなく己の身にする。しかし、聖獣であれ人の身であれ、それは禁忌に等しい。血を、命を、魂を、それらを紐解き組み替えるのは、大いなるものにのみ許される御業なのだから。

(……手を引くしかない。ここからは、人が触れてはならない領域だ)

あの小石の山も、安全を第一とするのなら今後は調べることはできないだろう。ミュリエルから、竜モドキがいつもと違う動きをしていると報告があったことで、気づくのはだいぶ早かった。注意深く観察すれば、竜モドキはリーンが崩した小石の山を重点的に直しているようだった。そこから導き出されたのは、小石の山は竜モドキの巣であると同時に、白煙を押さえる役割をしているらしいということだ。山の大きさにばらつきがあるのは、噴出する白煙の量に比例しているのだろう。

「……僕、今まで『竜と花嫁』の物語って派生はいっぱいありますが、もとは一つなんだと思っていたんです」

サイラスが天井を眺めながら思い返していると、リーンがポツリと呟いた。

「時代の変化や脚色、書き手の好みによって枝分かれしたのだとばかり思っていましたし、それを疑ったこともありませんでした。ですが……」

リーンの言わんとしていることを察したサイラスは、寝転がっていられなくなって起き上がった。足をハンモックからおろし、座る体勢をとる。すると遅れて、リュカエルも顔をのぞかせた。

「ティークロートで、ここと別種の竜モドキが見つかったことが気になっています。角も翼も大きな竜モドキが人知れず生息しているのならば、そこがここと同じような場所であったとしてもおかしくはないのではないか、と」

ランプを手に立ち上がったリーンは、自分のハンモックに向かう。移動していく灯りにより、テントの壁を柱の影が濃くなでていく。

「もし、その場にここより多くの文献が残っていたら？　僕と同等の研究をしている人がその地にたどり着いていたら？　何かのきっかけで真実に触れかけたその者が、僕とは違い周りに恵まれていなかったら？　……、……、……竜の復活を目論(もくろ)む秘密結社、そこに身を置く者が、その当人であったのなら？」

床にランプを置いたリーンは、自分のハンモックに腰かける。下から足だけを明るく照らされたリーンは、モノクルを外した目もとを一度手で覆ってからおろし、顔を上げた。

「……もう城に帰らず、ここに住みませんか？」

陰になってしまった顔からは、表情は読み取れない。

「山の入り口は僕らが入って以降、用がない限りカプカ君の力業により閉鎖されています。そうなると、考えうる限りここが一番安全です」

いつでも飄々としている糸目の学者は、ずいぶんと気落ちしているようだ。茶化すことなく弱音を口にする姿を見せられて、サイラスは眉を下げた。

新たな情報を手にすれば、それをもとにしてあらゆる方向へと考えを巡らせる。不安の芽が見受けられれば、先んじて摘むために策を講じなくてはならない。得た情報が大きければ大きいほど考えは四方へと広がり、両手だけでは限界があると気づくのだろう。そして、焦る。

「……すみません。困らせました」

サイラスは緩く首を振った。わかりきった慰めを言うよりも黙って聞き、吐き出させてしまった方がずっといい。

「安心しました。リーン様でも不安になることがあるのですね」

「えぇ？」

さも意外だと言わんばかりにリュカエルが口を挟むと、リーンは素っ頓狂な声をあげた。

「今のところすべて思うように進んできているのに、ここで弱気になる必要ってありますか？　これから先も全部なんとかなるし、丸っと治まるでしょう。僕はそう思いますよ。ここに身を置いていると、とくに」

あっけらかんと言い放ったリュカエルに、サイラスは思わず吹き出してしまった。これほどの信頼を見せられては、年長者としていつでも格好のいい姿でありたい。

「寝不足が続いているから、変なことを考えはじめるんですよ。だから寝てください、って言っているのに。さっさとランプを消して、布団をかぶってください。ほら早く」

「あ、はい……」

しっしっ、とハンモックから半分だけ体を起こしたリュカエルが、手をぞんざいに振った。その手はサイラスにも向けられる。促されるままにリーンが足もとのランプを消したので、サイラスはおろしていた足をハンモックのなかへしまった。テント内が暗闇に包まれると、ゴソゴソと布団をかぶる音がする。どうやらリーンも、ちゃんと寝る体勢に入ったのだろう。

「……そうですよねぇ、人間寝ないと駄目ですよねぇ。それに今夜は、明日に備えないといけないですし」

いつもの調子を取り戻しつつあるリーンの声に、サイラスは目をつぶったまま微笑んだ。

「明日って、何かありましたか？　明後日(あさって)帰城するための、片付けだけではないのですか？」

「恒例のヤツがあるんですよ。ね？　団長殿？」

寝ると言ったものの、言われた内容が気になったのか、思わずといったようにリュカエルから質問があがる。サイラスが答えようとすれば、話を振ったのはリーンであるはずなのに先を制されてしまった。初参加のリュカエルの反応を、その場で楽しみたいようだ。

「いいこと、ですよ。ですが、今年こそは最後キッチリ締めましょうね。盛り上がっている時の終わりの挨拶って、切り出しにくいのはよくわかるのですが」

「ん？　あぁ、今年は大丈夫だと思う」

サイラスのことをからかう余裕が出てきたなら、もう大丈夫だろう。だんだん眠くなってきたサイラスの受け答えは、いつにも増してゆっくりだ。

「なんだか、僕もすっかり聖獣騎士団の一員なんだなって思います」

諦めたような声を出したリュカエルに、サイラスは目を閉じたまま返事をした。

「ずいぶんと今更なことを言うのだな」

「えぇ、もうとっくにそうでしょうに」

リーンの相槌にも、誰からも見えないというのにサイラスは頷いた。

「いえ、よくない大雑把さが身に着いてしまったな、と自覚したところです。今みたいなやり取りを目にしても、事前に把握したいと思うより、『いつものか』としか思えなくなったので」

いかにも納得のいっていないリュカエルの声に、忍び笑いが漏れる。その笑い声すら夜のしじまに溶けていくようで、珍しくしっとりとした雰囲気のまま会話は続いていく。

しかし、たぶん三人のなかで一番早く寝落ちしたのはサイラスだっただろう。話の終わりが何であったのか、いまいち定かではないから。

明日は午前を撤収作業にあて、日暮れ頃には王城に向けて出発することになる。となれば、ゆっくりとした時間が取れるのは今日で最後だ。全員がウッドデッキ周辺にいる午後のお茶時を狙って、リーンが注目を集めるためにパンッと一つ手を打った。

「ということで！　夏合宿の締めのお約束、今年も『たき火を囲んだ星空晩餐会』を開催したいと思います！」

パチパチパチ、と拍手が起こる。楽しいことだと雰囲気で察したミュリエルは、流されるままに一緒になって手を打った。そして、笑顔で周りの者を一通り見てから、拍手を終えた手に渡された紙切れに首を傾げながら視線を落とす。

「えっと、それで、どうすればよいのでしょうか？」

「その紙は、必要そうな役割を書いてもらうために配りました。全員に記入してもらったら、集めて混ぜたあと引いてもらいます。引き当てた紙に書いてあった内容が、その人のお役目になります」

ペンを回された者から、たいして時間をかけずに記入を終えていく。四つに折りたたまれた紙は、流れ作業のようにリーンにより回収されていった。

しかし、勝手のわからないミュリエルは一人、ペンを握りしめて難しい顔をした。ちなみに、この場でこんな深刻な顔をしているのは己だけだ。

（ど、どうしましょう……。何を書けばいいのか、思いつかないわ。だけれど、早く書かないと、すでに私待ちになっているし……。な、何か、無難なものを……、……、……）

たき火を囲んだ星空晩餐会という名称で、ある程度何が行われるかの想像はつく。しかし、先入観のままに書いてしまうことをミュリエルは躊躇った。愉快な仲間達が集まるここで、果たしてありきたりな役割を書くことなど求められているだろうか。

とはいえ、何かいい案が浮かぶのかというとそんなこともない。思わずミュリエルは熟考に入りそうになるが、リーンが紙を回収した袋を手に目の前で待っている以上、長く時間を使うことはできないだろう。それに、書き終わった面々もミュリエルのペンが動くのを、期待に顔を輝かせて注目している。

「ミュリエル、そんなに悩まなくても大丈夫だ。私を含め、ここにいる者は皆、自分がやりたいと思うもの、もしくは誰かに任せたいと思うものを書いている。だから、君もそうするといい。足りない役目が出れば、それは全員で補えばいいだけだから」

サイラスから口添えをもらって、ミュリエルは頷いた。不足があれば補ってもらえるのなら、やりたいものという一点特化で決められそうだ。ペンを短く走らせて書き終えると、紙をリーンに渡す。するとリーンは、すべての紙が入った袋をゴソゴソと混ぜた。

「さて、誰から引きます？」

袋の口が大きくあけられた瞬間、各自の行動はわかれた。真っ先に袋に手を突っ込む者、それを待ってから次に手を伸ばす者、リーンが袋を向けてくれるまで待つ者、さらにお先にどうぞと譲る者。

ミュリエルは袋の口を向けてもらい、さらにはサイラスに先を譲ってもらってから手を伸ばした。ドキドキしながら選んだ紙を広げたのだが、書いてある単語を目にして困惑する。

「お、踊る……？」

一応裏も見たが白紙なので、役目はどうあっても「踊る」らしい。事前にそれとなく予想をしていたにも関わらず、このお役目はあまりにも想定外だ。ミュリエルがまじまじと紙を見つめていると、それを横からレジーがのぞき込んでくる。

「あ、それ俺が書いたやつだね。自分で引きたかったんだ、楽なやつ！　ちなみに俺のは……、っ!?　火の輪くぐりぃっ!?」

「えっ!?」

驚いたミュリエルは、許可も取らずにレジーの紙に目を向けた。確かに「火の輪くぐり」と書いてある。レジーがあんぐりと口をあけたまま固まっていると、その肩をノアが軽く叩(たた)いた。

「ミュリエルさんは楽なのでよかったですね。お酒が入った辺りで場を盛り上げるために、適当に踊っておけば大丈夫ですよ。ちなみに私は、ほどよいところでの終了の挨拶(あいさつ)、です。これ、団長が書いたものでしょう？」

硬直は解けたものの半泣き状態のレジーに抱き着かれたノアは、胸を貸しながらも手に持った紙を見せてきた。サイラスがちょっと困ったように微笑んでいるので、当たりなのだろう。

「あ！　そ、それで、サイラス様は、何が割り振られましたか？」

困った微笑みのまま、サイラスはミュリエルに紙を差し出してくる。

「えっ……、う、歌う……？」

「おぉ！　それ、私が書いたやつです！　自分で引けなくて残念です。レグへの愛を歌いあげようと思っていたのに」

割り込んできたのはレインティーナだ。言葉に合わせてピラピラと振っている紙には「最近体験した怖い話」と書いてある。こちらはきっと怪奇現象好きなプフナーが書いたものだろう。

「ですが、団長の歌を聞く機会はなかなかないので、すごく楽しみです！　ミュリエルもそう思うだろう？」

「えっ……？　あ、はい！　そうですね、とっても楽しみです！」

話を振られて、ミュリエルはすぐに同意した。以前、歌が好きなカプカに挨拶をした時にも、サイラスが美声であると聞き及んでいた。気になったのでその場でおねだりをしてみたが、なんとなくはぐらかされてしまい、それ以降もしっかりと聞く機会を持てていない。

「あまり期待されると、少々歌いづらいな……。あぁ、それで、リーン殿の紙にはなんと？」

期待の眼差しを一度は正面から受けたサイラスだが、結局やんわりと流してしまう。しかも言葉と同時にスッと片足を下げたことで、向けた会話も視線も斜め後ろにいたリーンへと自然と誘導された。

「僕、狙ったように自分で書いた『司会』が当たりました」

リーンはニンマリと笑いながら、紙の両端を摘まんでピッと開いた。大変ご満悦な笑顔を見せられたが、ここまで数人の役割を見たミュリエルは自分の方向性の違いに気づいてしまった。

「必要そうな役割って、お仕事的なものというよりは……。レクリエーション的なもの、だったのですね……」

となると、己の書いた役割は少々都合がよろしくない。

「……姉上。団長の隣で、鬼対応を覚えたんですか？」

そこに、あからさまに不機嫌な空気をまとったリュカエルがやって来る。

「食事の用意、だなんて、一番の貧乏くじではありませんか。一人で全員ぶん作れ、と？」

「あ、あのっ、て、手伝いますので！」

リュカエルから突き出された紙切れを、ミュリエルは受け取ろうと手を出した。しかし、触れる間際にリュカエルが伸ばしていた腕を素早く戻してしまう。

「結構ですよ。後々になっても話の種にされるのが嫌なので、意地でも一人でこなします」

つかみそこなった手の収まりがつかずに、ミュリエルは中途半端な形で固まった。するとリュカエルは紙を持っていない方の手で、ミュリエルの指先をつかむ。

「姉上は、『踊る』でよかったですね」

そして、ワルツの一拍を切り取って、その場でクルリとミュリエルを回転させた。難なく一回転したものの、正面を向いたと同時にポイッと手を捨てられる。

「では、準備を開始しましょうか？　ね、団長殿？」

「あぁ、そうだな。今年は、場の設営と食材準備の担当になった者はいないな？　では、そちらは手分けするように。では、散会」

　号令と同時に全員が散り散りとなる。動き出しが早いのは夏合宿の間によく見知っているが、今日の動きはいつにも増して素早い。やはり向かう先にお楽しみがあるからだろうか。ただ数人に限っては、楽しみきれないお役目がありそうだが。

　ミュリエルはそこで、はたと思い至る。全員ぶんのお役目を把握しているわけではないが、もしかしたら火の輪くぐり以上の難題もあったかもしれない。そして、それらを自分が引いてしまう可能性だってあったのだ。ミュリエルは今更慄いた。ここはもう、「踊る」を引き当てた己を全力で褒めたい。


　力仕事をするには邪魔になってしまうミュリエルは、細々とした用意を終えてしまえば暇になる。ということで、現在はアトラ達のもとに来ていた。方々で遊び回っていてまったく存在をつかませてくれなかった彼らも、十分に堪能したのかここ数日は拠点の近くでまったりしていることが多い。

『ミューちゃん踊るの上手いから、いいの引いたわね』

『うむ。煌びやかな衣装でなくとも、十分に見られる腕前だ』

『あ、ワルツッスよね？　意外性があるから、絶対盛り上がるっス』

『ひひっ。スジオはん、意外性ってなんに対する意外性ですか？』

これらの発言は、ミュリエルがお役目を報告したことでかけられたものだ。以前サイラスと夜会に出た折に、聖獣達にワルツを踊ったという話をしたことがある。その流れで腕前を披露する機会があったのだが、全員からお褒めの言葉をもらっていた。それゆえの評価だろう。

『苦労なく楽しめそうで、よかったじゃねぇか』

最初は戸惑ったものの、今や間違いなく一番の当たりくじとなった「踊る」と書かれた紙を、笑顔のミュリエルはポケットの上から押さえた。

「あの、皆さんも一緒に踊りますか？」

ワルツの腕前を披露した時に、聖獣達も一緒になって踊ったことを思い出したミュリエルは、あの時の楽しさを胸に今回もお誘いをかけてみる。

『あら、嬉しいお誘いありがとう。でも、駄目なのよ。こっちはこっちで集まるから』

すると、レグから思わぬ返しを受けた。

『夏合宿の打ち上げは、何も人間だけのものではあるまい』

『ジブン達にも付き合いってもんがあるっスからね』

『離れてても会話はできるわけやけど、たまには顔を突き合わすのもいいもんです』

クロキリ、スジオ、ロロと繋がった会話で、驚いた顔から感心した顔になったミュリエルは、最後に期待に満ちた顔をアトラに向けた。

『なんだよ？　こっちの集まりが気になるのか？』

気のない素振りのアトラに、ミュリエルは大きく頷いた。

「正直、とっても気になります」

『ふぅん。まぁ、ミューはこっちの枠でもいいような気もするけどな。今回は役目があるみてぇだし、サイラス達の方に行けよ。ただ……、どうしてもって言うなら最初のさわりだけこっちに顔出しても、いいぜ？』

まんざらでもない顔で歯を鳴らすアトラに、ミュリエルは前のめりで返事をした。

「ほ、本当ですか!?　ぜひ！　ぜひお邪魔させてください！」

勢い込んで参加を希望すれば、そこでアトラはなぜか悪い顔で笑う。そのいかにも悪だくみをしている気配に、ミュリエルの脳裏にサッとある可能性が浮上した。

「あ。で、ですが……。聖獣の集まりにも、何か決まり事とか、あります、か……？」

恐る恐る聞けば、フンッと鼻で笑ったアトラの笑みは凄味を増す。

『参加してぇなら、手ぶらってわけにはいかねぇよな。当然、土産が必要なんじゃねぇか』

凶悪な顔で上納品を所望する白ウサギに、ミュリエルは下っ端よろしく従順にコクコクと頷いた。一度踏み入れたからには足抜けは許されない、そんな世界がそこにはあった。

「リ、リュカエル、て、手伝いますので、あの……」

上納品の物色に拠点まで戻ってきたミュリエルだが、大量の食材を前に四苦八苦しているリュカエルを見つけて、自分の用事は後回しにすることにした。

「大丈夫です。とりあえず全部ぶち込んで煮れば、おなかは壊しません」

「えっ」

「大丈夫です。今日までの経験則からいって、これが僕にできる最善です」

「……」

心の底から大丈夫だと思っているらしい弟は、姉の手を借りようとしない。こうなってしまっては、何を言っても無駄だ。助けることも見捨てることもできないミュリエルは、リュカエルの横で佇むしかない。

「リュカ、困って、る?」

急な登場に、姉弟そろって驚く。まったく気配を感じさせないところから、突然コテンと首を傾げながら聞いてきたのはニコだ。二人の反応にまったく気を留めず、ニコはおもむろに紙を見せてくる。先程のくじだ。そこには「困った時のお手伝い」と書かれている。

「うん、困ってる」

「じゃあ、手伝う、ね」

ミュリエルは自然と自分が立っていた位置をニコに譲って、後方から二人の背中を眺めた。いまだかつてない素直さをサラリと発揮して、手伝いを受け入れた弟を驚愕の眼差しで見つめる。しかし次第に、同じ年の男子二人が仲を深めている姿に心が温かくなるのを感じた。そうなってくると自分の存在が野暮な気がしてきて、ミュリエルはジリジリと距離を取る。だが、ある程度距離ができたそこにレジーが通りかかった。

「おっ、イイ感じじゃん？　そういえばコレ、持って帰っても仕方ないから、ついでに使っちゃってよ」

レジーが突き出した手には、香草と思われるものが握られている。ニコが何かを言うと、リュカエルは頷き一つで香草を受け取る。そして何を思ったのか、細かくちぎったりもせずそのまま鍋にぶち込んだ。

「っ!?」

用心深いはずの弟の、突然の暴挙にミュリエルは息を飲む。しかし、別段ニコとレジーからの突っ込みは入らない。何事もなかったようにレジーが通り過ぎていけば、残ったリュカエルとニコは会話を挟みながら鍋をかき混ぜている。

もう何も言うまい。きっとリュカエルは、この夏合宿で聖獣騎士団としての日常に染まったのだ。軽い疎外感を胸に抱きながら、ミュリエルはその場をあとにした。

そして場は再び、アトラ達の輪のなかだ。すっかりヨンの住処となってしまった湖の横にて、ミュリエルは気合を入れて抱えてきた上納品をズズイッと白ウサギの前へ捧げた。質はもちろん上等だ。量にも気を配ったため、重さに負けた腕やら腰やらが少々痛い。

『悪くねぇな』

極悪な表情ながら大変満足げなアトラに、ミュリエルも肩の荷がおりてホッと息をつく。今しがた上納した物品は、数種類のドライフルーツとナッツだ。もともと聖獣達のための予備の食料であるこれらは、こっそり事情を話したサイラスから許可をもらっているため、どこを向いても胸を張れる安心安全な正規品だ。

無事にミュリエルが上納をすませれば、聖獣達もぞくぞくと持ちよった食べものを披露しはじめる。ちょっとした品評会や物産展の様相で楽しい。そんなふうにミュリエルが余裕を持っていられたのは、最初だけだった。

アトラによる苺、レグとロロ、ケシェットによる茸、チュエッカとキュレーネ、ヨンによる木の実、そしてカプカによる魚。ここまでは大変健全であった。しかし、問題はそこからだ。

肉食系の聖獣達による、血みどろフェスティバル――。

ミュリエルは知っていた。夏合宿の間にテーブルに並べられた肉が、肉食系の聖獣達からのおすそわけであることを。しかし、それは処理されたあとの肉。どこを見ているのかわからない、目を開いたままの猪であるとか。変な方向に首が曲がってしまっている鹿だとか。捕食される側になることなど想像していなかったであろう、恐怖に歪む表情でこと切れた熊だとかでは、けしてない。聖獣番として庭でお世話をしている時に比べるべくもないほど、生々しい食事事情だ。

そして、やはりどうしても気になってしまうのは、レグとケシエットとカプカにとっては同族なのではないかということだ。ところが彼らの返事はあっけなかった。

『なんて言えばいいのかしら? 聖獣だと気づいた瞬間から、アタシにとっての同族ってアトラ達なのよ。ねぇ、ケシエット?』

『はい、どこかが切り替わるとでも申しましょうか。まぁ、ワタシ共は草食ですので、カプカさんはいかがですか?』

水を向けられた順に口を開き、カプカの番がくる。いつも寝ている彼に意見を求めるのは難しいと思ったが、カプカはぼんやりと目をあけた。

『んだなぁ……。オラァ、どんなに腹が減っても、チュエッガとギュレーネはぐえねぇなぁ』

内容よりも先にカプカが起きており、しかも会話を聞いていたうえに長くしゃべったことにミュリエルは驚いた。しかし、驚きをいったん脇に置き言葉の意味について先に考える。リーンの学者魂をもって突き詰めてしまえば疑問は出てくるだろうが、ミュリエル程度では今の説明で十分だ。要するに、「誰を同族と認識するか」なのだろう。

一人で勝手に納得していると、待ての利かないルゥがソワソワとしているのが目の端に映る。なぜかなど、彼らの側に立てば一目瞭然だ。目の前にご馳走があるのだから。しかし、晩餐の場に立ち合う勇気がミュリエルにはない。

『ミュー、もう帰るだろ?』

ちょうど声をかけてきたアトラに、体よく追い返されているような気がしないでもない。だが、ミュリエルは高速で首を縦に振った。

『では、アタクシが送ってまいりましょう』

有り難い申し出に、ミュリエルはお礼を言おうとした。しかし、胴なのか尾なのかとぐろを巻いたメルチョルの体の中心で、バキバキバキッと硬いものが折れる音がする。メルチョルは先の割れた舌をチラチラさせながら笑っているのだが、顔を引きつらせたミュリエルは音の発生源を問うこともできない。

『もうもう！　またすぐそうやってからかって！』

『そうそう！　どうせただの木ってオチだよね！』

チュエッカとキュレーネから元気に責められたメルチョルは、とぐろを解いてタネ明かしをした。仲良しコンビの言う通り、長い体の中心では太い木の幹が粉々になっている。

『しょうがねぇな。ミューはオレが送って……』

『いいよ、アトラさん！　ウチらが行くから！』

『うん、二匹なら帰りも退屈にならないしね！』

ドッカリ座っていたところから立とうとしたアトラを遮って、チュエッカとキュレーネがミュリエルを担ぐ。そしてアトラどころかミュリエルの返事も待たずに駆け出した。

女子ゆえの細かな気遣いがあるかと思いきや、運搬に関しては白ウサギの方が何十倍も丁寧だ。四足で疾走する二匹の息はこれ以上なく合っているのだが、ミュリエルはその背中でボンボンと絶えず弾みながら拠点まで送り届けられる。あえて感想を述べるとすれば、ベッドの上で跳ね回る子供であったのなら、喜んだかもしれない。

だから人間側の星空晩餐会の席についた時、ミュリエルはすでに疲れてしまっていた。体力底なしの騎士達に交じり、最後まで付き合いきれるかという不安が頭をもたげる。しかし、それはまったくの杞憂だった。はじまった楽しい時間は、ミュリエルに疲れを感じる隙を与えない。

たき火に着火する役を巡ってひと悶着あったが、夕闇の空にあがる炎はとても綺麗だ。ここでの生活が早寝早起きだったこともあり、この時間帯にたき火を囲むこと自体がはじめてだったからかもしれない。思ったよりずっと上まで立ちのぼる炎は舞うようで、ミュリエルはすっかり魅せられてしまった。組まれた土台が強固な六角形であることを思うと、一晩中だって燃え続けるだろう。

適当に地べたに座った面々は、たき火を上座にするように半円状となっている。ミュリエルの隣は当然サイラスだ。そんな場にまず運ばれたのは、リュカエル作のぶっ込みスープだった。帰りの荷物を減らすことを口実に、大放出された食材も幾皿にもなって並んでいく。目を見開くほどの大盤振る舞いだ。

さらには、用法用量を守って日々チビチビとあけられていた酒樽とは別に、今宵のために後生大事にしまわれていた高級ワインの入った酒樽が五つほど運び込まれる。すると、手にからのコップを持った面々が立ち上がり、その樽の周りに集まった。隣にいるサイラス同様ミュリエルも呼ばれ、よくわからないままにコップを手に加わる。

並んだ五つの酒樽の蓋へ、我先にと片足を上げた面々が踵を乗せた。笑顔で促されたミュリエルも、背をサイラスに支えられながら倣う。すると「せーの！」というかけ声のあと、息ぴったりに全員が足を上げた。そのまま足が振り下ろされれば、いい音をさせる踵落としにて蓋が叩き割られる。

すべてにおいて一拍ずつ遅れたミュリエルの踵には、蓋を割る力はなかった。だが、雰囲気だけはたっぷり味わえた。慣れない動きにたたらを踏んでも、それさえも新鮮だ。隣で微笑んでいるサイラスや、顔いっぱいで笑っている皆と一緒にこの瞬間を共有できていることが、すでに楽しすぎる。開始早々、ミュリエルは胸がいっぱいになっていた。

豪快なことに、全員がなんの躊躇いもなく手に持ったコップをそのままワインのなかへとくぐらせる。ミュリエルは舐めるほどの量だけすくったのだが、おもむろに傍に来たリュカエルに紅茶を足された。ミュリエルのワインを無言で紅茶割りにしたリュカエルは、そのまま自分とニコのコップに残りをつぐ。

ワインを楽しもうとしている者達は、適量を手にした者、ほどほどの者、表面張力に震えている者とわかれたが、先にコップに口をつけてしまう無作法者は一人もいない。全員の手に飲み物が行き渡れば、視線は残らず我らが聖獣騎士団の団長へと真っ直ぐ向けられた。

「今年も、実り多き夏合宿だったと思う。皆で飲む酒はいつも旨いが、今宵もきっと格別だろう。だが、まぁ、ほどほどにな？　では、乾杯」

かんぱーい！　と唱和して、近場にいるものから順にコップをぶつけあっていく。表面張力組の普段とかけはなれた慎重な動きに、ミュリエルはさっそく声をあげて笑ってしまった。

腹が満ちてからがお楽しみの本番と、食事は比較的普通に進む。そして、半分くらいの皿があいたところで「一番乗りさせてもらう」と、レインティーナがお役目を果たすために挙手をした。ただ、口を開いた出だしからレインティーナの怖い話は方向性がおかしい。

「武芸大会でもらった入賞賞品の『人気菓子店の優先購入権』、それで買った焼き菓子詰め合わせがとても美味しかったんだ。だからずっと切らさず、追加で購入を続けていた。だが、権利の期限が切れてからというもの、人気店だから普通に買おうとすると難しくて。だからクッキーが残り十枚になった時、私は一日一枚と定めて毎日大事に食べていたんだ。それなのに！　なんと！　二週間たっても三週間たってもクッキーはなくならなかったんだ!!　私は毎日確実に一枚ずつ食べているというのに!!」

序盤で全員が困惑した視線を男装の騎士に向けていたのだが、一応最後まで聞く。誰がオチをつけるのかと一瞬目配せがあった気がしたが、その役目はシグバートが引き受けた。

「気づいていなかったのですか、レインティーナ。それは私が足していましたよ？」

驚愕の顔をしたのは男装の麗人だけで、あとは残らず納得顔だ。そんなまったく怖くない怖い話を皮切りに、騒がしさは落ち着くことなく増していく。

「わたくし、リンボーダンスは得意でございます」

ラテルがおちゃめ心を出して書いたらしい「リンボーダンス」との文字がある紙を、プフナーは嬉しそうに全員に見せた。そして、気分を盛り上げるためか手拍子を要求する。

なんとなく胡散臭さは漂うものの、言動は上品といってよいプフナーだ。しかし、リンボーダンスまで優雅に見えるのはなぜだろう。一回限りの使用と最低限の機能しかないバーでさえ、高級に見える。しかも怪しい振り付けと共に驚くほどの柔軟性を発揮して次々と成功させていくため、リンボーダンスが簡単に思えてくるほどだ。

「ちょっと私もやってみたい！　あ、だが、こういうのは小柄な方が有利だな。スタン、出番だ！」

「はぁ!?　レイン、お前は俺に喧嘩売ってんのかっ!?　誰がチビだ!?　よぉし、わかった、表へ出ろ！」

「被害妄想甚だしいな。しかもここは外だ。まぁ、勝負するならリンボーダンスでしよう。俺もやる」

勝負事が大好きな力自慢の三人が立ち上がり、スルリスルリとバーをくぐり続けているプフナーのもとへ向かう。

「いつもであれば、わたくしにお三方に勝つ見込みはございませんが……。今宵だけは、勝たせていただきましょう。ふふふっ」

自信たっぷりに微笑んだプフナーは、バーの真下で極限ブリッジを見せつけながら三人を挑発した。

「どれ、もっと面白くなるように、わしが障害物を増やしてやろうかの！」

よっこいしょ、と立ち上がったラテルは懐から瓶を取り出すと、ねばねばした緑色の物体をバーに塗りつけはじめる。粘度は高いがたっぷりと塗ったせいで、塗布したそばから糸を引きつつベチャリと地面へ滴っていく。ミュリエルだったら絶対に触りたくないが、その場にいる四人はさらにはしゃいでいた。参加者が面白がっているならいいか、とミュリエルも楽しむ方向へ気持ちを切り替えた。

しかし、和気あいあいとリンボーダンスをしている四人を恨みがましい目で見つめる者がいる。レジーだ。とうとう用意されてしまった火の輪を前に、両手でケープの裾を握りしめ、顔いっぱいにしわをよせている。一人だけ深刻な様子のため、明らかに場から浮いていた。

「あ、あの、サイラス様、レジー様は大丈夫でしょうか……？」

誰一人心配しないので、ミュリエルは隣にいるサイラスに問いかけた。もしあの場に立っていたのが自分であったらと思ってしまうため、心配する気持ちもひとしおだ。ちなみに、この危険極まりないお役目を書いたのはシーギスらしい。

「ん？　あぁ、あの程度であれば大丈夫だろう。火の輪がもう一回り小さかったら、止めに入らなければ、と思うが」

「えっ……、そ、そうです、か……」

何事の見極めにも定評のあるサイラスが言うのなら、そうなのかもしれない。だが、それでもやっぱりミュリエルは無茶な気がしてならなかった。

「レジー、困って、る?」

「う、うんうん!　困ってる!　めっちゃ困ってる!」

成り行きを見守ることしかできないでいたのだが、己よりよっぽど頼りになりそうなニコがレジーに声をかけたのを見て、ミュリエルはホッとした。今の台詞からしても先に知れているお役目からしても、ニコなら助けてくれる可能性が濃厚だ。そのためレジーも、懇願するように手を組んですがるような眼差しを向けている。

「じゃあ……」

少し悩むような時間を挟んでから、ニコはニッコリ笑った。それは天使の微笑みだ。清らかささえ感じる微笑みを浮かべたニコは、そのまま両手を突き出した。レジーの方へ。

「は?」

ドンッ、と押されたレジーは火の輪へ向けて倒れ込んだ。その瞬間の、固まったレジーの表情はなんとも表現し難い。火の輪をくぐるのに方向はあっている。しかし、ジャンプをしたわけではないため高さが足りない。このままでは火に触れてしまう、と見ていた者のなかでミュリエル一人が恐怖と緊張で体を強張らせた。だが、その他の者達の反応が正しい。

レジーを押すために伸ばしていた手首を、ニコが素早く返す。その途端、手もとから何か鋭い光が走った。その光は火の輪を吊るしていたロープに当たる。倒れ込んだレジーの体は上から落ちてきた火の輪を、今この時しかないという絶妙さでくぐり抜けた。髪と服の裾に火が触れていたようにも見えなくもないが、そのままドボンと湖に落ちたので、火傷にはならなかっただろう。

「……げほっ、がほっ、ふぐっ。……ひ、ひどい！　ひどいよ、ニコ！　ひどいぃー！」

元気そうで何よりだ。ザッパザッパと湖からあがってきたレジーは、びしょ濡れのままニコに抱き着こうとした。しかし、手前で足がもつれたのか転ぶ。

「……僕、駄目、だった？」

「いや、なかなか面白かったよ」

振り返って首を傾げるニコに、うっすら笑いながら答えるリュカエル。騎士団最年少である二人の会話は、可愛い顔に似合わずえげつない。しかし、すぐさま方々からタオルやら着替えやらが飛んできて、レジーは乾いた布の山に埋もれた。本人もかなりひどいことをされたにも関わらず、「俺、愛されてる……！　実は美味しい役だと思ってた……！」と喜んでいる。

ここまでかなりの無茶が盛り込まれた星空晩餐会だが、それでも上手く回っているのには理由があった。リーンが自ら引き当てた「司会」、シグバートが引いたリュカエルからの「無茶振りがすぎる時の抑制」、ラテルが引いたスタンからの「場がシラけた時のフォロー」が、かなり有用だったからだ。突拍子のないこともすぐに笑いに変わり、心臓がキュッとしてしまうことはあれど血の気が引くほどの展開は訪れない。さすがに毎年開催されるとあって、ミュリエル以外は玄人だ。厳密に言えばリュカエルも初参加のはずなのだが、その馴染み加減は姉と違って素人ではない。

だからこそミュリエルは、ソワソワしていた。全員が場の空気に乗りながら、確実に役割をこなしている。ならば自分も早く踊りださねばと思うのだが、どの時点で割って入ればいいのかまったくつかめないでいた。

（こ、この流れでは、宣言してから踊りだすのも、いきなり踊りだすのも、どちらも難易度が高すぎるわ……。いったい、どうしたら……）

とはいえ、全員が好き勝手にやっているこの場では、お行儀よく待っていても順番なんて絶対に回ってこない。

「ミュリエル、どうかしたか？」

落ち着かない動きをしてしまっていたからか、サイラスに顔をのぞき込まれてしまった。急に近くなった距離に、ドキリとする。たき火の炎が映り込んでいるせいか、紫の瞳はゆらゆらと色を揺らしていて綺麗だ。

こうした不意の瞬間さえ、見惚れてしまうのが恥ずかしい。これが惚れた弱みというものなのだろう。ミュリエルはいたたまれなくなって視線を伏せた。

しかし、その目を留めた先がよくなかった。苺の入った皿を意図せず凝視していたせいで、気づいたサイラスが一つ摘まんで食べさせようとしてくる。首を振るより早く唇に苺をあてられてしまい、ミュリエルはどうしようもなくなって口をあけた。できるだけ早く飲み込もうと、一生懸命咀嚼する。

指についた甘い汁が気になったのか、サイラスが何げなく指先を舐めた。それがさらにミュリエルの羞恥心を煽る。また見ていられなくなってしまって、つい下を向いてしまった。

「ま、待ってください。あ、あの、苺ではなくて……」

「あぁ、こちらか」

ところが、ちょうど視線を落とした先に今度はナッツがあったため、また勘違いしたサイラスがひと粒摘まむ。

「ち、ちち、違います！　わ、私はお役目、お役目を果たしたいんです！　で、ですが、いつ踊ればいいのか、わからなくて……！」

大慌てで説明したミュリエルに、サイラスは一拍置いてから、ふっと笑った。ミュリエルは瞬時に悟る。サイラスはまた、わかっていてやっていたのだ。

「ミュリエルさん、困って、る？」

そんななか、ニコが絶妙な間合いで声をかけてくる。有り難く助けてもらおうと勢いよく振り返ったミュリエルだったが、微笑みかけながら首を傾げるニコを見てハッとした。この笑顔は天使か悪魔か、ここまでの流れを鑑みるに注意が必要だ。

「弾く？」

しかし、ケープに隠れた背中からリュートを取り出したのを見て一も二もなく頷いた。ニコはすぐに弦に指をかける。しかし、即座に弾きはじめるのではなく、拍子を取るように単調な短音を繰り返した。それはワルツを踊るための三拍子ではなく、テンポのよい四拍子だ。

ミュリエルはワルツ以外の踊りも、実は得意だ。よって、スクッと立ち上がるとまずは足もとだけでリズムを取る。次にスカートを軽く摘まんで持ち上げると、ステップを踏む足が周りからよく見えるようにした。

　ミュリエルの調子が出てくると、ニコのリュートも多彩な音を奏でだす。するとそこに笛の音色が重なり、音の広がりに幅が出る。見ればラテルがウィンクをしていた。

　俄然(がぜん)楽しくなってきたミュリエルは、裏拍(うらはく)まで拾う細かなステップを披露する。クルリとターンを決めたところでサイラスと目が合い、一緒に踊ってください、と笑顔で片手を伸ばした。だが、その手は横からかっさらわれる。

「男性パートは得意だ！」

　リンボーダンスに満足し、自我が保てる程度に酒を舐めたレインティーナが、軽快な音に誘われてミュリエルの手を握る。

「いけませんよ。レインティーナ。ノルト嬢の手を取れるのは、団長だけです」

　しかし、その手はさらに横からシグバートがさらっていった。そして、ミュリエルのあいた手はすぐさまサイラスに取られる。少し強めに握られた手は、このあとは誰にも奪わせないと言っているようだった。目が合えば異論はないだろう、と微笑まれてしまい、ミュリエルは答える代わりに同じ強さで大きな手を握り返す。

　しかも、サイラスは途中から入ったにも関わらず、リズムを合わせるためのステップすら必要としなかった。ミュリエルの拾う裏拍まで、一巡目から完璧に踏んでいる。互いに相手の足先を読みながらも、遠慮することなく踊れるのは大変楽しい。

「待て、シグバート。私は男性パートを踊りたい……、ん？」

「えぇ、そのまま男性パートをどうぞ」

どうやら二人は男女を逆転させて踊っているようだ。サイラスとミュリエルの刻む複雑なステップには及ばないが、基本を押さえつつも弾むような躍動感がある。たまに飛び出してしまうレインティーナの足を、冷静に一拍飛ばすことでシグバートが合わせるからだろう。

対照的な二組のダンスは、ミュリエルが思っていたよりずっと場をわかせた。これは嬉しい誤算だ。そうして楽しく踊っていると、途中でシグバートが観客に向かい視線を投げる。

「私が書いた『ありきたりではない口説き文句の発表』、スタンが引きましたよね？　今お聞かせいただけますか？」

真面目(まじめ)を絵に描いたようなシグバートが何を言っているのかと、ミュリエルは己の空耳を疑った。しかし、シグバートはたき火に銀縁(ぎんぶち)眼鏡を光らせながら、スタンの言葉を待っている。

「えっ！　い、今!?　あぁー、えーと……、き、筋肉より、君が好き……？」

「却下ですね。次の案をお願いします」

「えっ!?　くっ……、き、筋肉より、君を信じてるっ！」

「次を」

「えぇっ!?　う、うぐぅっ……、俺の筋肉は、すべて君のものだっ!!」

どうあっても筋肉から離れないスタンの回答に、シグバートがおかわりの言葉を早々と途切れさせた。確かにありきたりではないが、もしミュリエルが言われてもトキメキはひと欠片(かけら)もない。

「レインティーナ、念のために聞きますが、『筋肉』という単語に魅力は感じますか?」

「ん? 魅力的かどうかは考えたことがないが、嫌いな言葉ではないな。むしろ好きな方だ」

「そうですか。では、私はもっと筋肉をつけようと思います。貴女のために」

「おぉっ、それはいいと思う! 筋肉があると一撃が重くなるから、手合わせがより楽しくなるはずだ!」

トキメキはひと欠片もなかったはずなのだが、レインティーナとシグバートのやり取りを聞いてしまったミュリエルの胸は、途端に騒ぎ出す。

「あ、あのっ、サイラス様、い、今の、やり取り、って……、も、もしや……」

「あぁ。聞いていなかったか? あの二人は、仮ではあるが婚約しているんだ」

「えぇーっ!?」

ミュリエルは驚きのあまり硬直し、絶えず踏んでいたステップを飛ばした。しかし、そこはサイラスがすかさずミュリエルを持ち上げてターンし、事なきを得る。

「シグバートが取るのは、いつも模範的な手法なのだが……。それではレインに響かないから、今日は趣向を変えたようだな」

二人が仮と言えど婚約関係にあると聞けば、そこから今までのあれやこれやが繋がって、色々なことが見えてくる。ついでにサイラスから簡単な経緯まで教えられれば、親しくさせてもらっている二人のことでもあるため、鈍いミュリエルとて容易に日常の想像がついた。

酒癖の悪いレインティーナと、抱き枕になったシグバート。そこからはじまる、噛み合わないようでいて不思議としっくりくる二人のやり取り。ミュリエルは自分のことを棚に上げて、考察をはじめる。

しかし、ワルツよりずっと激しいステップのせいでそろそろ呼吸が苦しい。酸素の足りなくなった頭では、思うように妄想も捗らない。もちろん、ミュリエルのそんな様子を見逃すサイラスではなかった。目でラテルとニコに合図を送る。

すると二人は終曲に向けて、ジャカジャカピピピと同じ音だけを連続で鳴らしはじめた。即座に合わせたミュリエル達も、細かく足踏みをして地面を鳴らす。すべての音がだんだんと激しさを増しながら、全員で目配せをして最後の時を量った。

だから言葉はなくとも一瞬のためを挟んだ終の一音は、ダンッ、と気持ちがいいほどにそろった。辺りにぽっかりと静寂が訪れ、微かな残響を感じる耳が炎のはぜる音を拾う。しかし、すぐにワッと歓声と拍手があがった。達成感と一体感に笑顔を弾けさせたミュリエルは、息を弾ませながらたっぷりとお辞儀をする。それから、サイラスに手を引かれて席に戻った。

「サイラス様、お付き合いくださり、ありがとうございました」

「いや、私の方こそ礼を言わなければ。君と踊るのは、とても楽しいから」

座ると同時に、手もとにあったコップの中身を一気に飲み干す。高揚感がすごくて、全身の血流が勢いよく流れているし、動いたこと以上に頬が火照っているのを感じる。

踊りが終わったことでスペースのできた場所では、愛用の武器を持ちだした面々が型の披露をはじめている。途中からダーツ代わりの投げナイフ大会に変容し、ここで活躍したのは意外にもリーンとレジーであった。どこの場面を切り取っても楽しくて、ミュリエルはもうずっと笑いっぱなしだ。今は無表情でリュカエルがニコから渡された太鼓を叩いている。酔いも回ってきて、ただ話すだけの声もずいぶんと大きい。

「宴もたけなわですが、どうします？　団長殿だけまだ残ってますよね？　『歌う』が」

ほろ酔いのリーンが傍までよってきてサイラスに聞くと、まるで頃合いを見計らっていたかのようにすぐさま横からノアが参加した。

「それなんですが、私に案があるのです。少々よろしいですか？」

ノアのお役目は「ほどよいところでの終了の挨拶」だったはずだ。お耳を拝借いただけますか、とそこから先をノアが耳打ちすれば、サイラスは内緒でされた提案にすぐに頷いている。サイラスの協力を取りつけたノアはその足でラテルとニコのもとに向かい、何かを頼んだようだった。ポコポコ適当に太鼓を叩いていたリュカエルが手を止めて、背景を彩るための音作りを二人に譲る。どんな演奏がはじまるのかと耳を澄ませば、届いた音はしっとりと優しいものだ。ただ意識を向けている者以外の耳には、まだ届いていない。

はじまった前奏に聞いたことがある、とすぐに思ったミュリエルだが、歌い出しの歌詞どころかなんの曲だったのかが思い出せない。しかし、サビまで行けば絶対にわかるはずだ。だから、横に座っているサイラスを期待の眼差しで見つめた。

流し目でミュリエルを見たサイラスは、ほんのりと微笑んでから息を吸う。声が出る一瞬前の空気感が、すでに言いようもなく色っぽい。音をのせずに唇から零れた最初の吐息から、ふわりと黒薔薇が生まれたようにミュリエルには見えた。そっと囁くようにサイラスが歌いはじめれば、それだけでキュッと心臓が苦しくなる。

わざとかすれさせる高い音に、けして大きな声ではないのに体の奥に響く低い音。ゆるやかに移ろう音の流れに誘われて、黒薔薇が柔らかく花開いていく。香り高いその花を彩るのは、ゆらゆらと揺らめく輪郭を潤ませた炎だ。夜のなかへ消えゆく小さな灯りの粒が、儚くも一瞬の煌きを歌声に添える。

ゆったりと紡がれる歌声は、密やかに場を満たしていく。騒いでいた者達のなかから一人二人と気づく者が出はじめれば、すぐに誰もがポカンと口をあけて魅入ってしまっていた。耳が拾うのは、笛とリュート、そして囁くようなのによく響くサイラスの歌声だけだ。

強がりのなかに心細さを含む旋律は、伏せた紫の眼差しの先に歌声と共に零れ落ちる。足もとに転がったそれは、他人にはとるに足らない想いの欠片だ。それでも思いの丈を歌に乗せ続ければ、頼りなく虚空を彷徨っていた眼差しは、ゆっくりと空を見上げていく。サイラスのたったそれだけの視線の移ろいで、不安のなかに微かな希望が煌いてみえた。

（あぁ……。黒薔薇だけではないわ……。空に舞い散る、ピンク色の花弁が、見える……）

染みわたるようなサイラスの歌声が、ミュリエルに知るはずのない青い空を見せる。心に残る在りし日の故郷の空を、花吹雪が染めていくようだ。

胸のずっと奥の方が震える。これはきっと、望郷と憧憬の念だろう。しかし道半ばの己が抱いてしまうにはあまりにも綺麗すぎて、手を伸ばすことができない。歌声から溢れるそんな切ない想いに、どうにも涙腺が緩む。

サイラスが一番を歌い終わったところで、伴奏をしていたラテルとニコがほんの少しだけテンポを上げる。わずかな変化だが、不思議と一緒に歌いたい気持ちになった。そしてそれは、ミュリエルだけが感じたわけではなかった。

事前に示し合わせていたのか、まず曲に声をそろえたのはノアだ。しかも準備のよいことに、歌詞の書かれた紙を全員が見えるように胸の前に持っている。それにすぐにつられたのはレインティーナだ。男装の騎士の力強い声は呼び水となり、次々と歌う者は増えていく。ミュリエルも増えていく歌声のもとを視線で追いながら、一緒に歌いはじめた。

だから最後のサビを迎える頃には、大合唱となっていた。サイラスが歌っていたのと同じ曲であるはずなのに、全員で歌っているせいか今では熱く滾る曲へと様変わりしている。

最も熱が入っているのはスタンとシーギスで、肩を組んで体を左右に揺らしながら大号泣していた。一番冷めているリュカエルでさえ、軽く微笑みながら口ずさんでいる。

言い知れぬ一体感に、誰もが高揚しているようだ。凄まじい困難に打ち勝ったあとのような、謎の達成感もある。

本来の曲であれば、そろそろ終わりを迎える頃だろう。しかし、今のこの時を誰もが最高だと感じて惜しんでいるからか、最後のサビは延々と繰り返された。

「聖獣騎士団サイコー!!」

「みんな大好きだー!!」

歌うだけでは収まらない、熱い想いを最初に口にしたのは誰だったか。

「来年もまたここで会おう!!」

「今日のこの時は俺の宝物だー!!」

気持ちの発露は夜空に向かう絶叫だ。ひと声叫ばれるたびに、ピーピーと指笛も鳴らされる。ふざけて肩をぶつければ、慣れた仕草で掌(てのひら)を叩く動きに移り、腕と拳(こぶし)を交差させるように当ててから互いの健闘をたたえ合う。聖獣騎士団なりの手順があるのか、手遊びのように連続する動きは見ているだけでとてもワクワクした。

ミュリエルがやってみたいと思っていると、隣にいるサイラスもリーンと同じ動きをしている。終われば次は君の番だと、サイラスは笑顔で両手を向けてくれた。ぎこちなくも一度やりきれば、あとは慣れだと漏(も)れなく全員と順に掌を鳴らしていく。

「さて、皆さん。夏合宿最終日恒例のたき火を囲んだ星空晩餐会は、いかがでしたか？　きっと素敵な思い出として、心の一ページにしっかりと刻み込まれたことでしょう」

そんななか、おもむろにノアが締めの言葉を述べはじめたが、当然誰も聞いていない。

「楽しい時間というものは過ぎるのも早く、寂しくはありますが、どうやら終わりの時刻が近づいているようです」

物語の語り手か、本のなかにある地の文か。どちらにせよ必要性は高いはずなのに、ノアは存在自体の主張が少ないためか誰の耳にも右から左だ。

「わかち合えたこの時を、感謝を、尊敬を、けっして忘れることなく、これからの日々も共に歩んで行きましょう。我々聖獣騎士団は……、最高の仲間です！」

しかし、折よく雄叫びのような歓声が夜空にあがったのは偶然か。せっかく示し合わせて行った歌と終わりの挨拶だが、どうやら閉会へ向かわせる効力は皆無だった模様だ。よってサビの繰り返しは、まだまだ終わりそうにない。

あくる日の早朝、ミュリエルは何かに呼ばれるようにパチリと目が覚めた。とはいえ、まだ日も昇っていない。しかし、聖獣番としての日々があるために、自分のなかでこの時間帯は早朝のくくりだ。前夜に大騒ぎしていたので数時間しか寝ていない計算になるのだが、なぜだかとてもすっきりとしている。

夏合宿最後の日は、全員そろって朝はゆっくりするように、とサイラスから言われていた。王城に帰るために、夕方から明くる朝にかけて駆け続けることになるからだ。だが、しゃっきりと覚醒してしまった今、二度寝は難しい。

（ここも今日でたたなくてはならないし、それなら最後にお散歩でもしようかしら。それに、なんだか……、外が気になる、よう、な……？）

なんとなくソワソワしながら、ミュリエルはそっと起き上がり足を床におろす。隣からはリュカエルの規則正しい寝息が聞こえる。本来の使用者であるはずのレインティーナは、最後の最後で酔っぱらい、シグバートを抱き枕に違うテントで寝てしまったため、リュカエルが代わりに同室となってくれていた。

　久々に見る弟の寝顔に軽く微笑んでから、ミュリエルはその安眠を妨げないようにこっそりと、されど手早く身支度を終える。そして、テントからスルリと抜け出した。

「おはよう、と言うには早すぎるな」

『おぅ、出てきたな。待たせんなよ』

　すると途端に、重なる二つの声から挨拶を受ける。暗がりにいたのはランプを持ったサイラスと、鞍をつけたアトラだ。

「えっ、あ、あの、おはよう、ございます。えっと、どうされたのですか？」

　寝起きの体に外気が寒くてケープの襟を両手で引きよせながら、ミュリエルは瞬いた。

「君が出てきそうな気がして、待っていた」

『オレは途中から、音でわかってたけどな』

　澄んだ空に残る冴えた星明かりを背に、サイラスは淡く微笑みアトラは当然と言うように目を細める。約束もなく待っていたのだという言葉に、ミュリエルは驚いた。

「わ、私、なぜだかパッと目が覚めて……。そ、それに、呼ばれた気がして……」

　見えない繋がりを感じたミュリエルは、大きく息を吸った。もっと何かを伝えたかったのだが、今の気持ちに似合う言葉が上手く出てこない。そのためミュリエルは吸った息を飲み込むと、胸をいっぱいにしたままサイラスとアトラのもとへ駆けよった。

羽織っていたケープを広げるようにしてミュリエルを受け入れたサイラスは、そのままアトラの背へと一緒に騎乗する。自分の体重さえ感じないほど簡単に抱え上げられたミュリエルは、サイラスとアトラを交互に見た。

「最後にもう一度、この景色を見て回らないか？」

『今を逃すと、もうゆっくり時間とれねぇだろ？』

願ってもないお誘いに、ミュリエルは笑顔で頷いた。ここ一か月の間、毎日見た景色は目をつぶっても思い描けるが、お別れの気持ちを持って改めて眺めるのもきっと素敵だ。

「では、湖を渡ってみよう。アトラ、行けそうか？」

『おう、任せろ。一滴も濡れないで渡りきってやる』

言葉は通じていないはずなのに、息ぴったりに同じ方向へ顔を向けたサイラスとアトラを見て、ミュリエルは笑みを深めた。

歩くというよりは速く、走るというよりはゆっくりな白ウサギの背に乗っていると、何もしていないミュリエルは少々肌寒い。夏でも涼しい山の上、ましてや太陽の熱も残らないこんな時間帯だ。ミュリエルは首を少しすくめながら、ケープの襟を立てた。するとサイラスがミュリエルのおなかに腕を回して引きよせる。それにより、広い胸にぴったりと背中がくっついた。

栗色（くりいろ）の髪越しにサイラスの頬の感触がする。それがこちらの様子をうかがっているような触れ方と動きだったので、ミュリエルはつい縮めてしまっていた肩から力を抜いた。体をサイラスに預ければ、受け入れわけ合うぬくもりが増したように感じられた。

うつむいてしまった顔はまだ上げられないが、よりしっかりと抱き直されると同時にサイラスがのぞき込むのをやめて前を見たので、ミュリエルの反応に満足してくれたのだろう。ただ、離れ際に軽く髪に口づけられてしまったため、なかなか翠の瞳は景色に向けられない。

しかし、静謐な空気のなか言葉もなく進んでいれば、心も凪いでくる。心持ちが違うからか、はたまた見知った姿も聞き慣れた声もしないからか、簡単に思い描けると思った景色も途端に他人行儀な空気をまとってしまうのだから不思議だ。ずいぶん見慣れたはずなのに、はじめて見るような感覚を楽しみながら、ミュリエルは暗がりに浮かび上がる石灰棚を感慨深く眺めた。

城や街で見るよりずっと近いところで輝く星明かりが、連なる湖に落ちて瞬いている。ここでは星空も青空も夕焼けも、いつの空もあるがままの姿で映されていた。いくつにも区切られた湖のなかには、のぞき込めば逆さまの世界がある。この辺りは浅瀬だと知っているのだが、星空があまりに綺麗に映り込むからか深さが量れない。

(空の上を、駆けているみたい……)

南の空から天頂へ、そして北の空へと、無数の星が集まり白く霞む橋をかけている。明けない空は、藍の色だけでは染まらないのだということを、ミュリエルははじめて知った。それは、ひときわ明るい黄や赤の星達が白い橋の縁を淡く染め、夜空と優しく混ざり合うことで緑や紫といった色までを生み出しているからだろう。何色なのだとはっきりと呼べないほど、星の昇る空は色彩が豊かだ。持って帰ることのできない空を、ミュリエルは目に焼きつけた。

対となった星の橋を、白ウサギが渡る。蹴り上げた地面の欠片が、時折鏡の湖面に波紋を散らした。微かな水音は星の囁きに似て、光と共に尾を引いていく。

「アトラさんが、流れ星みたいです」

「あぁ、なるほど。これは綺麗だな」

ふふっ、と笑って呟いたミュリエルに、サイラスもすぐに言葉の意味を察して忍び笑いで応えた。

『……おい、やめろよ。オレには似合わねぇ』

しかし、流れ星に例えられたアトラは不機嫌に歯ぎしりをした。どうやら照れているらしく、駆ける速度をあげる。それがまた、星の流れる様により似たように思えて、ミュリエルはサイラスとそろって笑みを深めた。長い耳がピクリと動いたので、もしかしたら気づかれてしまったかもしれない。

連なる湖を渡りきれば、暗い森が眼前に広がる。一人ではとても足を踏み入れようとは思えないが、サイラスの腕に抱かれてアトラの背に乗っているミュリエルに、怖いものはない。葉擦れの音と濃く落ちる影の隙間から、夜明けを待つ星明かりが煌く。その明かりを頼りにして、白ウサギの足取りに迷いはない。

一か月の間、それだけ通い慣れた道になったのだ。何せ方向感覚の優れていないミュリエルでも、アトラがどこに向かっているかわかるほどなのだから。進む方向を任せきりにしているサイラスとて、それは同じだろう。

『食い納め、だろ？』

目的の場所に着いた時の第一声を聞いて、ミュリエルは思わず笑った。ぶっきらぼうなふりをして実は気遣い屋な白ウサギは、聖獣の集会に持っていく苺を加減して今日のぶんを取っておいてくれたようだ。暗がりでも星とランプの光を頼りなく拾った甘そうな赤い色が、一つ二つと浮かんでいる。

サイラスと共にアトラの背からおりたミュリエルは、さっそく色づく苺の傍にしゃがみ込んだ。顔をよせて、まず香りを楽しむ。甘酸っぱい匂いに思わず頬が緩んだ。

しかし、横からアトラが鼻面を近づけてきて、柔らかい毛に視覚も嗅覚も覆われる。ふわふわと触れた極上の肌触りに、条件反射でミュリエルは顔を擦りつけようとした。だが、つれないことにアトラはあっさりと身を離す。

その気にさせておいてからのこの仕打ちに、ミュリエルはやや唇を尖らせて罪作りな白ウサギを見た。すると口もとが赤い。慌てて香りを楽しんでいた苺を見返せば、そこには青々と茂る葉しかなくなっている。

唇を尖らせるだけではすまず、視線が恨みがましくなってしまったのは仕方がないことだろう。わざわざミュリエルが目をつけた残り少ない熟れた苺を食べてしまうなんて、いじめっ子のようだ。しかし、アトラはミュリエルからの無言の非難を、ニヤリと目を細めて受け流す。そしてフイッと視線をそらすと、どこへ行こうというのか背中を向けてしまった。

「えっ？　あ、あの！　アトラさん、苺はもういいのですか？」

『たいして量がねぇから、二人に譲る。代わりに、庭に帰ったら甘いの食わせてくれよ』

むくれていたはずのミュリエルだったが、引き止める言葉がすんなりと出てきてしまう。それなのに肝心のアトラは、とどまる気はないようだ。

『今は食うより駆けたい気分だから、ちょっと行ってくる』

尻尾を軽く振って挨拶の代わりとすると、白ウサギはあっという間に遠ざかってしまった。それをしばらく見送っていると、隣にいたサイラスがミュリエルの手を取って繋ぐ。

「せっかくだから、一緒に食べようか？」

「は、はい、そうですね」

ミュリエルがわざわざ通訳をしなくとも、サイラスには己の白ウサギの行動理由も気持ちの流れもちゃんとわかっているようだ。好意には素直に甘えた方が、アトラの気持ちに添うことになるのもよく理解している。

見上げた紫の瞳が柔らかく細められ、繋いでいる手が温かく包まれると、どうしたってミュリエルの頬はほんのり染まる。軽く繋いでいた手が指を深く絡(から)ませられれば、鼓動だって早鐘を打ってしまうのだ。

手を繋いで苺畑のなかを進む。今日のぶんをアトラが残してくれたと言えど、実はそれほど残っていない。二人から広がるランプの灯りがはっきり届く範囲は、今のところ緑の葉の方がずっと多い。そのため、甘い苺を口にしようとすればよくよく吟味(ぎんみ)が必要だ。普通よりずっとゆっくり歩き、やっと見つけた赤みの強い苺がいくつか残った茂みの前で、二人は並んでしゃがみ込んだ。そしてミュリエルは、プチリと一粒摘まみ取る。

「ミュリエル、それはヘタの陰がまだ熟れていない」

「えっ……」

「こちらの方が甘そうだ」

言われて手にした苺を見れば、確かにヘタに隠れた部分がまだ青い。サイラスが手にしている苺の方が赤く、ずっと甘そうだ。ちゃんと比べて赤いのを選んだつもりだったのだが、どうやら注意力が足りなかったらしい。

「で、ですが、せっかく取ったので……」

サイラスの苺を見たあとでは、どうしても自分の苺はややすっぱそうだ。味を想像してしまえば、頬の中心がキュッとなる。唾液がわいてきたのをしっかり自覚してから、ミュリエルは思い切って口をあけた。

「では、私のと交換だ」

しかし、あけた口にはよく熟れた苺が放り込まれる。そして前言通り、サイラスはミュリエルの手首をつかんで未熟な苺を食べてしまった。とくに表情を動かすことなく苺を飲み込んだサイラスは、目を丸くしているミュリエルを見て微かに首を傾げた。

「美味しいか？」

構える前に唇に触れた指先と、指先で触れてしまった唇の感触に、ミュリエルは驚いて固まった。しかし、慌てて咀嚼を開始すればとても甘くて美味しい。よって、コクコクと頷いた。

それを見たサイラスは満足そうに、声を漏らさず喉の奥で低く笑っている。

真っ赤な果実よりよほど甘い笑みだ。口のなかに溢れた果汁を飲み込み損ねて、ミュリエルは再び固まってしまう。しかし、これ以上あれこれ考えてしまえば何よりも自分のためによくない。そのため、口のなかにたまりきったものを大きく嚥下して素早く苺の吟味に戻った。今食べた苺の色を手本にして、今度こそ間違いないと見定めた一つをプチリと摘む。

「ミュリエル、それは裏が白い」

「えっ！」

そこから綺麗に繰り返される二巡目。代わりに食べさせられたサイラスの二個目の苺も、大変美味しい。だが、ミュリエルは口のなかに、溢れる果汁ではない飲み込みきれない何かを感じた。

元引きこもりで何も知らなかったミュリエルも、サイラスの隣、アトラの傍で過ごしたおかげで多少の知恵がついている。そのため取った行動は、先回りの言い訳だ。

「す、すみません。私ったら、選ぶのが下手すぎますね……。あ、あの、サイラス様も、私のことはお気になさらずに、どうぞ甘いものを召しあがってください。私は、その、すっぱくても、大丈夫ですので……」

自分の特性上、二度あることは三度あるとミュリエルは学んでいる。次に苺を口に放り込まれて微笑まれ、優しい眼差しで見つめられてしまったら、きっともう飲み込みきれないと思うのだ。色々と。

「いいのか？」

「は、はい、もちろんです」

あんなに楽しそうに給餌していたサイラスだが、意外と引き際はあっさりとしていた。そのことに、ミュリエルはホッと息をつく。そのため、ゆるやかに綺麗な顔が近づいてきても、のんびりと構えてしまっていたのだ。伏せゆく長い睫毛が紫の瞳に影を落とすのさえ、眺めてしまうほどに。

だから、ずいぶん遅れて触れ合う先に思い至る。しかし、体を引く前に大きな掌で頬を包まれたことで逃げようがない。軽く上向かされたことで喉を反らせば、自然とミュリエルもまぶたを伏せる。

「……甘いな」

柔らかく触れるだけではなく、熟れた苺の味見をするためか、サイラスはミュリエルの唇を小さく舐めとった。ゆっくりと離れるその時に、形のよい唇からわずかに見えた舌先と白い歯が、妙に脳裏に焼きつく。この時ミュリエルの頭では、諸々の処理に多大な時間差が生じていた。それゆえに、事の次第を理解してボンッと爆発を起こしたのは、そこそこの時間が経過してからだ。

いかにも愛しいといった微笑みを浮かべながら、サイラスはミュリエルの微かに濡れた唇を親指でなでる。返事がなかなかもらえないことは、先刻承知ずみのようだ。長らくしゃがんでいてはつらくなると思ったのか、草のなかから顔を出している手ごろな岩に腰をおろす。そして、ミュリエルがぼんやりしているのをいいことに引きよせ、自身の膝の上に横向きに抱き込んだ。

　大きな掌は真っ赤に染まる頬を離さず、指先が徒にエメラルドのイヤーカフをした耳の縁をたどる。ミュリエルの再起動待ちの間にはじまった触れ合いは、時間の経過と共に艶を帯びだした。パチリと翠の瞳が瞬きを思い出したのは、不埒な指が首筋をたどろうとしたその間際だ。

「あ、あ、あのっ……、な、な、なぜっ、また、こんな……っ」

　はしっ、と自分の頬に強くくっつけるように、ミュリエルはサイラスの手を上から押さえつけた。優しすぎる触れ方は時に、しっかり触れられるよりも生々しい感触を肌に伝えてくる。

　それでも、とっさのことでも跳ねのけたり首をすくめて逃げる方向に動かなかったのは、成長のなせる業だろうか。こうした意識せずに取る行動のなかにこそ、ミュリエルが心からサイラスを受け入れていることが見て取れる。

　だからサイラスも、微笑みを深めるのだろう。ミュリエルの小さな手では押さえきれずに逃れている親指で、羞恥に染まる目もとを愛しげになでながら。

「君が気にせず、甘いものを口にしろと勧めてくれたから」

　好きな人から与えられる温かさは心地よい。思わず流されて大人しくなりかけていたミュリエルだが、思わぬ責任転嫁に慌てて小刻みに首を振った。

「ち、違っ、違います！　わ、私は、苺を……！」

「あぁ、わかっている。だから私も、甘いと言っただろう？」

微笑みを崩さないサイラスだが、いつだって言葉選びは上手だ。だからミュリエルはやんわりと、サイラスの望む方へと導かれる。なんとなくそれを察しても、適切な返しなどすぐには出てこない。となれば、どうしたってミュリエルは敵わないのだ。

「君は、すっぱかったか？」

だから聞かれた質問は二択の簡単なものでも、答えに困ることになる。すっぱかったのは苺か唇か。考えてしまい口ごもることすら、サイラスの手の内だ。触れた唇に苺の味など感じなかったし、ただ柔らかいとしか思わなかった。そんなふうに思い返してしまえば、ますます答えなど言えるはずもない。

「わからなかったのか？　では、もう一度味見をしてみようか」

「っ!?」

綺麗な顔が近づき、唇に触れる前に少しの距離を残して止まる。うっすらとこちらを見つめる紫の瞳は、ミュリエルが目をつぶるのを待っているようだ。押さえつけたままの手を放すことも忘れ、ミュリエルは息をつめて目を潤ませた。

それでも、口づけならば受け入れられる。幾度か触れた経験から、恥ずかしい気持ちがふくらんでも、その周りをぐるりと幸せな気持ちが包むのを知っているからだ。しかも恥ずかしいと幸せの間は混ざり合って曖昧で、素直に心地よさに酔ってしまえば、そこから生まれた熱に全身が満たされるのはひどく心地いい。

そこまで考えて、ミュリエルは唐突に思った。正直になってしまいたい、と。受け入れられるなどという、相手任せな消極的な言い方は卑怯だ。ミュリエル自身だって、サイラスと唇を合わせる行為を好ましく思っているのだから。

だが、味見と称し舌先で触れてしまうのなら話は別だ。ごく軽く、悪戯のように触れただけであっても、今のミュリエルにはまだ早い。できれば口づけに、もっと上手に応えられるようになってから進みたいと思った。

「あ、味見、ではなく、て……、あ、あの、もっと、ちゃんと……、そ、その……」

だから翠の瞳を潤ませながらも、ギリギリのところでミュリエルは訴えた。ただ、ちゃんとした「口づけ」がいいだなんて直接的な単語を口にするのが恥ずかしくて、最後は言葉を濁してしまう。それでも、サイラスは了承を示すようにゆるやかに一度瞬いた。

「君の望む通りに」

囁きで短く答えると、サイラスは首を少し傾ける。その角度で、ミュリエルは触れ合う深さがわかってしまう。そのことが羞恥心をますます煽る。しかし、吐息の触れる距離で見つめ合い続けるのとどちらが恥ずかしいだろう。そもそもミュリエルが受け入れるまで、サイラスは動かない。

だから、睫毛を震わせながらゆっくりと瞳を閉じた。唇が触れるまでのわずかな時間が、とても長く感じる。いつ触れるのかわからないことが、ミュリエルの心臓を痛いくらいに高鳴らせた。

ふ、と二人の間で零れた吐息はどちらのものか。耐えきれなくなったミュリエルがわずかにあごを上げれば、唇は思った通りに重なった。あますことなく伝えられる熱に、いっぱいいっぱいになったミュリエルは両手で広い胸にすがりつく。押さえをなくしたサイラスの手は、耳を包むように滑ると、指を栗色の髪に差し入れて引きよせた。

飽きることなく続く口づけに応えるには、細い呼吸だけでは苦しい。軽く唇が離れた瞬間に、ミュリエルはあえぐように空気を求めた。無防備になった下唇に、サイラスが歯をあてたのはその時だ。唇で食み、歯を立て、たわむれに舌先がかすめる。

少し前にした訴えに、了承してくれたのではなかったか。そんな非難が頭をかすめる余裕もないほどだ。何も考えられないミュリエルは、されるがままになる。己の唇の所有権は今、サイラスにあった。

「……耳まで、真っ赤だな」

密やかな水音と熱のこもった吐息を唇に残して、二人の間にわずかな距離ができる。ぼんやりとしたミュリエルがゆっくりとまぶたを持ち上げると、目の前には深く微笑むサイラスがいた。うなじ辺りの栗色の髪に差し入れられていた指が、丁寧に髪をすく。それを何度か繰り返されたところで、ミュリエルはやっとハッとした。

「サ、ササ、サイラス様……、わ、わ、私、味見は駄目、って……！」

「駄目？　君が言ったのは、『ちゃんと』だっただろう？」

「っ!!」

ミュリエルの髪をもてあそびながら言うサイラスは、少しもやましいところなどない、といった態度だ。

「い、意地悪、です……」

サイラスの膝の上で、ミュリエルは小刻みに震え出す。本当はもっと色々と訴えたいが、上手い言葉が見つからない。そして、言葉が喉につまって出てこなくなってしまえば、いつだってその代わりを務めるのは涙だ。

恨みがましく上目遣いでにらめば、サイラスは指に絡めていた髪をスルリと落とす。続けて、とてもゆったりと微笑んだ。ふわりと鼻孔をくすぐる香りは、もはや馴染み深い。一つ二つと花開くのは、言わずと知れた黒薔薇だ。

明け方間近のすっきりとしたはずの空気が、甘く濃厚なものに変わるのに時間はかからない。何よりそれまでにかわしていた口づけで、二人の周りだけそもそも空気の濃度が違う。

「ミュリエル、君はそろそろ覚えた方がいい。その目で見上げると、どうなるか……」

表情に合わせたように、サイラスの語り口は穏やかだ。ただし、それ以上に艶っぽい。言われた言葉の意味の半分も理解しないままに、ミュリエルの瞳はますます涙を溜めた。

「その色は、私を誘う色だ」

吐息混じりの低い囁きが、耳をかすめていく。ひどい言いがかりにも、ミュリエルは言い返すことができなかった。こちらを見つめる紫の瞳が、妖しく感じるほど甘く、色を深めていたから。

曲げた人差し指がミュリエルのあごをすくう。軽く仰向いたところで、親指で下唇をなでられた。ミュリエルの唇がほころぶのを待っているかのように。

「わ、わ、私の、瞳の色は……。ひ、光る若葉の色、です……」

ほとんど唇を動かさず、苦し紛れに出た台詞だったが、音にしてみればまずミュリエル自身が納得する。もしくは、青林檎色でもいいだろう。何より、サイラスから以前そう言われたはずだ。だからミュリエルの翠の瞳は、断じてサイラスを誘う色などしていない。

一つ頷いたサイラスに、ミュリエルはパッと喜色を浮かべた。しかし、サイラスは先の主張に一時の同意を示しただけで、自らの主張を収めたわけではない。

「光る若葉が潤んでいると、唇をよせたくなる。零れそうな雫が、とても甘そうだから」

「っ！」

言葉と同時に、目もとに唇をよせられた。くすぐったさに首をすくめれば、サイラスはあっさり身を離す。そして困ったように微笑んだ。

「君は、口づけがあまり好きではない？」

答えを知っていて聞くのだから困ってしまう。それに、ミュリエルがサイラスのこの顔に弱いことすら、しっかりとわかっているのだろう。

「……サ、サイラス様、やっぱり今日は、ちょっと意地悪です」

サイラスの困った顔に負けないくらい眉を下げて、ミュリエルも訴える。すると、サイラスは吐息でふっと笑った。

「意地悪なのは、好きではない？」

どうしたって意地悪な気分なのか、重ねられる質問はまたもや困るものだ。提示された二択には選べる答えがない。

「……、……、……や」

「や？」

微笑むサイラスは、首を傾げるようにしてミュリエルを軽くのぞき込みながら続きの言葉を待っている。甘い瞳と視線をかわし続けるのが苦しくなったミュリエルは、ポスンと広い胸に顔を埋めた。

「優しく、してほしい、です……」

選べない二択の代わりにその他をひねり出したミュリエルの声は、顔を胸に押しつけていたためにくぐもっていた。

「……では、いい子で受け入れてくれ」

常にゆったりと構えているサイラスだが、それにしてもいつもよりたっぷりとした間があったように思う。それに気づいたミュリエルだったが、耳の縁からあごのラインをなでおろす指先の感触にすぐに意識を持っていかれた。顔を仰向けるほどの強引さなど持っていない指先は、されど抗えない力を秘めている。

ミュリエルはまず顔を上げてから、伏せていた視線をおずおずと上げた。一応予想していた通りの距離で、紫の瞳が艶めいている。しかし、甘い紫の色に長い睫毛がゆるやかにおりていくのを見せられて、ミュリエルも頑張って上げたばかりの翠の瞳にまぶたをおろした。

そっと触れたことで、唇の柔らかさを十二分に感じる。だが、ごく軽く触れた唇は熱を移す前にあっさりと離れていった。

（あ、あれ？　こ、これで終わり……？）

目をつぶっていても遠ざかる気配はわかるし、顔にかかる影の具合だってわかる。ミュリエルは口づけを受けた顔の角度を保ったまま、ゆっくりと目をあけた。

「どうした？」

「……い、い、いえ、なんでもありません」

優しく微笑むサイラスに聞かれ、ミュリエルはぎこちなく首を振った。ついでに小さく浮かんだ疑問や、経験から予想してしまっていた展開も一緒に振り飛ばす。釈然としない何かは羞恥への入り口だ。深追いするのは自殺行為だろう。

「では、最後の苺を楽しもうか」

「は、はい……」

立ち上がったサイラスの動きに合わせて、手を繋がれたミュリエルの両足も地面に届く。そのまま片手を引かれれば、自然と二人は歩きはじめた。

「草が絡まっていて足が取られやすいから、気をつけて」

手入れをされているわけではない葉や茎は、伸びることと大きくなることを無秩序に繰り返すため、場所によっては刈り取らなくては解けないほどがっちりと絡んでしまっている。そんなところにつま先を引っかければ、転んでしまうことは目に見えていた。先回りして教えてくれたサイラスに頷いて、ミュリエルはことさら足もとへ注意を払う。手を繋いでもらっているのをいいことに、前方への注意は捨てた。

「あぁ、もうすぐ夜明けだな」

「えっ……」

不意に呟いたサイラスの声に、ミュリエルは顔を上げた。太陽はまだ見えないが、夜空の色がほのかに淡くなっている。それに伴い、東の空にあった星々は吸い込まれるように消えはじめていた。星の光の名残(なごり)に気を取られたミュリエルは、それまでの注意を忘れてよそ見をしたまま一歩を踏み出す。

「っ!? きゃっ!」

見事に躓(つまず)いたミュリエルを、とっさにサイラスが引きよせる。しかし、いつもなら安定感抜群のはずのサイラスが、この時はグラリと体勢を崩した。そのまま一緒になって草の上に倒れ込む。ただ痛みはない。最後にサイラスが身をひねってくれたおかげで、ミュリエルは地面に触れることなく広い胸に抱き留められたようだ。

「す、すみませんっ! サイラス様、大丈夫……」

「もう少し、このままで」

サイラスを下敷きにしていることを理解したミュリエルは、慌てて身を起こそうとした。しかし、やや早口で止められてしまい固まる。珍しく急ぎ気味の口調に、どこか痛めたのだと思ったのだ。呼吸まで止めたミュリエルは、しばしの間一時停止状態となる。だがすぐに呼吸が苦しくなってしまい、そろそろと息を吐くと共に上げかけていた顔を再び広い胸にくっつけた。

変に動いてサイラスに負担はかけたくない一心で、ミュリエルは耐えた。隙間がないほど抱きしめられることは経験ずみだが、この形での密着はひと味もふた味も違う。非常に難易度が高い。じわじわと羞恥の熱が体に広がれば、そこには緊張も伴った。足先一つ指先一つ、熱く痺れてしまって動かせそうにない。

「……、……、……ど、どこが痛みますか？」

だから、質問した言葉はほとんど動かされない唇から小さく発せられた。

「ん？　いや、どこも痛めていないが」

「えっ……？」

ミュリエルは頬を胸に擦りつけるように動かして、思わず見上げた。

「すぐに起き上がってしまうのは、少々もったいないと思ったから『このままで』と伝えた。だから、どこかを痛めたわけではない」

サイラスの手が、まだ理解に至っていないミュリエルの広がった栗色の髪をまとめるようにすく。耳と首筋が露わになれば、なんの躊躇いもなくそこを繰り返しなでた。

「……、……、……っ!?　えぇっ!?」

かなり遅れてから言われた内容を飲み込んだミュリエルは、跳ね起きようとした。しかし、髪に差し入れていた指先に襟足をなであげられて、力が抜ける。

生える方向に逆らわずに産毛(うぶげ)だけをなでる手つきは、動きとしてはとても小さいものだ。それなのに、そのわずかにかすめる指先のせいでミュリエルの息は簡単にあがってしまった。はぁ、と零れてしまった息の熱さに、ミュリエル自身がびっくりだ。

「う、うぅっ……。あ、あのっ、そのっ、お、重いと思うので、私、おりま……」

「いや、まったく重くない」

すっぱりと否定されて、最後まで言わせてもらえなかったミュリエルは口をつぐんだ。無駄にきつく唇を結んでいるのは、いまだなでつづけるサイラスの指に、気を抜けばまたうっかり熱い吐息が口をついてしまいそうだからだ。

「顔を見せてくれ」

無抵抗の体は簡単に引っ張り上げられる。視界は広い胸で埋まっていたのに、肩を枕にして横を向いたミュリエルの目の前には、形のよい唇があった。

「ミュリエル？」

ただ名前を呼んだだけ。それなのにサイラスの唇は、なぜこれほどまでに妖しく艶っぽいのだろう。至近距離から見ていたせいで、一音ずつ形作る唇の動きを余すことなく翠の瞳が拾ってしまう。薄く開いた唇の間からわずかに見えた白い歯が、いやに艶(なま)めかしい。ふっ、と笑った吐息の熱さは、ミュリエルに声が生まれる場所の温度と柔らかさを思い出させた。

たまらずミュリエルは、ガバリと上半身を起こした。両手をサイラスの顔の横に突っ張って距離をとる。一拍遅れてミュリエルの肩口から滑り落ちた栗色の髪が、見下ろす綺麗な顔にかかってから頬をなで、地面に広がった。サイラスはくすぐったかったのか、軽く微笑みながら横を向き目を閉じる。そこまでであれば、顔は真っ赤になっていようとも息までは飲まなかっただろう。横を向いたまま目をあけたサイラスが、ついっと流し目をよこす。その紫の瞳が、意味深に艶めかなければ。

「や、やや、やっぱり！　わ、私、重いのでおりま……、っ!?」

言葉の途中で、クルンと視界が反転した。

「これならば、私も君も重くはないな？」

いとも簡単に上下を入れ替えたサイラスに、今度は見下ろされている。それは、瞬き一回にも満たない間に起こったことだった。

紫の瞳から、キラキラと星が降ってきたのかと思った。甘くゆらゆらと揺蕩う色が、ただ真っ直ぐに注がれる。草の上に寝転んでいるはずなのに、ミュリエルはいつの間にか黒薔薇を敷き詰めた上に縫い止められているようだった。顔の横に力なく投げ出した両手に、サイラスがスルリと手を重ねたからかもしれない。ミュリエルの手のなかに親指だけを滑り込ませ、包むように握られる。

前言通り、サイラスの重みはない。抱きしめられるより距離もある。それなのにミュリエルは限界を感じた。言葉など出てこないので、小刻みに首だけを必死に振る。

「このまま夏合宿を終えて帰っては……」

しかし、サイラスは少しも体勢を崩さないまま囁いた。

「君の思い出のなかに、私とのことがあまりにも少ないままだと思うんだ」

なおも深く甘く見つめながらサイラスが微笑めば、ひらりひらりと黒薔薇の花弁も一緒に降り積もる。

「とても有意義な夏合宿だったと思う。だが、せっかく君がいたんだ。ならば心に残る二人だけの思い出も、欲しい。……欲張り、だろうか？」

親指がゆっくりと力の入らない掌をなでる。過分に色を含んだ仕草に、ミュリエルは睫毛を震わせた。それでも一生懸命、言われた内容について考える。といっても、たいして回らない頭に浮かぶ思い出は、どれもたどたどしい。

（サイラス様との、夏合宿の、思い出……、……、……）

きっともっと冷静に、二人でいた時や場所に照準を合わせて思い返すことができれば、違った結果になっていただろう。されどこの時は、思い出す出来事はどれも散漫としていて、サイラスの言う通り特別なものは何もないように思えた。

だからミュリエルは、すっかり潤んでいた翠の瞳を静かに閉じた。言葉にしたり頷いたりするのではなく、ただそっとあごを上げる。閉じた視界では、いつ唇が触れるか知れない。喉もとで鳴っているように感じる心音を秒読み代わりに、ただその時をできるだけ体から力を抜いて待った。自分にできる精一杯はそれだけだったから。それなのに。

「……っ!?　え？　ま、待って……、っ!?　っ!!　サ、サイラス様っ、あっ！　やっ、やめっ……、……、……、く……、くくっ……、くすぐったい、ですっ！」

ミュリエルは、たまらず悲鳴混じりの笑い声をあげた。殊勝に閉じた目は、とうにかっぴらいてしまっている。サイラスがミュリエルの顔に、わざと黒髪がかかるようにして肩口に顔を伏せたのだ。そして、白ウサギの毛の感触を楽しむ時と同じ動きで、綺麗な顔をフリフリと動かす。両手をふさがれて思うように身をひねることもできないミュリエルは、たいした抵抗もなく黒髪にくすぐられるはめになった。

時間差できた仕返しに、ミュリエルの生理的な笑い声は止まらない。顔に髪がかかるどころか、耳や首筋にかかる息だってとにかく全部がくすぐったいのだ。息まで乱れるほど笑うのは、いったいいつぶりだろう。

このままでは腹がよじれてしまう。息だけではなく腹筋まで苦しくなってきた頃、やっとサイラスはミュリエルを解放した。覆いかぶさっていた体勢から、ゴロリと隣に転がる。しかし、完全に手放してしまう気はないようで、転がるついでに首の後ろから肩に腕を回されて抱きよせられた。今の体勢は、腕枕だ。

草の上に仰向けになって目だけでこちらを見てくるサイラスを、ミュリエルはたくましい肩口に頭を預けながら、やや眉に力を入れた上目遣いで見つめ返した。

「……、……、……今のは、思い出になりましたか？」

声に恨みがましさがにじんでしまったのを、咎められる謂れはないだろう。とはいえ、多少の八つ当たりが含まれているのも否めない。何しろ、口づけをする流れだと少しも疑わずにいた自分が大変恥ずかしく、いたたまれないからだ。しかし、思わせぶりな態度を先にとったのがサイラスであることは、動かしようがない。

翠の瞳に浮かぶ非難の色に、サイラスは機嫌を取ることにしたのだろうか。質問には答えず、あいている方の手でミュリエルのあご下をくすぐった。しかし、ミュリエルはその手をすぐに押さえつける。優しい手つきにうっかり騙されてはいけない。可愛がる意思が見受けられても、この触り方で喜んでいいのはミュリエルではなく、聖獣達だ。

口を尖らせるようにムッと曲げて精一杯の反意を示せば、サイラスは仰向けのまま顔だけこちらに向け、目もとを緩めた優しい表情で見つめてくる。これはずるい、と瞬時に思わざるを得ない。そんな顔で見つめられてしまえば、すねているだけのミュリエルの形だけの拒絶など、あっけなく崩されてしまうのだから。

押さえつけている手から力が徐々に抜ければ、サイラスはあごから手を滑らせて、栗色の髪やエメラルドのイヤーカフがついた耳を愛しげになでてくる。どこまでもゆったりとした手つきに大人しく感じ入ってしまうのは、ミュリエルだけが簡単だからではないだろう。言葉もなく触れる温度に甘えているのは、サイラスとて同じ。

しかし、どうしたって二人の経験値の差は大きくて、いつだってより深く酔わされてしまうのはミュリエルだ。夢見心地になってしまった翠の瞳には、涙の膜が張る。だからだろうか。焦点が定まらないままに何げなく映した空も、いつになく熱に潤んだ色をしていた。

「空、が……」

吐息混じりの呟きに、ミュリエルばかりを見つめていたサイラスの目も空へと向けられる。

ミュリエルは瞬きをした。それでも、空の色は変わらない。

「サイラス様の、瞳の色、です……」

ゆっくりと目だけで見渡して、ミュリエルはふわりと微笑んだ。裾を引くように去りゆく夜空。朝と夜のあわいに染まる薄雲は、境をなくすように神秘的な色に染まっている。太陽の光を受けた方は橙色だが、夜に引かれた方は淡いようで濃い紫色をしていた。その、不思議と甘く見える紫の色。

「明けの空を呼ぶ……、夜の名残の色です……」

ずっと気になっていたのだ。サイラスに自分の翠の瞳を、光る若葉の色だと言われてから。やっと見つけた相応しい色に、ミュリエルは深く満足した。しかし、同時に首を傾げてしまう。

「ですが、今まで何度も見たことがあるはずなのに……。不思議です……。なぜ、今まで気づけなかったのでしょうか……」

聖獣番として、ミュリエルの朝は早い。毎日のように明ける前の空から朝焼けの空、そして太陽が丸い姿を現すまでの空を見ていたというのに。

「あぁ、そうか。それはきっと……」

鈍いミュリエルと違って、サイラスは早々に答えにたどり着いたらしい。

「二人で見るから、なのだろう。だが……」

サイラスの視線が空からミュリエルに向けられる。その紫の瞳と見つめ合ってから、ミュリエルは再び柔らかく残る夜の色と見比べた。

「今日よりもっと似た色を、君はこれから先、知ることになるだろう」

やはり同じ色だと満足感に浸ってい(ひた)たミュリエルは、目を瞬かせた。サイラスは、しっとりとした微笑みを浮かべている。ほんのりと染まる目もとは、壮絶な色気に満ちていた。

「私の瞳の色が、夜の名残の色ならば」

朝露を含んだように、紫の色が艶やかに色を深くする。

「この腕のなかで、夜の深さを覚えてこそ」

指の背で頬をなでる感触は、ことさら優しい。

「本当の色を知るのだと思う」

ゆらゆらと熱に溶けた甘い眼差しが、真っ直ぐに注がれる。

「その時はこの瞳で見つめて、聞かせてほしい」

綺麗な顔がゆっくりと近づき、鼻が触れ合うほど近くで微笑みを向けられた。

「私だけが知る、君の色で」

こつん、とおでこがぶつかって、間を置かずにすりりと愛しげに擦りつけられる。くすぐったさを感じたのはミュリエルだけではなかったらしく、互いに至近距離で小さくはにかんだ。

こんなに近くで見つめ合ってしまえば、本当だったら目だってつぶってしまいたい。それなのに閉じるのを躊躇ってしまうのは、先程恥ずかしい思いをしたからだろうか。

紫の瞳に、軽く伏せた長い睫毛が影を落としている。向けられる眼差しは甘い。そして、これほどまでに近くで見つめ合ったためか、ミュリエルは気づいてしまった。サイラスの瞳に映り込んだ翠の瞳だって、同じ温度を含んでいることに。

目を閉じたのが先か、唇が触れたのが先か。必要のない我慢比べに先に降参したのは、サイラスだった。お行儀のよい手順を守らず触れる。そんなことを教えられてしまっても、その相手がサイラスであるために、ミュリエルは素直に受け入れてしまうのだろう。

柔らかく唇が触れて、離れる。角度を変えて、もう一度。少し前に物足りなさを感じたぶん、ミュリエルの唇は無意識にサイラスを追いかけた。喉を反らしてあごを上げれば、焦らされることなく熱は重ねられていく。可愛らしくついばむ唇は、まさしく恋人同士のたわむれだ。くすぐるように柔らかさを確かめれば、角度を変えるたびに密やかな笑い声が零れる。浅く軽くじゃれるように触れる回数は、互いに求めては求められるままに増えていき際限がない。

空はすっかりと明けている。夏合宿は今日で終わりだ。振り返ればあまりにも濃い内容で、どこを取っても短く説明することなどできない。それでもミュリエルがこの年の夏合宿を思い返せば、真っ先に頭に浮かぶのは今この時のことになるだろう。それこそサイラスの望む通りに、恥ずかしさに瞳を潤ませながらも頬を染めることになる。強請る仕草をいつの間にか覚えてしまったこととて、自覚してしまえばやり場のない羞恥に襲われるはずだ。

それでも、今だけは――。

与えられるままに受け入れて、求められるままに明け渡す。ミュリエルの唇の所有権がサイラスのものである時、サイラスの唇もまた、ミュリエルのものなのだから。

エピローグ

齢二十六にして、ここワーズワース王国の聖獣騎士団団長でもありエイカー公爵でもあるサイラス・エイカーは、草むらに寝転んだままなで続けるうちに、己の腕枕で眠ってしまった愛しい婚約者の顔を飽きることなく見つめていた。

太陽がすべての姿を現した空は、すっかり朝の色だ。しかし、今日に限ってはまだ誰も起き出してはいないだろう。ならば、己も今しばらくこの時間を手放さずともよいはずだ。

（とはいえ、あまりにも無防備で素直なのも、困ってしまうな……）

ミュリエルが草に足を取られて転びそうになったあの時、ちょっとした出来心で自ら地面に転がった。そこから先とて、そんな悪戯心の延長であったのだ。赤くなり慌てるミュリエルを、余裕を持って愛でていたのだから。だが、問題は思い出を強請ったそのあとだ。目を閉じ、あごを上げたミュリエルのその表情に、あっさりとあてられてしまった。

（あそこでふざけてしまわねば、きっと深く戸惑わせることになっただろう……）

サイラスとてあの時、唇を重ねるつもりでいた。しかし、誘われるままに触れては、余裕が保てそうになかった。だから誤魔化そうと、あのような行動を取ったのだ。すねた顔を見て安心してしまうほどには心を乱されていたなんて、きっと本人は気づいてもいないだろう。

腕のなかのミュリエルは、なおも穏やかな寝息を立てている。婚約者であるサイラスでは、この可愛い寝顔を自由に見る権利はまだ持たない。次に目にする機会はいつになるだろうか。しかし、目にすることはできずとも、絶対に守らなくてはならないと思うのだ。

（まずは、無事に城まで帰ることからだな……）

繋がってきたこれまでの出来事は、明かされていく背景と共に、確実に安全だと思える場所を侵食していく。全員でいても数名でまとまっていても、さらには場所がどこであったとしても、何かしらの危険と隣り合わせになるのなら、せめて被害は最小にしなければならない。

（そして、成果は最大に……）

考えに沈んでいたサイラスは、そこでハッとした。無意識に指でクルクルと栗色の髪をもてあそんでしまっていたからだ。手を止めれば癖のない髪はスルリと逃げ出し、ミュリエルの耳で日の光を受けるエメラルドの上に散らばる。輝く翠が眩しくてサイラスは目を細めた。可愛い婚約者の温度を覚えたイヤーカフ、それに青林檎のチャームを返してもらう時のことを考えれば、気持ちも自然と上向いていく。その時、なんの夢を見ているのかまるで量ったようにミュリエルが微笑んだ。それも、甘えた仕草でサイラスの首もとにおでこを擦りつけながら。

「いい子だとばかり思っていたが……。いや、私が悪いことを教えてしまったからか……」

独りごちると、サイラスはあいた手でミュリエルの頬をつついてみる。赤い唇がむずがるように動くが、すぐに穏やかな寝息を零しはじめた。柔らかな唇は、腕枕に潰れてうっすらと開いてしまっている。だが、それがまた、たまらなく可愛らしい。

あとがき

こんにちは、山田桐子です。『聖獣番』六巻をお手に取ってくださった皆様、ありがとうございます！　またお会いできて、大変嬉しく思っております！

そして、あとがきのはじまりが毎回懺悔スタートな私ですが、まぁ今回もご多分に漏れずな感じでですね。とはいえ、今巻で一番の反省ポイントは三百ページ超えについてではございません。進捗が今までで一番の鈍足、コレです。ちょっと自分でもびっくりするほどで、申し訳なさと不甲斐なさと焦りで作業中はいっぱいでした。

理由は解明され新しい発見もあったので、今後はそれを活かすことで挽回していければなと思っています。根気よく付き合ってくださった担当編集様には、心の底から感謝しかありません。間違いなく、担当様がいるから六巻があります！

ただ鈍足ではあったのですが、書くこと自体はとても楽しくできました。あ、ここから内容に触れますので、ネタバレ厳禁の方はご注意くださいね。

まず、聖獣番の一巻を書いた時に「本隊も全員登場させられたらいいなぁ」なんて思っていたのですが、この六巻にて、なんとその希望が叶いました！　常々書きたいと思っていた騎士サイドの仲良し具合も盛り込めて、とても満足しています。ちなみに楽しすぎたせいか、書き終えた今も夏合宿のくだらないやり取りだけでもう一冊書けるんじゃないか、と思うくらいには脳内でエピソードが氾濫しています、が。

実は構想段階では騎士達ではなく、のびのびと遊ぶ聖獣達をいっぱい書きたいと思っていたんですよね。ですがいざ書きはじめてみたら、動物の性なのか抑圧されている日々から解放されたせいなのか、方々に好き勝手に遊びに行ってしまうため誰もつかまらないし見つからない。ミュリエルと一緒になって「アトラさん、どこ?」状態でした。結果、騎士サイドにばかり焦点があってしまうという。ですが、そのおかげでずっと頭の片隅にあり、三巻のあとがきでも訴えていたシグバートのエピソード、しれっとぶち込めましたよ!

あと、個人的に感慨深いことが一つ。六巻にて、サイラスってばやっと一・二巻時のアトラに追いついたな、なんて。迷わず胸に飛び込まれ、グリグリと身をよせられ、腕枕で寝る。とはいえ、ずっと遊び回っていたはずのアトラが決め台詞をキッチリ吐いていくため、やっぱりヒーローは強面白ウサギになるのでしょう。まち様による七枚目のアトラなんて、悪いお顔なのに格好よすぎると思いませんか?　などと同意を求めたところで、さて質問です。

皆さん、表紙をめくったところで絶対に小一時間手を止めたでしょう……?　美しすぎるサイラスの肉体美、しかもカラー。私は見た瞬間、脳の処理能力が落ちた気がしました。さらには登場キャラが全員集合&本編のネタまで拾った采配だなんて、豪華すぎてまち様に向けて感謝の気持ちが止まりません！　ありがとうございます！

そしてイラストの話をすれば、大庭そと様が担当してくださっているコミックスの話に流れていくのですが。前巻に引き続き、今巻もコミックスと同月発売となりました！　擬人化の学園パロディ小説も、また書かせていただいております。何より、大庭様の作画が本当に素晴らしいので、お手に取ってくださると嬉しいです。本編はもちろん、オマケの擬人化イラストも召される素敵さですので、ぜひ！

ということで、はしゃいでいるとあっという間に余白がもとなくなってまいりました。締めの謝辞に入ります。サイラス並みの告白をいただき、まだ噛みしめております、担当編集様。素敵さ爆発なうえ、いつもお仕事が早くて感服しております、まち様。一度ご指摘されたことを何度もすみません、校正様。そして手に取ってくださっている読者の皆様、いつも本当にありがとうございます！　こんな恵まれた環境に身をおけること、日々感謝の気持ちでいっぱいです。そして……。

いつもお決まりの台詞になってしまうのですが、読後に余韻を楽しんでいただける物語になっていれば、少しでも笑顔をお届けできていれば、私はとても幸せです。

今巻もここまでお付き合いくださり、ありがとうございました！

IRIS ICHIJINSHA

引きこもり令嬢は話のわかる聖獣番6

2022年6月1日　初版発行

著　者■山田桐子

発行者■野内雅宏

発行所■株式会社一迅社
〒160-0022
東京都新宿区新宿3-1-13
京王新宿追分ビル5F
電話03-5312-7432(編集)
電話03-5312-6150(販売)

発売元：株式会社講談社
(講談社・一迅社)

印刷所・製本■大日本印刷株式会社

DTP■株式会社三協美術

装　幀■世古口敦志・
前川絵莉子(coil)

ISBN978-4-7580-9462-7

この本を読んでのご意見
ご感想などをお寄せください。

おたよりの宛て先

〒160-0022
東京都新宿区新宿3-1-13
京王新宿追分ビル5F
株式会社一迅社　ノベル編集部
山田桐子 先生・まち 先生

引きこもり令嬢と聖獣騎士団長の聖獣ラブコメディ！

『引きこもり令嬢は話のわかる聖獣番』

著者・山田桐子
イラスト：まち

ある日、父に「王宮に出仕してくれ」と言われた伯爵令嬢のミュリエルは、断固拒否した。なにせ彼女は、人づきあいが苦手で本ばかりを呼んでいる引きこもり。王宮で働くなんてムリと思っていたけれど、父が提案したのは図書館司書。そこでなら働けるかもしれないと、早速ミュリエルは面接に向かうが――。どうして、色気ダダ漏れなサイラス団長が面接官なの？　それに、いつの間に聖獣のお世話をする聖獣番に採用されたんですか!?